Stephanie Grace Whitson

Die Schwingen des Adlers

Roman

Stephanie Grace Whitson

Die Schwingen des Adlers

Schulte & Gerth

Die amerikanische Originalausgabe erschien im Verlag
Thomas Nelson Publishers, Nashville, Tennessee
unter dem Titel „Soaring Eagle“.

Aus dem Amerikanischen übersetzt von Karoline Furch

Best.-Nr. 815 544
ISBN 3-89437-544-2
1. Auflage 1998
Umschlaggestaltung: Michael Wenserit
Satz: Die Feder GmbH, Wetzlar
Druck und Verarbeitung: Ebner Ulm
Printed in Germany

Für Bob

Mein Leiter, mein Vorbild,
mein Geliebter, mein Freund.

Ich will dich erheben, mein Gott, du König,
und deinen Namen loben immer und ewiglich.
Ich will dich täglich loben
und deinen Namen rühmen immer und ewiglich.
Der Herr ist groß und sehr zu loben,
und seine Größe ist unausforschlich.
Der Herr hält alle, die da fallen,
und richtet alle auf, die niedergeschlagen sind.
Der Herr ist gerecht in allen seinen Wegen
und gnädig in allen seinen Werken.
Der Herr ist nahe allen, die ihn anrufen,
allen, die ihn ernstlich anrufen.
Er tut, was die Gottesfürchtigen begehren,
und hört ihr Schreien und hilft ihnen.
(Psalm 145,1-3;14;17-19)

Vorwort

Dies ist ein Buch über das Loslassen – das Aufgeben von eigenen Wünschen und Plänen, um Gott die Führung zu überlassen.

Ich bin in meinem Leben herausgefordert worden, einige meiner Wünsche und Pläne loszulassen.

Erst vor kurzem wurde bei meinem Mann eine schwere, nicht mehr therapierbare Form von Lymphdrüsenkrebs festgestellt.

Es gibt nur wenige Frauen in meinem Leben, die wirklich ein Teil meiner tiefsten Seele geworden sind. Am Tag, nachdem die Krankheit bei meinem Mann diagnostiziert wurde, habe ich die liebste meiner Seelenschwestern ebenfalls an den Todesengel Krebs verloren.

Ich bin gezwungen, dieselbe Lektion zu lernen, die ich für meine Hauptpersonen erfunden habe: meine eigene Vorstellung vom Morgen loszulassen und im Glauben einen neuen Plan anzunehmen – und zu glauben, daß dieser Plan von einer liebenden Hand lange vor Erschaffung der Welt angefertigt worden ist, einer Hand, die nur mein Bestes im Sinn hat.

Meine geliebte Freundin Celeste hat den folgenden Vers besonders gemocht:

„Denn unsere Trübsal, die zeitlich und leicht ist, schafft eine ewige und über alle Maßen wichtige Herrlichkeit, uns, die wir nicht sehen auf das Sichtbare, sondern auf das Unsichtbare. Denn was sichtbar ist, das ist zeitlich; was aber unsichtbar ist, das ist ewig."
(2. Korinther 4,17–18)

Celeste hatte die Bedeutung dieses Verses voll erfaßt; ich kämpfe immer noch damit, ihn Stunde für Stunde in meinem Leben anzuwenden. Oft bete ich: „Herr, ich glaube – hilf meinem Unglauben."

Wenn dies nun für die Einleitung eines Buches seltsame Worte sind, die ja eine Vorstellung von dem vermitteln soll, was einen erwartet, dann möchte ich nur sagen: Die Ereignisse der letzten Wochen haben in mir den Wunsch geweckt, Ihnen mit diesem Buch vor allem Gott vorzustellen.

Stephanie Grace Whitson

Kapitel 1

Everett Higgenbottom!" Carrie Brown winkte mit der Hand, um ihren Sitznachbarn zum Schweigen zu bringen. Er hatte sich vorgebeugt, um ihr etwas ins Ohr zu flüstern, doch jetzt lehnte er sich wieder zurück und widerstand der Versuchung, eine der feuerroten Haarsträhnen zu streicheln, die sich aus ihrer Aufsteckfrisur gelöst hatten. *„Der Himmel ist nur ein schwacher Abglanz deiner Augen, Carrie!" - Also wirklich! Unsere Abschlußfeier findet endlich statt, und Everett redet Unsinn!*

Carrie tippte mit einer eleganten Stiefelspitze nervös auf den Boden. So unauffällig wie möglich wandte sie den Kopf, um die Menschen um sich her zu betrachten, während der Redner endlose Sätze aneinanderreihte. Ihr war nicht bewußt, daß Everett jede ihrer Bewegungen mit bewundernden Blicken verfolgte und den Grund für ihre Unruhe vollkommen mißdeutete.

Der Redner war endlich fertig, und Carries Schulklasse erhob sich geschlossen zu einem Lied. Everett lehnte sich wieder zu Carries Ohr hinüber und wisperte: „Entspann dich, Carrie. Deine Rede ist perfekt; du wirst toll ankommen."

Carrie drehte sich um, um ihn zornig anzufunkeln, doch eine Bewegung im hinteren Bereich der Stuhlreihen, die auf dem Rasen vor dem Rednerpodium aufgestellt worden waren, lenkte ihre Aufmerksamkeit auf sich. Sie war zu klein, um erkennen zu können, wer dort zu spät kam. Abrupt hörte sie auf zu singen; ihr Herz begann schneller zu schlagen. Elisabeth hatte gesagt, daß sie zu Carries Abschlußfeier kommen und jemanden mitbringen werde, über dessen Kommen Carrie sich besonders freuen würde.

Das Lied war zu Ende. Everett stupste Carrie leicht an, und

sie wandte sich ihm wütend zu. Doch er lächelte nur und deutet mit dem Kopf zum Podium. Carrie wurde plötzlich mit einem heißen Schrecken bewußt, daß sie jetzt mit ihrer Rede dran war. Sie eilte zum Podium, stieg darauf und ließ ihren Blick blitzschnell über das Publikum schweifen, um zu sehen, ob Elisabeth und . . . Doch Elisabeth war nirgends zu entdecken.

Carries Blick suchte ihre Großeltern. Sie saßen in der ersten Reihe und lächelten ihr aufmunternd zu. Carrie ließ ihre Augen über ihre Klassenkameraden schweifen und dachte, wie schnell doch ihre Zeit hier an der Chouteau-Schule vergangen war. Everett fing ihren Blick auf und zwinkerte ihr zu. Der arme Everett! Angefangen bei seinem Namen, der kaum auf die Abschlußurkunde paßte, bis zu seinen Armen, die hoffnungslos weit aus Hemden und Mantelärmeln hinausragten, war alles an Everett Higgenbottom irgendwie zu lang. Die anderen hatten ihm sogar den Spitznamen „Dan" verpaßt, weil er sie so an ein Pferd aus dem Gespann der Feuerwehr erinnerte.

Carrie sah von ihm weg und stürzte sich in ihre Rede, über der sie nun schon wochenlang gebrütet hatte. Während sie sprach, suchte sie weiterhin die Anwesenden mit den Augen ab, in der Hoffnung, daß Elisabeth und ihr Überraschungsgast noch auftauchen würden. Doch sie beendete ihre Rede und setzte sich unter dem Applaus ihrer Klassenkameraden und deren Gäste wieder hin, ohne ihn wirklich wahrzunehmen. Tiefe Enttäuschung überflutete sie wie eine dunkle Welle. Plötzlich war es nicht mehr wichtig, daß sie diese Ansprache hatte halten dürfen. Er war nicht gekommen. Sie war sich so sicher gewesen, daß er da sein würde. Sie hatte seit Wochen davon geträumt, seit Elisabeth in ihrem Brief von dem Überraschungsgast gesprochen hatte. Und nun saß sie auf ihrem Stuhl, und Everett berührte schüchtern ihre Schulter und murmelte ihr seine Gratulation für ihre Rede zu. Sie hätte ihm am liebsten ins Gesicht geschlagen.

Seit Wochen hatte sie auf den Augenblick hingelebt, in dem *er* an Elisabeths Arm hineinkommen würde. Vermutlich würde er inzwischen einen Anzug tragen. Doch das spielte keine Rolle. Er würde die ganze Zeit nur sie ansehen, und wenn die Feier vorüber war, würde er lächelnd wieder in ihr Leben zurückkehren, erstaunt und überwältigt davon, wie erwachsen und wie schön sie geworden war.

Sie wußte, was sie dann tun würde. Sie würde ihn Everett und der eingebildeten Clara Delacroix vorstellen, und sie würden sprachlos zusehen, wie die kleine Carrie Brown ihren rechtmäßigen Platz an der Seite dieses wunderbaren Lakota-Kriegers mit Namen Wilder Adler einnahm.

Doch die Feier nahm ihren Lauf, und nur Everett war da, um sie zu bewundern. Seufzend fand sich Carrie mit der Abwesenheit von Wilder Adler ab. Mechanisch ging sie nach vorn, um ihr Abschlußzeugnis entgegenzunehmen. Ebenso mechanisch nahm sie nach der Feier Everetts Angebot an, sie nach Hause zu bringen, wo die gesamte Klasse noch zu einem Empfang eingeladen war.

Everett fuhr den Einspänner langsam die Chouteau Avenue entlang und wunderte sich über Carries höchst ungewöhnliche Schweigsamkeit.

„Deine Ansprache war wirklich ein voller Erfolg", versuchte er ein Gespräch in Gang zu bringen.

Carrie nickte unbestimmt.

„Du wirktest allerdings irgendwie . . . abgelenkt. Ich hatte schon Sorge, daß du etwas auslassen würdest."

„Ach, es ist nur . . . ein paar Freunde aus Nebraska hatten gesagt, daß sie kommen wollten, und ich habe gehofft . . ." Sie errötete. „Ach, ich war bloß enttäuscht, das ist alles." Entschlossen schob sie die dunklen Wolken vor ihrem Gemüt beiseite, zwang sich zu einem Lächeln und tätschelte Everetts Arm. „Hat deine Stute vergessen, wie man trabt, oder hast du einen bestimmten Grund, zu dem Empfang zu spät zu kommen?" Soeben war ihr eingefallen, daß ihr Überraschungsgast vielleicht einfach später gekommen und direkt zum Haus ihrer Großeltern gefahren war.

Everett grinste zurück. „Ich genieße es nur, dich hier neben mir zu haben." Jetzt kam das Haus ihrer Großeltern in Sicht, und sie sahen die beiden schon vor der Tür warten und ihnen zuwinken. Endlich trieb Everett seine Stute zum Trab an, und der Einspänner hielt just in dem Moment vor dem Haus, als von der anderen Seite her ein anderer Buggy vorfuhr.

Everett sprang vom Bock und reichte hinauf, um Carrie behilflich zu sein. Doch Carrie sah seine ausgestreckte Hand nicht. Sie starrte wie verzaubert auf die Insassen des zweiten Buggys.

Elisabeth sprang heraus und rief: „Oh, liebe Mrs. Jennings und lieber Mr. Jennings, es tut mir so leid, daß wir die Feier verpaßt haben. Der Zug hatte Verspätung!" Sie begrüßte Carries Großeltern und entdeckte dann Carrie, die noch immer in dem Einspänner saß. Lachend rief sie: „Carrie! Kannst du mir noch einmal verzeihen?" Sie eilte auf Carrie zu und lächelte sie warm an. „Aber ich mache alles wieder gut. Wie du siehst, habe ich dir den versprochenen Überraschungsgast mitgebracht!"

Carrie nickte sprachlos.

Everett streckte ihr noch immer die Hand entgegen. „Carrie . . ."

Beim Klang seiner Stimme schrak Carrie zusammen und nahm endlich sein Hilfsangebot an. Während sie vom Bock stieg, sagte Elisabeth:

„Liebe Jennings, darf ich Ihnen meinen Bruder vorstellen, Jeremiah Wilder Adler King! Er hat soeben seine Ausbildung an der John-Knox-Universität in Illinois abgeschlossen und ist gebeten worden, vor einigen Gemeinden hier in St. Louis zu sprechen. James konnte leider wegen der Aussaat auf der Farm nicht mitkommen, und deshalb wird mein Bruder meine Begleitung sein, solange wir hier sind."

Jeremiah Wilder Adler King trat vor und verbeugte sich formvollendet vor Carries Großeltern.

Everett wollte Carries Arm nehmen, doch er griff ins Leere, da Carrie bereits vorgetreten war, um den Fremden zu begrüßen.

Sie traute ihrer Stimme nicht recht, deshalb hob sie eine

weiß behandschuhte Hand mit zwei ausgestreckten Fingern. Wilder Adler erwiderte das Zeichen, und seine Mundwinkel hoben sich leicht. „Du erinnerst dich also noch, Roter Vogel."

Carrie nickte nur und hatte das Gefühl, gleich vor Glück platzen zu müssen. Sie wandte sich etwas hilflos an Elisabeth, die das Schweigen schnell durchbrach.

„Tja, Carrie, jetzt haben wir also deine Abschlußfeier und deine Rede verpaßt, aber wir sind hier, um dein Glück zu teilen. Ich weiß, daß deine Großeltern sehr, sehr stolz auf dich sind." Ihre Stimme wurde noch weicher. „Und deine Mutter auch, Carrie. Ich bin sicher, sie sieht uns jetzt gerade vom Himmel aus zu . . ."

Carrie nickte und lächelte, doch in ihrem Herzen sang es die ganze Zeit. *Er ist da. Er ist wirklich gekommen. Er ist zu mir zurückgekommen!*

Kapitel 2

Er war auf einem Pony im vollen Galopp mitten in eine Büffelherde hineingeritten, wo ein falscher Tritt den sicheren Tod bedeutete. Er hatte in Schlachten gegen weit besser bewaffnete weiße Soldaten gekämpft. Doch nichts von alledem hatte seine Knie so zum Zittern gebracht, wie sie es an diesem Frühlingsmorgen taten, als Wilder Adler zur Kanzel der Congregational Church in St. Louis vorging.

Reverend Hodge hatte widerstrebend zugestimmt, daß Wilder Adler vermutlich mehr Eindruck auf die Leute machen würde, wenn er seine indianische Kleidung trug. Als er jetzt die Kanzel bestieg, klimperten leise die Perlen und Fransen, die von seinem Rehleder-Hemd baumelten. Die meisten Besucher starrten fasziniert auf diesen ersten „echten" Indianer, den sie in ihrem Leben zu Gesicht bekamen.

Wilder Adler umklammerte die Seitenwände der Kanzel, um das Zittern seiner Hände zu vertuschen. Er neigte den Kopf, wartete, daß die Worte kamen und bat dabei still Gott, sein Herz zur Ruhe zu bringen und ihm zu helfen, die richtigen Dinge zu sagen.

Dann sah er auf und suchte mit den Augen das Gesicht seiner Schwester. Elisabeth lächelte ihm ermutigend zu. Neben ihr saß Carrie Brown und strahlte ihn an. Sie trug ein marineblaues Kleid, das ihre roten Haare und ihre kornblumenblauen Augen zum Leuchten brachte. Mit einem leisen Lächeln erhob sie ihre rechte Hand und machte das Zeichen für „Freund". Dann sah sie eine kaum wahrnehmbare Bewegung seiner Mundwinkel und wußte, daß Wilder Adler innerlich schmunzelte.

Tatsächlich hatte sie ihm mit dieser Geste den Anfang für seine Ansprache gegeben. Er ließ seinen Blick über die Menge schweifen und sagte: „Freunde!“ Auch er vollführte das Zeichen und erklärte den Zuhörern, was es bedeutete. „Der Freundeskreis der Indianer hat mich gebeten, herzukommen und zu euch zu sprechen, so daß wir mit Gottes Hilfe Freunde werden können.“ Er machte eine Pause, suchte die kornblumenblauen Augen und fuhr dann fort: „Ich habe keinen komplizierten Plan vorzuweisen, um die Probleme zu lösen, vor denen mein Volk steht. Statt dessen komme ich mit dem Gebet, daß wir - mein Volk und eures - in Frieden zusammenleben können, wenn wir lernen, einander zu verstehen.

Es gibt Menschen, die glauben, daß Indianer nur wenig mehr als Tiere sind. Ich habe gelesen, daß einer eurer großen Krieger gesagt hat: ‚Nur ein toter Indianer ist ein guter Indianer.‘ Ich hoffe, daß ihr zu einer anderen Sichtweise kommen werdet, nachdem ihr mich angehört habt.“

Endlich gelang es ihm, seinen Klammergriff um das Podium etwas zu lockern, und Wilder Adler sah sich das Publikum genauer an. Viele saßen mit abwehrend verschränkten Armen da, während andere ein wenig aufnahmebereiter aussahen. Er konzentrierte sich auf die letzteren, und seine sonore Baßstimme nahm einen sanften Ton an, als er fortfuhr: „Laßt mich euch von der ersten Weißen erzählen, die mir begegnet ist. Sie hat bei unserem Volk gelebt, als ich noch ein Baby war. Für mich war sie *Ina* - das bedeutet in eurer Sprache Mutter. Diese Frau hat mir aus der Heiligen Schrift vorgelesen und mir von Gott erzählt. Diese weiße Frau zu kennen und die Worte zu hören, die sie mir vorlas, hat mich auf den Weg gebracht, auf dem ich mich heute befinde.“

Wilder Adler richtete seinen Blick auf den am abweisendsten wirkenden Mann im Publikum und sprach ihn direkt an. „Als mir klar wurde, daß meine Art zu leben untergehen würde und daß unser Stammesland nicht länger mir gehören würde, um darin zu jagen und zu leben, wurde ich von Bitterkeit und Zorn erfüllt. Wahrscheinlich würden Sie alle auch zornig werden, wenn jemand in Ihr Heim käme und Ihnen sagte, Sie müßten es verlassen, anderswohin gehen und eine vollkommen andere Lebensweise erlernen." Er senkte die Stimme. „Und dieser Zorn würde in blinde Wut und Haß umschlagen, wenn diese Person dann einfach Ihre Familie umbringen würde."

Der Angesprochene blinzelte und wandte dann den Blick von Wilder Adler ab. Einige Frauen hatten Tränen in den Augen, und Wilder Adler fuhr in sachlichem Tonfall fort: „Das ist ein Teil meiner Vergangenheit. Doch der Apostel Paulus sagt, daß wir vergessen sollen, was hinter uns liegt. Ich spreche nur davon, damit Sie die Wut verstehen, die in den Herzen meiner Leute brennt. Wir empfinden Schmerz und Verlust ebenso wie Sie. Wir lieben unsere Familien ebenso wie Sie. Und wir trauern und weinen ebenso wie Sie.

Ich war voller Bitterkeit und Zorn, als ich nach Santee kam. Das ist sieben Jahre her. In Santee begegnete ich anderen Weißen. Ich beobachtete sie und wartete darauf, daß sie einem Indianer gegenüber ihre wahren Gefühle offenbarten, denn ich nahm an, daß sie ihre Freundlichkeit nur vortäuschten. Doch das war nicht der Fall. In Santee sah ich, wie indianische Kinder den neuen Weg zu leben erlernten. Ich sah Weiße wie meine Mutter, die durch die Haut ins Herz der Menschen sahen."

Wieder suchte Wilder Adler Carries Blick. „Ein kleines weißes Mädchen in Santee schenkte mir einmal ein selbstgebasteltes Kreuz, auf dem stand: ‚Jesus liebt Wilder Adler'. Es hat eine lange Zeit gedauert, doch schließlich erkannte ich, daß das die Wahrheit ist. Durch die Freundlichkeit der Menschen in Santee begriff ich, daß Jesus mich wirklich liebt. Ich habe in der Heiligen Schrift gelesen und durch sie von Gottes Liebe erfahren. Jetzt weiß ich, daß ich zu Jesus gehöre. Und obwohl mein Volk in dieser neuen Welt sehr schwach ist, ist er doch stark, und er wird uns helfen.

Für ältere Lakota wie mich ist es sehr schwer, sich so zu verändern. Doch die Botschaft von der Liebe Gottes kann jeden Menschen von Grund auf neu machen – auch einen Lakota. Und darum bin ich heute hierher gekommen: Um Ihnen zu sagen, daß mein Volk Ihre Hilfe braucht, um einen neuen Weg zu gehen - einen Weg, der in ein neues Leben führt. Ich bete, daß wir den Haß besiegen und dieses neue Leben ergreifen können. Das kann uns gelingen, wenn wir daran denken, daß Jesus uns alle gleichermaßen liebt und daß er uns dabei helfen kann, unsere Brüder zu lieben, auch wenn ihre Haut eine andere Farbe hat als unsere eigene. Und auch, wenn ihre Art zu leben anders ist als unsere."

Wilder Adler ließ die Hände sinken und trat von der Kanzel hinunter. Dabei sagte er leise: „Ich bete um Frieden für mein Volk, und ich wünsche ebenso Ihnen diesen Frieden."

Er ging zu seinem Platz zurück, und Reverend Hodge schloß den Gottesdienst mit dem Hinweis auf eine Kleidersammlung für Santee und einem kurzen Gebet.

Viele Menschen strömten daraufhin nach vorn, um Wilder Adler die Hand zu schütteln; unter ihnen war auch der Mann mit dem abweisenden Blick, der Wilder Adler zuerst aufgefallen war. Er hatte einen kleinen Jungen an der Hand; dieser riß sich jetzt von seinem Vater los und rannte auf Wilder Adler zu. Er blinzelte ihn unter dem Schirm seiner Mütze hervor an und fragte: „Herr Indianer, haben Sie vielleicht ein paar Skalps dabei?"

Eine Frau schnappte hörbar nach Luft, und alle verfielen sofort in entsetztes Schweigen. Der Vater des Kindes murmelte etwas mißbilligendes und eilte nach vorn. Wilder Adler ließ sich auf dem Bühnenrand nieder und winkte das Kind zu sich heran. „Wie heißt du, junger Mann?"

„Benjamin Whipple."

Mit einem Seitenblick auf den Vater des Jungen fragte Wilder Adler weiter: „Warum fragst du mich nach Skalps, Benjamin Whipple, wo ich doch gesagt habe, daß ich in Frieden komme?"

Der Junge nagte an seine Unterlippe und gab dann zurück: „Mein Onkel ist mit General Custer im Krieg gewesen. Und ich habe auch gelesen, daß Indianer Leute skalpieren." Angestachelt von der allgemeinen Aufmerksamkeit deutete der Junge auf Wilder Adlers Hemd. „Sie haben da so Dinger aus Haaren an ihrem Hemd. Das sind bestimmt Skalps, oder? Mein Papa hat das gesagt."

Der Vater setzte unter den mißbilligenden Blicken einiger Umstehender peinlich berührt zu einer Erwiderung an, doch Wilder Adler blieb ganz ruhig. Er nickte und sagte: „Nun, dann will ich dir die Wahrheit sagen, Benjamin. Meinst du, daß du bereit bist, die Wahrheit zu hören?"

Der Junge streckte sein Kinn vor. „Ich bin bereit!"

Wilder Adler sagte langsam: „Die Wahrheit ist, Benjamin Whipple, daß das Haar an meinem Hemd von den Mähnen meiner Lieblingsponys stammt. Manche Haarsträhnen sind auch von Menschen, die ich geliebt habe und die schon ins nächste Leben hinübergegangen sind." Er senkte seine Stimme. „Seit ich Jesus begegnet bin, habe ich aufgehört zu töten. Ich besitze keine Skalps, nur diese Erinnerungen an mein altes Leben und die, die ich darin geliebt habe."

Benjamin verzog enttäuscht das Gesicht und wandte sich wieder seinem Vater zu. Wilder Adler sprach eine Gruppe anderer Jungen an, die sich an der Kanzel herumdrückten. „Habt ihr auch Fragen an mich? Wenn eure Eltern einverstanden sind, könnt ihr mir ruhig einige Fragen stellen. Ich verspreche euch, daß ich ehrlich antworten werde."

Sofort rief einer der Jungen: „Woher haben Sie diese Narbe? Aus einem Kampf mit einem Soldaten?"

Wilder Adler berührte die Narbe an seiner linken Wange und begann zu erzählen: „Als ich ein Junge ungefähr in eurem Alter war, ging ich mit meinem Vater auf meinen ersten richtigen Jagdausflug. Ich war dafür noch sehr jung, und es war eine große Ehre für mich. Deshalb war ich auch sehr aufgeregt."

Er beschrieb die Jagd und zog dabei seine jungen Zuhörer völlig in seinen Bann, als er beschrieb, wie meisterlich sein Vater Der den Wind reitet die Fährten der Tiere zu lesen verstand.

„Unsere Ponys waren schwer beladen, als wir wieder nach Hause ritten. Wir ritten an einem Steilhang vorbei, als wir plötzlich zwei Adler sahen, die ihr Nest weiter unten an diesem Steilhang hatten." Wilder Adler berührte die Federn, die sein schwarzes Haar schmückten. „Jeder junge Lakota möchte seine Tapferkeit und seinen Mut beweisen, indem er einen Adler einfängt und Federn von ihm nimmt. Und ich war da nicht anders. Mein Vater half mir, mich mit einem Seil zu dem Nest hinunterzulassen. Doch die erwachsenen Adler griffen mich an, und dazu kam plötzlich noch ein schweres Gewitter auf. Mein Vater kam deshalb zu mir herunter, um mir zu helfen. Einer der erwachsenen Adler riß ihm dabei mit seinen Klauen die Halsschlagader auf." Wilder Adler hob das Kinn und zeigte auf die Stelle. „Er blutete schrecklich, doch es gelang ihm, die beiden erwachsenen Adler zu töten, bevor er das Bewußtsein verlor. Und da saß ich dann, ein kleiner Lakota-Junge auf einer hohen Klippe, den zwei junge Adler anstarrten, und neben mir lag mein Vater im Sterben."

Wilder Adler sah den Jungen nacheinander in die Augen und sagte: „Ich mußte einen Weg finden."

Einer der Jungen krächzte: „Und was haben Sie getan?"

„Ich habe gebetet. Ich habe zu dem gebetet, den mein Volk als ‚das große Geheimnis' kennt und den meine Mutter Gott nannte. Ich bat ihn um Hilfe. In unserem Volk gibt es eine Geschichte, in der ein Krieger von zwei Adlern eine Klippe hinuntergetragen wird."

Die Jungen sahen einander ungläubig an, und Wilder Adler nickte. „Ja - tief unter mir im Canyon war Wasser. Es war tief, und ich wußte, daß ich nur eine Chance hatte, meinen Vater zu retten - und mich selbst auch. Also ergriff ich mit jeder Hand einen der jungen Adler an den Füßen." Er ballte seine Hände zu Fäusten und hob sie hoch. „Und dann sprang ich."

Nach einer dramatischen Pause fuhr er fort: „Die Adler breiteten die Flügel aus und flatterten und bremsten dadurch meinen Fall. Gemeinsam fielen wir ins Wasser, ich tauchte jedoch wieder auf, kletterte hinaus und rannte zum Lager, um Hilfe zu holen. Mein Vater wurde gerettet, und meine Mutter nähte die Wunde an meiner Wange."

„. . . und Sie hatten Ihre Adlerfedern“, schloß Benjamin Whipple, der nun doch noch seine abenteuerliche Geschichte bekommen hatte.

Wilder Adler lächelte. „Damals kannte ich Gott noch nicht. Ich wußte nicht, daß er uns liebt, doch ich wußte, daß irgend etwas oder jemand mich gerettet hatte. Und so habe ich diese Narbe bekommen.“

Reverend Hodge schlug vor, einen weiteren Abend mit einer Fragestunde anzubieten. Wilder Adler stimmte zu, und Carrie fügte sofort an: „Ich bin sicher, daß meine Großeltern gern ihr Haus für ein solches Treffen zur Verfügung stellen.“

Daraufhin löste sich die Versammlung langsam auf, und Wilder Adler nahm Elisabeths Arm.

Der Reverend war begeistert und erklärte den Abend zu einem vollen Erfolg. „Sie haben heute mehr Menschen für Ihre Sache gewonnen, als Sie annehmen, Mr. King. Die Eltern dieser Jungen hätten niemals den Mut gehabt, die Fragen zu stellen, aber Sie können darauf wetten, daß sie es wissen wollten. Das haben Sie wirklich wunderbar gemacht . . . wunderbar!“

Kapitel 3

Wilder Adler saß in seinem schwarzen Anzug und mit sauber geflochtenen Haaren in der Stube der Jennings' und beschrieb seine Wandlung vom Lakota-Krieger zum Universitätsabsolventen.

Was er eigentlich nur als kurze Einleitung für die Fragestunde gedacht hatte, hatte den größten Teil des Abends gefüllt, weil die Männer immer neue Fragen zu seinem Leben gestellt hatten; nicht wenige davon waren von neugierigen Ehefrauen in ihr Ohr geflüstert worden.

Inzwischen waren nur noch einige einflußreiche Bürger da, und die Gespräche wurden vertraulicher. Diese Menschen waren alle in der Lage, Wilder Adlers Sache zu unterstützen, und Wilder Adler sah sie eindringlich an, als er sagte: „Wenn Sie die Situation der Indianer wirklich verändern wollen, dann geben Sie ihnen Jesus Christus! Nur er kann das Herz eines Menschen erneuern und ihn auf einen neuen Weg bringen." Sein Blick blieb an Reverend Hodge hängen. „Ich wünsche mir, einer von denen zu sein, die die Botschaft der Hoffnung zu meinem Volk bringen."

Einer der Zuhörer sagte. „Ich denke, daß zum Beispiel die Missionare in Santee auf diesem Gebiet schon sehr gute Arbeit leisten. Ich denke, daß Sie Ihren Leuten den größten Gefallen tun, wenn Sie weiterhin vor Menschen wie uns sprechen, die vielleicht helfen wollen, aber nicht wissen wie. Ich muß Ihnen wohl nicht erklären, was für einen Eindruck ein so gebildeter und distinguierter Indianer wie Sie auf die Leute macht. Sie sprechen viel von der geistlichen Seite der Dinge, und das ist gut und richtig. Doch wenn ich das richtig sehe, brauchen Ihre Leute einen Fürsprecher, der ihre Sache vor den Menschen dieses Landes vertritt und einflußreiche Persönlichkeiten dazu bringt, Mittel zur Verfügung zu stellen für Kleidung, Bücher oder was immer gebraucht wird. Und ich denke, daß Sie genau der richtige Mann für diese Aufgabe sind."

Wilder Adler schüttelte langsam den Kopf. „Ich schätze Ihre Meinung sehr, mein Freund. Doch *was nützt es dem Menschen, wenn er die ganze Welt gewönne und nähme doch Schaden an seiner Seele*? Ich stimme Ihnen zu, daß es ganz praktische Bedürfnisse gibt, die gestillt werden müssen - doch nur den äußeren Menschen zu versorgen, ohne daß das Herz verändert wird, bringt den Indianern keine bleibende Hilfe. Man hätte mich ja auch zwingen können, mir das Haar abzuschneiden und mich wie ein Weißer zu kleiden. Doch wozu wäre das gut gewesen? Was nützen Kleider, Blockhütten und Bildung, wenn es keine Hoffnung für die Seele gibt? Missionare und Pastoren, die den Indianern das Evangelium verkünden, werden mindestens so dringend gebraucht wie die ganz praktische Hilfe."

„Aber Sie können nicht leugnen, daß die praktischen Bedürfnisse vorhanden sind."

Wilder Adler dachte an die durchgelaufenen Sohlen seiner eigenen Schuhe und nickte zustimmend. „Ja, das sind sie. Doch es muß ein Gleichgewicht bestehen. Die Lakota glauben, daß die Erde ihre Mutter ist und daß es ein Gleichgewicht in allen Dingen gibt. Natürlich muß man sich um die physischen Bedürfnisse der Menschen kümmern . . . es ist nur so, daß –"

Elisabeth unterbrach ihn sanft. „Ich denke, was Wilder Adler sagen will, ist, daß seine *persönliche* Aufgabe in der Versorgung der *Seelen* der Menschen liegt."

Wilder Adler lächelte seine Schwester dankbar an und nickte.

Carrie sagte: „Aber Wilder Adler, du siehst doch sicher auch, daß du gebraucht wirst, um solche Reden zu halten wie gestern und auch heute. Ich bin sicher, daß die Kleidersammlung hauptsächlich deshalb ein großer Erfolg werden wird, weil du hier gewesen bist."

Reverend Hodge stimmte ihr zu. „Die kleine Carrie hier ist

vielleicht eine der jüngsten unter uns, doch sie hat recht. Der Freundeskreis der Indianer hat schon einige Zeit nach einem Sprecher gesucht, und es sieht so aus, als hätten wir ihn gefunden!"

Die kleine Carrie. Carrie stampfte ärgerlich mit dem Fuß auf – genau auf Everetts große Zehe. Everett hatte sie schon den ganzen Abend wie ein Spürhund verfolgt; ständig war er neben ihr gewesen und hatte sie daran gehindert, mit Wilder Adler zu sprechen. Jetzt sprang sie einfach auf und eilte in den Garten hinaus. Sie zitterte vor Ärger und Frustration. *Nichts läuft so, wie ich es mir vorgestellt hatte! Nichts!* Sie ging durch die Hintertür wieder ins Haus und in ihr Zimmer. Von ihrem Fenster aus beobachtete sie, wie die Gäste das Haus verließen und wartete, bis auch Everett endlich ging.

„Ist alles in Ordnung mit dir, Carrie?" Ein leises Klopfen an der Tür und Elisabeths besorgte Stimme ließen Carrie erschreckt herumfahren.

„Oh, Elisabeth! Komm doch herein, bitte!"

Elisabeth trat ein und setzte sich auf den Stuhl vor Carries Frisierkommode. „Dein junger Mann war etwas enttäuscht, daß du dich nicht von ihm verabschiedet hast. Er war recht besorgt, ob du vielleicht krank bist."

„*Mein junger Mann*?" schnaubte Carrie. „Oh, du meinst wohl Everett. Der ist nicht *mein* junger Mann!"

Elisabeth grinste. „Das liegt sicher nicht daran, daß er's nicht versucht hätte!"

„Er ist ein solches Kind!"

„Genauso alt wie du, nehme ich an."

Carrie errötete. „Du weißt schon, was ich meine. Everett ist wirklich nett. Aber er ist noch nicht einmal mit der Schule fertig und irgendwie kein bißchen erwachsen. Und er macht so ein Getue um mich, Elisabeth. Ich hasse das!"

Elisabeth wurde plötzlich ernst. „Gibt es etwas, über das du gern reden möchtest, Carrie?"

Carrie zog die Beine an und umklammerte sie mit ihren Armen.

„Du wirkst so . . . so unruhig. Unglücklich. Stimmt etwas nicht? Deine Großeltern machen sich auch schon Sorgen."

Carrie sah abrupt auf. „Sie brauchen sich keine Gedanken zu machen. Es ist nur noch so lange, bis ich . . ." Sie seufzte. „Als Mama und ich aus Santee wegmußten, habe ich mir geschworen zurückzukommen. Ich habe diesen Schwur nie vergessen. Ich möchte zurück nach Santee, Elisabeth. Ich möchte an der Schule unterrichten, und ich . . ." Sie biß sich auf die Lippe.

Elisabeth lächelte sie an. „Ich finde, das ist ein gutes Vorhaben, Carrie. Aber hast du darüber schon mit Gott gesprochen? Hast du es deinen Großeltern erzählt? Und Everett?"

Bei der Erwähnung von Everetts Namen flammten Carries Augen auf. „Ich muß deswegen nicht beten, Elisabeth. Ich weiß, was ich tun will, und ich weiß, was ich tun *soll*. Ich soll zur Universität gehen, so daß ich Lehrerin werden kann. Und dann gehe ich zurück nach Santee." Sie stöhnte. „Es dauert bloß alles so fruchtbar lange! Ich bin jetzt schon jahrelang fort, Elisabeth. Die Dinge haben sich verändert. Wilder Adler hat sich verändert! Ich soll ihn jetzt mit Mr. King anreden. Und es wird noch Jahre dauern, bis ich endlich etwas *tun* kann!"

Elisabeth versuchte Carries Äußerungen über Wilder Adler einzuordnen. Als ihr das nicht gelang, sagte sie vorsichtig: „Ich verstehe deine Ungeduld sehr gut, Carrie. Wilder Adler hat dieselben Gefühle durchlebt. Gerade heute hat er mir wieder gesagt, wie sehr er es bedauert, für die Pastorenausbildung aus Nebraska fortzugehen."

Carrie setzte sich alarmiert auf. „Er geht weg? Wieder?"

„Ja. Ist das nicht wundervoll?" sagte Elisabeth und ignorierte die Enttäuschung in Carries Stimme. „Reverend Hodge sagte gerade vorhin noch, daß er gemeinsam mit Reverend Riggs aus Santee für die Kosten der Ausbildung aufkommen will. Und während der Ausbildung kann er weiterhin herumreisen und den Leuten von der Not unseres Volkes berichten."

„Wie lange? Wie lange wird er fort sein?"

„Zwei Jahre, glaube ich. Was . . ."

Zwei Jahre. Ich habe mein halbes Lebens gewartet, und

jetzt kommen noch einmal mindestens zwei Jahre dazu. Und was, wenn – Carries Herz schlug bei den Schrecken dieses Gedankens schneller – *was, wenn er jemand anderen kennenlernt? Was, wenn er ... o nein, das wird er nicht. Gott wird das nicht zulassen, nicht nach all der Zeit, die ich gewartet habe. Das würde er nicht tun.*

Plötzlich bemerkte Carrie, daß Elisabeth aufgehört hatte zu sprechen und sie neugierig ansah. „Ist irgend etwas nicht in Ordnung, Carrie?"

„Nein, natürlich nicht. Alles ist in Ordnung. Ich freue mich für Wilder Adler. Es ist nur so, daß ..." Carrie verlor die Schlacht um ihre Gefühle. „Zwei Jahre sind so furchtbar lange. Und was, wenn ..."

Elisabeths dunkle Augen leuchteten plötzlich verstehend auf. „Carrie Brown! Du hast Angst, daß er jemanden kennenlernen könnte, stimmt's?" Carrie lief dunkelrot an, und Elisabeth lachte auf. „Mein Güte, Kind. Ich hatte ja keine Ahnung, daß du für ihn schwärmst!"

Carrie verzog das Gesicht. „Ich *schwärme* nicht für ihn, und ich bin kein *Kind*. Ich bin siebzehn Jahre alt!" Sie richtete sich zu ihrer nicht sehr beeindruckenden Größe von knapp einem Meter fünfundfünfzig auf und funkelte Elisabeth an, die sich zu sagen beeilte:

„Tut mir leid, Carrie. Ich wollte nicht ..."

Carrie fiel ihr ins Wort. „O ja, das wolltest du, Elisabeth. Du und jeder sonst auch. Niemand nimmt mich ernst. So sieht es doch aus: Ich bin klein, und ich bin verwöhnt, und niemand nimmt mich ernst. Sogar Everett Higgenbottom behandelt mich wie eine kleine Puppe, mit der man Teetrinken spielt."

Sie stampfte wütend durch den Raum und starrte wieder aus dem Fenster. Dann fuhr sie mit mühsam unterdrücktem Zittern in der Stimme fort: „Aber ich werde es allen zeigen! Ich werde eine Frau sein, auf die Wilder Adler stolz sein kann. Ich werde zur Schule gehen, während er fort ist, und ich werde bereit sein, wenn wir zurück nach Santee gehen. Wir werden uns ein Heim schaffen, und ..." Sie drehte sich zu Elisabeth um, und ihre Augen sprühten Funken. „Jeder sagt, daß ich so ein niedliches kleines Püppchen bin. Es macht mich krank! Ich bin kein Püppchen, Elisabeth, ich bin eine *Frau*." Sie hielt einen Moment inne, dann fuhr sie etwas ruhiger fort: „Ich war noch ein kleines Mädchen, als ich Wilder Adler zum ersten Mal begegnet bin. Ich weiß noch genau, daß ich dachte, daß er das Schönste war, was ich je gesehen hatte. Alle anderen hatten Angst vor ihm, als er nach Santee kam. Er sah wild und furchterregend aus. Aber ich konnte gar nicht verstehen, warum die anderen Angst vor ihm hatten. Ich sah doch, wie müde er war und wie sehr er litt. Und als ich ihn bat, mir das Medaillon mit dem Bild deiner Mutter zu zeigen, da habe ich ihn das erste Mal innerlich lächeln sehen, so wie er das immer tut.

Ich habe all die Jahre für ihn gebetet. Zuerst habe ich gedacht, daß es vielleicht nur die Erinnerung war, die ich liebte. Doch jetzt habe ich ihn wiedergesehen, und ich liebe ihn mehr denn je. Und . . .", sie errötete und lachte leise. „Und ich denke immer noch, daß er das Schönste ist, was ich je gesehen habe." Ihre Wangen wurden purpurrot, und sie versteckte sie hinter ihren Händen, als sie flüsterte: „Ich möchte seine Frau werden, Elisabeth."

Elisabeth blinzelte verblüfft, und Carrie sah sie unsicher an. „Du wirst es doch niemandem erzählen, nicht wahr? Sie würden mich nur auslachen." Sie seufzte verzweifelt. „Sogar Wilder Adler würde darüber lachen, wenn er es wüßte. Aber wenn ich meinen Abschluß habe und Lehrerin bin, dann wird er mich endlich als Frau sehen und das kleine Mädchen vergessen."

Elisabeth öffnete den Mund, dann schüttelte sie den Kopf und sagte: „Ich werde es niemandem erzählen, Carrie. Versprochen."

Impulsiv legte Carrie eine Hand auf Elisabeths Arm und drückte ihn. „Was du eben wegen dem Beten gesagt hast . . . würdest du wohl für mich beten, Elisabeth? Für uns?"

Elisabeth nickte. „Natürlich werde ich das tun, Carrie. Ich bete sowieso schon seit Jahren für dich, und damit höre ich ganz sicher nicht jetzt plötzlich auf!"

Zusammen gingen die beiden jungen Frauen hinunter ins Wohnzimmer. Wilder Adler sah auf und sagte: „Geht es meinem kleinen Roten Vogel gut?"

Carrie errötete heftig und gab zurück: „Ihr kleiner Roter Vogel ist flügge geworden und fortgeflogen, Mr. Jeremiah Wilder Adler King. An seiner Stelle steht jetzt Carrie Brown, eine Schulabsolventin, die bald an der Universität von Nebraska für das Lehramt studieren wird. Wenn alles nach Plan läuft."

Bei dieser Aussage hob Carries Großvater die Augenbrauen und saugte noch intensiver an seiner Pfeife. Ihre Großmutter sah erstaunt von ihrer Handarbeit auf, und Carrie biß sich nervös auf die Unterlippe, während sie auf ihre Reaktion wartete.

Elisabeth räusperte sich umständlich, und Wilder Adler erhob sich zum Gehen. Als er seiner Schwester in die Kutsche half, warf er einen langen Blick zurück auf die Tür des Jennings-Hauses, wo Carrie stand und ihnen nachsah, bis sie außer Sicht waren.

Kapitel 4

Vielen Dank, daß sie gekommen sind, Mrs. Callaway", sagte Lucy Jennings und führte Elisabeth durchs Haus und in den Garten. „Ich hoffe, es hat Ihnen nicht allzu viele Umstände bereitet."

Sie setzten sich auf eine Bank, während Carries Großmutter fortfuhr: „Aber es ist der letzte Tag vor Ihrer Abreise, an dem Carrie ganz sicher nicht zu Hause ist. Sie ist mit einigen ihrer Klassenkameraden zu einem Picknick unterwegs, glaube ich. Everett hat sie abgeholt, gerade bevor Sie angekommen sind. Sie werden erst in einigen Stunden wiederkommen."

Elisabeth saß still und hörte der älteren Frau zu, die offensichtlich etwas auf dem Herzen hatte. Zunächst redete sie jedoch über belanglose Dinge, bis ihr nichts mehr einfallen wollte und sie und Elisabeth in ein ungemütliches Schweigen verfielen.

Nachdem sie jede einzelne Blume im Garten bewundert hatte, sagte Elisabeth schließlich: „Ist alles in Ordnung, Mrs. Jennings? Ich hoffe, es gibt kein Problem mit Carrie. Aber wenn ich Ihnen irgendwie helfen kann . . ."

„Problem?" wiederholte Mrs. Jennings mit angespannter Stimme. „Problem? Mit Carrie? Nein, es gibt kein Problem mit Carrie. Sie hat noch nie Probleme gemacht. Seit sie angekommen ist, ist sie für ihren Großvater und mich eine einzige Freude gewesen." Sie lachte leise. „Allerdings eine sehr aktive und energische Freude! Es hat mit ihr nie einen langweiligen Moment in unserem Leben gegeben!"

Sie stand auf und ging unruhig auf und ab. „Elisabeth - darf ich Sie so nennen?" Als Elisabeth nickte, fuhr Mrs. Jennings fort: „Carrie war nicht immer einfach, so aufgeweckt und neugierig wie sie ist. Sie hat eine Menge Fragen gestellt und nicht immer unsere Antworten akzeptiert. Aber ich denke, sie war glücklich bei uns." Sie setzte sich wieder. „Doch sie hat sich immer den Traum bewahrt, eines Tages nach Santee zurückzukehren. Anfangs dachten Walter und ich, das seien nur Kindereien, doch anscheinend hat sie es damit sehr ernst gemeint." Sie seufzte. „Walter und ich sind überzeugte Christen, Elisabeth. Wenn eines unserer Kinder oder Enkelkinder den Wunsch verspürte, dem Herrn zu dienen, haben wir das immer und gern unterstützt. Doch bei Carrie sind wir uns nicht sicher, ob ihre Motive die richtigen sind."

Elisabeth nickte. „Ich glaube, ich weiß, was Sie sagen wollen, Mrs. Jennings. Carrie hat sich nicht wirklich dem Willen Gottes unterstellt, was ihre Zukunft anbelangt. Sie hat einfach beschlossen, daß Gott sie in Santee haben will."

Lucy Jennings holte tief Luft, bevor sie antwortete: „Sie hat einen unglaublich starken Willen. Elisabeth. Ich habe sie ermahnt, um die Führung des Herrn zu beten . . ."

Elisabeth unterbrach sie: „Und sie sagt, daß sie deswegen nicht mehr beten muß, weil sie schon weiß, was Gott von ihr möchte."

Mrs. Jennings nickte. „Sie haben also schon mit ihr gesprochen. Ich hätte mir denken können, daß sie Ihnen von ihren Plänen erzählt hat." Sehr zögernd fuhr Mrs. Jennings fort: „Hat Carrie Ihnen gegenüber auch noch andere Pläne erwähnt?"

Elisabeth nickte, unsicher, was sie jetzt sagen sollte.

„Darf ich ganz offen sprechen, Elisabeth?" fragte Lucy Jennings mit gesenkter Stimme, und als Elisabeth nickte, sagte sie leise: „Ich denke, daß Carrie vor allem deshalb nach Santee zurückkehren will, weil sie annimmt, daß sie Ihren Bruder dann für sich erobern kann." Als Elisabeth keine Überraschung zeigte, fuhr sie fort: „Es ist eine regelrechte fixe Idee geworden, Elisabeth. Sie hat Ihren Bruder zu einer Art Märchenprinz verklärt. Oh, bitte verstehen Sie mich nicht falsch – meine Besorgnis hat nichts mit Ihrem Bruder als Person zu tun. Soweit ich das beurteilen kann, ist er ein sehr feiner Mann, aber . . ."

Elisabeth unterbrach sie wieder: „Aber Wilder Adler hat bisher nicht das geringste Interesse an Carrie gezeigt, und Sie sind besorgt, daß sie sich Hals über Kopf in diese Sache stürzt und dann schrecklich enttäuscht wird. Vielleicht macht sie dann Dummheiten oder wendet sich von Gott ab."

Lucy Jennings nickte traurig. „Letzteres ist meine größte Sorge, Elisabeth. Walter und ich haben Carrie verwöhnt, das muß ich leider zugeben. Wir konnten nicht anders. Damit haben wir sie wohl nicht sehr gut auf die harten Realitäten des Lebens vorbereitet. Sicher, sie glaubt an Gott, doch für sie ist er ein bißchen wie ihr Großvater - ein freundlicher alter Herr, der ihr keinen Wunsch abschlagen kann." Sie sah Elisabeth schmerzvoll an. „Ich weiß nicht, was mit ihr passieren wird, wenn Gott ihr kleines Märchen nicht wahrwerden läßt."

Elisabeth nickte verständnisvoll. „Das wäre ein schwerer Schock, soviel ist sicher. Mrs. Jennings, ich weiß, daß mein Bruder Carrie sehr gern hat. Aber außer freundschaftlichen Gefühlen habe ich bei ihm nichts beobachtet. Ich verstehe Ihre Gefühle sehr gut, und ich fürchte auch, daß Carrie bitter enttäuscht werden könnte." Sie legte ihre Hand auf den Arm der älteren Frau. „Was kann ich tun?"

„Sie waren ja dabei, als Carrie so plötzlich ihre Pläne offenbart hat, nach Nebraska zu gehen. Sie hat sogar schon an die Universität geschrieben - und an Augusta Hathaway, in deren neuem Hotel sie nebenbei arbeiten möchte!"

Bei Elisabeths überraschtem Blick mußte Mrs. Jennings lächeln. „Ich sagte Ihnen ja, daß Carrie sehr genau weiß, was sie will - und wie sie es bekommt! Sie hat die ganze Sache schon von vorn bis hinten geplant, bevor sie uns auch nur ein Sterbenswörtchen gesagt hat. Sie hat unser Schweigen wohl einfach als Zustimmung gewertet."

Als Elisabeth die Eröffnung verdaut hatte, sagte sie: „Tante Augusta ist genau die richtige Person, um ein Auge auf Carrie zu halten, Mrs. Jennings. Sie wird sie hart genug arbeiten lassen, daß sie nicht auf dumme Gedanken kommt, und sie wird wie ein Spürhund darauf achten, daß sie in die Kirche geht." Sie lachte leise. „Und sie ist abschreckend genug, um unstandesgemäße männliche Begleiter zu vergraulen!"

Lucy Jennings lächelte. „Das höre ich gern. Walter und ich hatten gehofft, daß Carrie hier eine Privatschule besuchen würde. Wir haben genug Rücklagen, um das zu bezahlen. Doch Carrie will nichts davon wissen. Aber es ist ein sehr großer Gefallen, um den wir Mrs. Hathaway da bitten . . ."

Elisabeth lachte auf. „Tante Augusta wird entzückt sein, Mrs. Jennings! Sie hat die Universität von Anfang an sehr gefördert, und es wird ihr sehr gefallen, ein so wunderbares Mädchen wie Carrie unter ihre Fittiche nehmen zu können. Wenn irgend jemand Carrie richtig anpacken kann, dann ist es Tante Augusta!"

„Ich hoffe, daß auch Sie mit Carrie in Kontakt bleiben werden, Elisabeth." Mrs. Jennings machte eine gedankenvolle Pause. „Besucht Ihr Bruder Sie oft?"

Elisabeth schüttelte den Kopf. „Er ist überhaupt noch nie bei uns zu Hause gewesen. Und er wird jetzt noch einmal mindestens zwei Jahre auf dem Predigerseminar sein. Normalerweise fahren mein Mann und ich zweimal im Jahr nach Santee. Carrie wird dann mitkommen wollen, aber vermutlich wird sie keine Gelegenheit haben, um . . ." Elisabeth unterbrach sich selbst. „Wir werden gut auf sie achtgeben, Mrs. Jennings. Die Universität wird ihr völlig neue Horizonte eröffnen. Und unser Pastor in Lincoln hat ein großes Herz für junge Leute. Er wird einen sehr guten Einfluß auf Carrie haben. Sie wird sicher eine Menge lernen, vor allem das, was man Herzensbildung nennt." Elisabeth senkte die Stimme. „Ich weiß sehr gut, wie es ist, wenn man Dinge nur deshalb glaubt, weil man so erzogen worden ist, Mrs. Jennings. Und ich denke, bei Carrie ist das ebenso. Doch der Herr wird sie nicht aus seiner Hand lassen. Ich habe keinen Zweifel, daß er ihr zur rechten Zeit eine tiefe Erkenntnis darüber schenken wird, was es heißt, ihm nachzufolgen."

Lucy Jennings war überrascht, als ihr plötzlich die Augen feucht wurden. Sie murmelte: „Ich hoffe, Sie haben recht, Elisabeth. Ich bete täglich dafür."

Elisabeth beruhigte sie. „Sie tun genau das Richtige, Mrs. Jennings. Die Universität in Lincoln ist sehr jung, aber sie hat einen ausgezeichneten Ruf. Carrie wird dort viel glücklicher sein, als wenn Sie sie zwingen, in St. Louis zu bleiben. Und der Herr wird viel Gelegenheit haben, sie zu der Frau zu formen, als die er sie gedacht hat."

„Ja, Walter und mir scheint es auch so, als sei es der einzige Weg, sie nicht völlig zu verlieren. Auf diese Weise können wir in Verbindung bleiben. Ich fürchte, daß unsere kleine Carric vor großen Herausforderungen steht. Es ist so schwer, den Träumen der Kinderzeit Lebewohl zu sagen und erwachsen zu werden."

Elisabeth antwortete feierlich: „Wir werden tun, was in unserer Macht steht, um ihr dabei zu helfen, Mrs. Jennings. Sie können sich darauf verlassen."

*

Am Morgen ihrer Abreise waren Elisabeth und Wilder Adler zum Frühstück bei den Jennings' eingeladen. Carrie plapperte fröhlich auf sie ein und bestand darauf, die beiden zum Zug zu begleiten.

Während des Essens war Wilder Adler ungewöhnlich still und schien sehr weit weg zu sein. Auch auf dem Weg zum Bahnhof hielt er sich ein wenig abseits von den anderen. Erst kurz bevor ihre Züge abfuhren, verbeugte er sich formvollendet vor den Jennings' und Carrie und half dann Elisabeth in ihren Zug, bevor er zu seinem eigenen eilte.

Carrie stand ganz still neben ihren Großeltern, als Wilder Adlers Zug abfuhr. Sie trug ein blaues Kleid, das ihre Augen strahlen ließ. Als ihre Großeltern sich zum Gehen wandten, warf sie Wilder Adler eine Kußhand zu.

Wilder Adler setzte sich und zog ein Neues Testament aus der Tasche. Doch die Worte verschwammen ihm immer wieder vor den Augen, und statt dessen sah er eine zierliche Gestalt in einem blauen Kleid vor sich, die ihm eine Kußhand zuwarf. Und Jeremiah Wilder Adler King mußte sich zu seiner größten Beunruhigung eingestehen, daß ihm diese Vorstellung sehr gefiel.

Kapitel 5

Wilder Adler sah von seiner Lektüre auf und wußte, daß es Ärger geben würde. Ihm gegenüber saß ein übergewichtiger Mann mit einem dicken Klumpen Kautabak im Mund. Die Überreste verschiedener Mahlzeiten klebten an seinem Hemd, und er rülpste laut, als er sich streckte. Dann musterte er Wilder Adler aus seinen schmalen Augen.

Wilder Adler steckte seine Bibel weg. Sein Gegenüber, Gilbert Slater, hatte bereits beschlossen, daß dieser Kerl dort eindeutig nicht seine erste Wahl als Mitreisender war. Ein europäisch gekleideter und offensichtlich gebildeter Indianer paßte nicht in die kleinen Schubladen in Gilbert Slaters Kopf. Daher beugte er sich jetzt vor und blies Wilder Adler den Rauch seiner soeben angezündeten Zigarre ins Gesicht. Wilder Adler blinzelte und schaffte es durch reine Willensanstrengung, nicht zu husten.

„Also", sagte Slater laut, ohne jemanden direkt anzusprechen. „Sieh sich das mal einer an! Ein Indianer, der versucht, wie ein Weißer auszusehen!" Er musterte Wilder Adler und besonders dessen sorgfältig geputzte Schuhe. „Ich hätte nicht gedacht, daß ich das Abteil mit einem Flüchtling aus dem Reservat teilen müßte", zischte er und schleifte dabei seine dreckverschmierten Stiefel über Wilder Adlers Schuhe.

Als Wilder Adler nicht reagierte, saugte Slater erneut an seiner Zigarre und schwieg einen Moment lang. Wilder Adler sah sich hilfesuchend im Abteil um, in der Hoffnung, in ein mitfühlendes Augenpaar zu schauen, irgend jemand Bekannten zu sehen, der ihm eine Entschuldigung gab aufzustehen und den Platz zu wechseln. Unglücklicherweise war das einzige Augenpaar, das Sympathie bekundete, ein weibliches . . . Wilder Adler hatte schon lange Zeit zuvor gelernt, niemals eine Frau anzusprechen, der er nicht vorgestellt worden war. Innerlich wappnete er sich also für das, was jetzt kommen würde. Und Slater enttäuschte ihn nicht.

„Du verstehen, was ich sage, Kerl?" Er wedelte mit einem tabakverschmierten Finger in Wilder Adlers Richtung. „Du sprechen Englisch?"

„Ja, ich spreche Englisch."

„Er spricht Englisch!" rief Slater durch das Abteil. „Zieht sich an wie ein Weißer. Spricht wie ein Weißer. Vielleicht kämpft er auch wie ein Weißer!" Er ließ die Asche seiner Zigarre auf Wilder Adlers Schuhspitzen niederrieseln.

„Wie sieht's aus, Rothaut? Kämpfst du wie ein Weißer? Oder schießt du einem Mann in den Rücken, wenn er nicht hinsieht, so wie deine roten Brüder?"

Wilder Adler sagte ruhig: „Ich habe keinen Streit mit Ihnen."

Das machte Slater nur noch wütender. Sein Gesicht lief rot an, und seine Augen zogen sich zu schmalen Schlitzen zusammen. „Nun, aber ich habe Streit mit *dir*, Rothaut! Ich habe nämlich genug von dir und deinesgleichen!"

Wilder Adler schluckte hart. Er hatte die Hände auf seine Knie gelegt und umklammerte sie jetzt fest, während er darum betete, daß er seinen wachsenden Ärger bezähmen können würde. Die Heftigkeit seines Zorn überraschte und erschreckte ihn. Wieder sah er sich nach einer Fluchtmöglichkeit um.

Plötzlich stand ein Mann direkt vor ihm und streckte ihm die Hand entgegen. „Entschuldigen Sie, Sir, aber ich glaube, meine Schwester und ich haben Sie in St. Louis sprechen gehört."

Während Gilbert Slater ihn verblüfft anstarrte, ergriff der Fremde Wilder Adlers Hand und schüttelte sie kräftig. „Mein Name ist George Woodward, und das . . .", er wandte sich leicht zur Seite, „. . . ist meine Schwester Julia. Möchten Sie uns vielleicht auf einen Kaffee begleiten?"

Mit einem dankbaren Nicken sprang Wilder Adler auf und folgte George Woodward und seiner Schwester zum Speisewagen. Sobald sie außer Hörweite waren, schüttelte Wilder Adler

George Woodward noch einmal die Hand und sagte: „Jeremiah Wilder Adler King. Vielen Dank, daß Sie mich gerettet haben. Normalerweise kann ich solche Situationen vermeiden, aber heute hatte ich keine Gelegenheit, mir einen Platz auszusuchen. Vielleicht hätte ich einfach draußen auf der Plattform bleiben sollen. Das ist manchmal besser, als solchen Männern zu begegnen."

Julia Woodwards warme braune Augen funkelten zornig, als sie fragte: „Sie wollen damit sagen, daß solche Dinge häufiger passieren?"

„Oft genug", sagte Wilder Adler knapp.

Julia sah ihren Bruder an und stieß hervor: „Siehst du, George? Das ist genau das, was ich letzte Woche meinte: In jeder Kultur gibt es unzivilisierte Wilde!" Kaum hatte sie es ausgesprochen, schien sie die Worte wieder zurücknehmen zu wollen. „Oh, es tut mir leid! Ich meinte nicht . . ."

George unterbrach sie. „Julia und ich sind Mitglieder beim Freundeskreis der Indianer in Boston, Mr. King. Meine Schwester hatte kürzlich eine sehr hitzige Diskussion mit einem Herrn, der dem nicht unähnlich war, der sie gerade belästigt hat." Er lächelte seine Schwester warm an.

Wilder Adler erwiderte: „Verzeihen Sie mir, wenn ich mich nicht an Sie erinnere, aber es waren so viele Menschen bei meiner Ansprache in St. Louis . . . ich war wirklich überwältigt."

Julia lachte auf. „Soll das heißen, daß Sie wirklich in St. Louis gesprochen haben?" Sie blinzelte ihrem Bruder zu. „George und ich haben uns das eigentlich nur als Vorwand ausgedacht, um Sie aus dieser Situation zu retten!"

„Dann stehe ich doppelt in Ihrer Schuld", sagte Wilder Adler und erklärte kurz den Grund seines Aufenthalts in St. Louis, während ihr Kaffee gebracht wurde.

„Werden Sie auch in Boston einen Vortrag halten?" wollte George wissen.

„Eigentlich werde ich den Sommer in Wisconsin verbringen, wo ich auf einer Farm arbeiten werde. Ich werde erst kurz vor Semesterbeginn nach Boston kommen, und vermutlich werde ich dann nicht mehr die Zeit zu weiteren Ansprachen haben. Obwohl ich gern dazu bereit wäre, wenn Gott mir die Möglichkeit dazu gibt."

Sie bestellten sich ein Mittagessen, und während sie warteten, fragte George Woodward: „Würden Sie wohl so freundlich sein, uns die näheren Umstände Ihres Weges vom Westen nach St. Louis zu erklären?"

Julia lachte ein tiefes, warmes Lachen. „George Woodward, wenn ich diese Frage gestellt hätte, hätte ich nachher eine gehörige Standpauke von dir bekommen, weil ich so neugierig war!" An Wilder Adler gewandt fügte sie hinzu: „Ich stehe in der Schuld meines Bruders, daß er mir diese Aufdringlichkeit erspart hat! Bitte, Mr. King, wir brennen darauf, Ihre Geschichte zu hören!"

Dankbar für diesen Grund, nicht zu seinem Platz zurückkehren zu müssen, erzählte Wilder Adler, wie er nach Santee gekommen war, und schloß: „Doch dann verspürte ich einen Hunger nach mehr - mehr Wissen über Gott und über diese neue Welt, die mir da übergestülpt worden war. Dr. Riggs hat es möglich gemacht, daß ich aufs College gehen konnte, wo ich Geographie, Geschichte, Mathematik, Grammatik, Buchhaltung und Englisch studiert habe. Und nebenbei habe ich die Menschen ebenso genau studiert wie die Bücher."

George lächelte breit. „Ich würde sagen, daß all das wohl sehr erfolgreich gewesen ist, wenn Sie nun schon auf Vortragsreisen gehen!"

Wilder Adler sagte: „Es gab sehr viel zu lernen. Ich befand mich in einer vollkommen fremden Kultur. Ich habe mir sogar Notizzettel geschrieben, damit ich wußte, was ich wann sagen oder tun mußte."

Julias Stimme war voller Sympathie. „Sie müssen sich sehr einsam gefühlt haben."

Wilder Adlers dunkle Augen lächelten, und er nickte. „Ja, aber ich war nicht wirklich allein. Gott hat mir geholfen und mir Zuspruch und Zuflucht geboten. Es war eine schwierige Zeit, aber auch eine Zeit des Wachstums. Sie hat mich näher zu

Gott gebracht - und vielleicht auch zu dem Mann gemacht, den Gott in seinem Reich benutzen kann."

Es vergingen fast zwei Stunden, bevor die Woodwards und Wilder Adler schließlich ihre Servietten zusammenlegten und ins Abteil zurückkehrten. Erleichtert stellte Wilder Adler fest, daß Gilbert Slater laut schnarchend in seinem Sitz hing, und als die Woodwards vorschlugen, daß er sich auf einen freien Platz ihnen gegenüber setzte, holte er nur zu gern seine Sachen und zog ans andere Ende des Abteils um.

Als der Zug schließlich das erste Mal hielt, wartete Wilder Adler, bis alle anderen Passagiere das Abteil verlassen hatten, bevor er selbst hinausging.Trotzdem gelang es ihm nicht, eine erneute Begegnung mit Slater zu vermeiden.

„Was ich noch vergessen hatte", schnarrte er, als er von hinten an Wilder Adler herantrat und ihn gegen die Waggonseite drückte, „ich war Fährtenleser bei der Armee!"

„Ich habe keinen Streit mit Ihnen", sagte Wilder Adler müde.

„Und das ist der Punkt, wo du dich irrst, Rothaut", zischte Slater.

„Warum wollen Sie mit mir kämpfen? Ich habe nichts getan, um Sie zu reizen."

„Ich habe eine dicke Rechnung mit deinesgleichen offen", kam die Antwort. „Leider haben wir nur zwanzig Minuten Zeit, da muß ich mich wohl ranhalten. Deine Indianerfreunde sind ja jetzt nicht da, um dir dein Händchen zu halten, nicht wahr?"

Als Wilder Adler antworten wollte, fiel Slater über ihn her und riß ihn zu Boden. Dann beugte er sich über ihn und spuckte ihm seinen Kautabaksaft ins Gesicht, während er ihm in die Rippen trat. „Das ist für meinen Bruder, den ihr Wilden getötet habt. „ Wieder trat er zu. „Und das ist für die zwei Finger, die ich mir im Winter '68 abgefroren habe, als ich dieses verdammte Rudel Crow gejagt habe." Slater ergriff Wilder Adler beim Hemdkragen und zog ihn hoch, wobei er ihn wieder hart gegen die Zugseite schleuderte. Dann ballte er die Faust und ließ sie niedersausen, doch statt Wilder Adlers Gesicht traf er schmerzhaft die Waggonwand. Wilder Adler war verschwunden.

Während Slater noch vor Schmerz und Verblüffung aufheulte, hielt Wilder Adler ihm von hinten die Arme fest und preßte sie an seinen Körper. Sein stählerner Griff drückte Slater die Luft ab, als er ihm zornig ins Ohr flüsterte: „Ich werde nicht gegen Sie kämpfen, Mister. Sie haben also eine Rechnung mit meinem Volk offen? Soll ich Ihnen meine Rechnung zeigen?" Er drückte noch fester zu, und Slater grunzte. „Soll ich Ihnen von dem Tag erzählen, als die Soldaten in unser Lager ritten - vorbei an der amerikanischen Flagge, die mein Häuptling als Zeichen des Bündnisses gehißt hatte, das er soeben mit den Weißen abgeschlossen hatte - und zu schießen begannen? Soll ich Ihnen die Namen meiner Schwestern und Brüder und Kinder nennen, die alle an diesem Tag starben?"

Er preßte Slaters Brustkorb immer fester zusammen und stellte mit einem Schauer fest, daß er sich danach sehnte, das Rückgrat dieses Mannes zu brechen. Nur mit größter Selbstbeherrschung gelang es ihm, seinen Griff zu lockern und Slater loszulassen, nicht ohne ihn ebenfalls gegen den Zug zu schleudern und ihn dort mit dem Unterarm unter seinem Kinn festzuhalten. „Ich könnte Ihnen noch viel mehr aufzählen. Aber es gibt einen besseren Weg als die Rache."

Slater spuckte ihm wieder ins Gesicht und zischte wilde Flüche vor sich hin, daraufhin mußte Wilder Adler noch etwas von der Wut herauslassen, die in ihm hochbrodelte. „Ich möchte, daß sie eines wissen: Ich kleide mich wie ein Weißer, und ich gehe auf eine weiße Schule, ich glaube auch an denselben Gott wie die Weißen, aber ich bin noch immer ein Lakota." Er preßte mit seinem Unterarm fester zu. „Ich weiß noch sehr gut, wie man einen Mann tötet." Er drückte Slaters Luftröhre einen Moment lang komplett zu, bevor er ihn endgültig losließ. Slater rutschte nach Luft ringend an der Zugseite entlang zu Boden und rieb sich den Hals.

Wilder Adler ging vor ihm in die Hocke und sagte ruhig: „Ich steige jetzt wieder in diesen Zug und fahre darin bis Chicago mit. Und ich möchte Sie während dieser Fahrt nicht mehr zu Gesicht bekommen."

Er erhob sich und klopfte sich den Staub von seinem Jackett. Dann stieg er etwas steifbeinig wieder in den Zug. Slater ließ sich während der gesamten weiteren Reise nicht mehr blicken, und Wilder Adler bemerkte den anerkennenden und verständnisvollen Blick von George Woodward.

Kapitel 6

Carrie Brown stieg am 15. Juni 1883 in den Zug nach Lincoln im Bundesstaat Nebraska. Ihre Großeltern hatten darauf bestanden, sie zu begleiten, und als der Zug im gotischen Bahnhofsgebäude von Lincoln einfuhr, wartete Augusta Hathaway bereits am Bahnsteig auf sie.

Carrie blieb vor dem Bahnhofsgebäude stehen und starrte ungläubig auf das dreistöckige Hotel direkt auf der anderen Straßenseite. Das gesamte Gebäude war aus Ziegelsteinen erbaut, mit Stuckverzierungen über jedem Fenster und einem eindrucksvollen Portal, das die Gäste im „Hathaway-Hotel" willkommen hieß.

Augusta sonnte sich in Carries beeindrucktem Gesichtsausdruck. „Das ist also mein neues Hotel, Carrie! Ist ein bißchen was anderes als das, was du kanntest, nicht wahr?" Sie machte keinen Versuch, ihren Stolz zu verbergen. „Wir können dreihundert Gäste unterbringen - und das ist noch nicht genug! Lincoln ist eine richtige Metropole geworden. Jeden Tag kommen hier zwanzig Personenzüge an, und es werden jede Woche mehr. Ich stehe doch tatsächlich auf der Warteliste für einen Telefonanschluß! Dampfheizung, Gaslicht - inzwischen gibt es in Lincoln jede moderne Errungenschaft; wir sind kein kleines Präriekaff mehr. Natürlich ist Lincoln nicht mit St. Louis zu vergleichen - aber wir machen uns!" Sie gingen über die gepflasterte Straße, während Augusta weitersprach: „Einige Leute - mich eingeschlossen - glauben, daß wir in weniger als zehn Jahren über 100.000 Einwohner haben werden."

Sie betraten die Empfangshalle des Hotels, und Augusta stellte sie dem jungen Mann hinter dem Rezeptionstisch vor. „Das hier ist Silas Kellum. Er bezeichnet sich selbst als meinen niederen Empfangsknecht, aber in Wirklichkeit saugt er alles in sich auf, was man über die Führung eines Hotels wissen kann, damit er mich auf meine alten Tage ausbooten kann!"

Silas begrüßte sie zackig. „Jawohl, Madam, das ist richtig!" Dann zwinkerte er den Jennings zu. „Willkommen im Hathaway-Hotel. Wir versprechen Ihnen, daß Sie vollauf zufrieden sein werden. Anderenfalls bekommen Sie Ihr Geld zurück."

Augusta nickte zufrieden. „Guter Junge. Der Gast kommt immer zuerst. Der Tag, an dem wir das vergessen, ist der Tag, an dem das Hathaway-Hotel seinen . . ."

„. . . seinen Status als erstes Haus am Platze an das Lindell verlieren wird", fiel Silas ihr ins Wort.

„Halte dich zurück, junger Mann!" befahl Augusta mit gespielter Strenge. „Kate Martin vom Lindell becirct die Stadträte schon seit Jahren, aber noch treffen sie sich jede Woche hier bei mir!"

„Und so wird es auch in Ewigkeit bleiben, solange es uns gelingt, die Schlegelmilch-Schwestern in unserer Küche zu halten!" ergänzte Silas grinsend.

Augusta lachte und führte die Jennings und Carrie zu einer schlichten Tür mit der Aufschrift „Privat".

„Dies sind meine Räume", erklärte sie. „Ich rede zwar immer davon, mir irgendwann ein Haus in der Stadt zu kaufen, aber eigentlich will ich gar nicht umziehen. Ich habe so viele Jahre im Hotel gelebt – ich könnte gar nicht mehr ohne die Geräusche und all das leben."

„Hier riecht aber irgend etwas höchst verlockend", stellte Walter Jennings fest.

„Das ist Cora Schlegelmilchs exquisite Kochkunst, Mr. Jennings", erklärte Augusta. „Die Küche ist gleich nebenan, und Gott hat mich mit zwei Schwestern gesegnet, die – man kann es nicht anders sagen – einfach himmlisch kochen! Ich zeige Ihnen schnell Ihre Zimmer, dann können Sie sich vor dem Abendessen noch ein wenig frischmachen."

Carries Zimmer lag gleich neben Augustas eigenen Räumen. „Ich habe überlegt, dir ein Zimmer oben im ersten oder zweiten Stock zu geben. Das wäre größer gewesen als dieses hier", sagte Augusta und grinste schelmisch. „Aber ich war egoistisch und wollte dich in meiner Nähe haben." Sie seufzte und wurde ernst. „Seit Elisabeth und Sarah fort sind, bin ich ein wenig einsam. Deshalb freue ich mich auch so, wieder eine junge Person um mich zu haben, die ich ein bißchen verwöhnen kann - und ich hoffe doch stark, daß du oft Freunde mitbringen wirst. Ich habe so gern junge Leute um mich!"

Lucy und Walter Jennings, die zuerst von Augustas einnehmender Persönlichkeit überwältigt gewesen waren, entspannten sich jetzt sichtlich und schienen ihren Entschluß, Carrie die Rückkehr nach Nebraska zu gestatten, nicht mehr so stark in Zweifel zu ziehen.

Carrie begann gutgelaunt mit dem Auspacken, während Augusta ihre Großeltern zu deren Zimmer brachte. Als Augusta noch einmal zu ihr hereinschaute, schenkte ihr Carrie ein strahlendes Lächeln.

„Mrs. Hathaway, ich kann Ihnen gar nicht genug für alles danken, was Sie bereits für mich getan haben. Ich möchte, daß Sie wissen, daß ich hart arbeiten werde, damit Sie es nicht bereuen müssen, mich aufgenommen zu haben!"

Augusta kam näher und tätschelte die Schulter des Mädchens. „Ich weiß, daß du das tun wirst, Carrie. Ehrlich gesagt hat es mich ziemlich beeindruckt, daß du mir geschrieben und dich nach einem Job erkundigt hast, bevor du dich an der Universität eingeschrieben hast. Es spricht für dich, daß du deinen Weg in dieser Welt machen willst."

„Wann soll ich mit der Arbeit anfangen?"

„Nun, ich dachte, du würdest dich vielleicht erst ganz gern ein paar Tage in Lincoln umsehen. Ich werde dich und deine Großeltern in unserer blühenden Metropole herumkutschieren und euch alles zeigen, und dann beginnt der Ernst des Lebens, junge Dame! Es gibt jede Menge zu tun - Wäsche waschen, Staubwischen, Fensterputzen, im Speisesaal bedienen, Küchenarbeit . . . die Liste ist endlos und wiederholt sich ständig. Im Moment brauche ich dringend jemanden, der die Empfangshalle und den Speisesaal tipptopp in Ordnung hält. Aber das besprechen wir alles später, Liebes. Jetzt leb dich erst mal hier ein. So etwa in einer Stunde machen wir dann die erste Stadtrundfahrt, ja?"

*

Joseph Freeman, der inzwischen deutlich gealtert war, fuhr die Kutsche mit den Jennings' und Carrie durch die Stadt.

Sie hielten vor dem Universitätsgebäude, und Augusta brach in Gelächter aus, als sie die zwei Kühe sah, die den Rasen vor dem dreistöckigen Bauwerk zu einem kleinen Abendimbiß nutzten.

„Tja, bei allem Wachstum läßt es sich doch nicht verleugnen, daß Lincoln nur entstanden ist, weil ein paar Dickköpfe sich geweigert haben, anzuerkennen, daß dies hier immer eine Wildnis bleiben wird. Aber nun ja, das Gebäude selbst ist in Ordnung. Es gibt verschiedene Musikzimmer, einen Lesesaal, eine Bibliothek, ein Labor und, und, und. Sogar eine Kapelle ist angeschlossen."

Walter Jennings sagte. „Ich bin beeindruckt, Mrs. Hathaway. Nicht so sehr von der Universität, sondern eher von Ihrem Wissen um all die Details."

„Ich bin eine sehr engagierte Bürgerin Lincolns, Mr. Jennings. Die Gründung der Universität ging nicht ohne Kontroversen ab, und ich stand mittendrin - auf der Seite für die Universität. Inzwischen haben wir hier siebzehn Lehrstühle und fast dreihundert Studenten. Ich würde sagen, der Aufwand hat sich gelohnt."

Carrie sah zufrieden auf das Gebäude. „Seht ihr, Oma und Opa, ich habe euch doch gesagt, daß ich hier eine gute Ausbildung erhalten werde. Und mir gefällt die Aussicht, nicht auf eine riesige Universität zu gehen, wo ich nur ein winziger Fleck im großen Ozean des Wissens sein würde."

„Also, Carrie", lachte Augusta, „du bist zwar wirklich klein, aber du kannst sichergehen, daß du auf dieser Universität eine

Menge Aufmerksamkeit bekommen wirst. Und rund um Lincoln gibt es jede Menge ländliche Schulen, die nach Hilfslehrern lechzen. Es ist nicht unüblich, daß die Studenten ein oder zwei Semester dazu nutzen, sich in der Lehrtätigkeit zu üben und ihre Ersparnisse etwas aufzustocken."

Carrie nickte. „Ich würde auch gern so bald wie möglich praktische Erfahrungen sammeln – falls sie mich nehmen! Da fällt mir ein, ich würde sehr gern die Sonntagsschulklasse übernehmen, von der Sie mir geschrieben haben, Mrs. Hathaway."

Auf die überraschten Gesichter der Jennings' hin erklärte Augusta. „Als Carrie mir geschrieben hat, daß sie möglichst bald Lehrerfahrungen machen wolle, habe ich erwähnt, daß wir dringend Sonntagsschullehrer brauchen. Mit dem Wachstum der Stadt ist auch der Gottesdienstbesuch stark angestiegen."

Die Jennings' nickten zustimmend.

„Die Studenten hier sind älter und ernsthafter als die an den Schulen im Osten", erzählte Augusta. „Die meisten kommen her, weil sie wirklich den tiefen Wunsch nach Wissen haben, nicht weil man sie dazu genötigt hat. Viele müssen sehr harte Opfer bringen, um diese Ausbildung zu erhalten. Ich habe von einem jungen Mann gehört, der vierzig Meilen zu Fuß gegangen ist, um sich einzuschreiben. Fast alle müssen neben dem Studium arbeiten, um über die Runden zu kommen, und sie haben wenig Zeit für andere Aktivitäten."

Carrie hörte ihr aufmerksam zu und zeichnete sich vor ihrem inneren Auge dabei ein recht dramatisches Bild von sich selbst, wie sie überarbeitet und unterernährt, doch über alle Widrigkeiten triumphierend ihr Lehrerdiplom entgegennahm und unverzüglich nach Norden aufbrach, um die Lakota zu unterrichten, die nur auf ihre weisen Worte gewartet hatten.

Währenddessen fuhren sie weiter, und Augusta fuhr mit ihren Erklärungen über die verschiedenen Gebäude fort: „. . . und dort drüben sind die Studentenwohnheime. Carrie ist die einzige Studentin in meinem Hotel. Ich habe auch so gut wie keine Zimmer mehr frei, bei den Einwandererströmen, die täglich nach Lincoln kommen! Nicht alle davon sind arm; im Moment kommen viele Mennoniten aus Deutschland, die über ein beachtliches Vermögen verfügen. Ich habe sogar gehört, daß sie eine eigene Zeitung drucken wollen."

Augusta deutete auf ein anderes Gebäude. „Dies ist das Krämer-Café, und du tätest gut daran, es zu meiden, Carrie. Sie verkaufen Essensmarken an die Studenten, doch sie nennen die Mahlzeiten dort nur ‚Flohteller', weil die Portionen so winzig sind. Silas hat immer dort gegessen, bevor er bei mir anfing zu arbeiten, und er sagt, daß er nur überlebt hat, weil er immer alles Brot auf den Tischen eingesteckt und die Milchkanne immer sobald sie aufgefüllt war, leergetrunken hat."

Die Kutsche fuhr jetzt auf das Rathaus zu, und Augusta sagte: „Fahr doch eben bei den Braddocks vorbei, Joseph. Ich habe Abigail schon seit über einer Woche nicht mehr gesehen, und Sarah wollte Carrie gern so bald wie möglich treffen."

Während die Kutsche durch das vollendet geschmiedete Tor und die gepflegte Auffahrt zum Herrenhaus der Braddocks hinaufrollte, erklärte Augusta kurz die Geschichte von Sarah und Tom Biddle, die als heimatlose Waisenkinder nach Lincoln gekommen waren. Inzwischen war die junge Sarah Haushälterin im Haushalt der begüterten Familie Braddock.

„Es ist so schön, daß Sarah es so weit gebracht hat", sagte Augusta, während sie aus der Kutsche stieg. „Ich bin unsagbar stolz auf sie. Und sie wird sich schrecklich freuen, dich zu sehen, Carrie!"

Kapitel 7

Sarah Biddle wandte sich kurz vom Ofen ab und wischte sich die feuchte Stirn. Dann ergriff sie die beiden Beine des riesigen Truthahns, der nun schon seit Stunden im Ofen briet, und drehte ihn um. Der Knochen löste sich leicht, und sie nickte zufrieden. Sie ging hinüber zum Schrank, um eine Platte zu holen, als sie eine Kutsche die Auffahrt hinaufkommen hörte. Sie wartete nicht, bis die Besucher klopften, sondern eilte gleich zur Tür, so daß Augusta praktisch mit der Tür ins Haus fiel.

„Sarah! Schau, da sind sie endlich!" rief Augusta und zog die drei Besucher in die Küche. „Nach fünf Jahren ist die kleine Carrie Brown nach Nebraska zurückgekehrt. Carrie, sicher erinnerst du dich noch an Sarah. Mr. und Mrs. Jennings, dies hier ist Sarah Biddle – die beste Haushälterin, die Lincoln zu bieten hat!"

Sarah lief vor Verlegenheit dunkelrot an, lachte nervös und schüttelte den Gästen die Hände. Augusta ging auf die Tür zum Eßzimmer zu. „Wo ist Abigail, Sarah? Ich weiß, ich hätte uns anmelden sollen, aber ich konnte es einfach nicht erwarten, ihr Carrie und ihre Großeltern vorzustellen."

Sarah schüttelte den Kopf. „Es tut mir leid, Tante Augusta, aber Mrs. Braddock fühlt sich nicht wohl und ist noch nicht nach unten gekommen. Aber Mr. Braddock wird bald von seinem Banktreffen zurück sein, und auch Tom müßte jeden Augenblick aus der Schule kommen. Möchten Sie vielleicht ein Glas Limonade?"

Irgend etwas lag in Sarahs Stimme, das Augusta nicht gefiel. „Wir hätten sehr gern etwas zu trinken, Sarah, aber laß mich das machen, damit du dich weiter um das Abendessen kümmern kannst."

Sarah geleitete die Jennings und Carrie in den Garten, den sie unter bewundernden „Ahs“ und „Ohs“ besichtigten. Dann arbeitete sie schweigend neben Augusta in der Küche. Gerade als Augusta sie fragen wollte, was los war, kam der inzwischen zwölfjährige Tom aus der Schule nach Hause. Wie immer zog er sein linkes Bein ein wenig nach, als er die Treppe hinaufstieg, doch bei Augustas Anblick erhellte sich sein Gesicht sofort.

„Tante Augusta!“ strahlte er und fiel ihr um den Hals.

„Nun, Tom, wie behandelt dich denn Mrs. Griswall dieser Tage?“

Tom begann sofort, einen ganzen Schwall von gut vorbereiteten Klagen gegen seine Lehrerin loszuwerden, doch Sarah unterbrach ihn: „Tom, du weißt doch ganz gut, daß Mrs. Griswall dich nur zur Arbeit anhält, weil sie dich für sehr begabt hält und möchte, daß du die Universität besuchst. Wenn du Jura studieren willst, mußt du dich eben anstrengen!“

Tom zuckte nur mit den Schultern, und Sarah trug ihm auf, den Gästen die Getränke in den Garten zu bringen. Als der Junge fort war, sagte Augusta:

„Es tut mir leid, daß wir hier einfach so hereingeplatzt sind, Sarah. Du hast so viel zu tun.“

„Nein, ich bin froh, daß ihr gekommen seid“, gab Sarah zurück, während sie einen ganzen Berg dünn geschnittener Bratkartoffeln auf eine Platte häufte. „Es war in den letzten Wochen ein wenig . . . trist hier.“ Sie wandte sich ruckartig ab, und Augusta runzelte die Stirn.

„Wie geht es denn Mrs. Braddock, Sarah? Gestern war Dr. Gilbert zum Abendessen bei uns. Er wollte nicht recht heraus mit der Sprache, aber ich konnte sehen, daß er wegen Abigail sehr besorgt war.“

Sarahs blaue Augen wurden kühl, und sie sah zur Seite. „Es geht ihr nicht gut. Es geht ihr sogar schlecht, fürchte ich.“ Sie hielt inne und schien sich ihre nächsten Worte sehr sorgfältig zu überlegen. „Sie ist seit Tagen nicht in der Lage gewesen aufzustehen. Doch wir haben noch immer Hoffnung. David – ich meine, Mr. Braddock ist sehr aufmerksam.“

Augustas Stimme war voller Wärme, als sie sagte: „Ich bin so froh, daß du hier ein Zuhause gefunden hast, Sarah. Obwohl ich zugeben muß, daß ich mir ein bißchen Sorgen um dich mache. Du reibst dich mit Abigails Pflege noch vollkommen auf."

Sarah warf ihr einen schnellen Blick zu. „Das ist Unsinn. Mrs. Braddock hat so viel für mich getan, Tante Augusta. So wie du auch. Ich werde tun, was ich kann, damit es ihr so gut geht, wie die Umstände es erlauben, bis . . . bis es ihr besser geht." Abrupt wechselte sie das Thema. „Danke, daß du Carrie so bald schon mitgebracht hast. Erstaunlich, wie erwachsen sie geworden ist. Ich habe sie kaum wiedererkannt." Sie drehte den Herd ab. „So, jetzt kann ich mich wohl mal einen Moment um die Gäste kümmern."

Doch als sie in den Garten gehen wollten, klingelte im Flur eine Glocke.

„Das ist Mrs. Braddock, Tante Augusta. Entschuldige mich bitte; sie braucht mich." Sie nahm sich die Schürze ab und holte aus einem Schrank ein Fläschchen. „Sag bitte den Jennings', daß es mir sehr leid tut . . . ich hoffe, sie verstehen . . ." Ihre Stimme verklang, als sie die Treppe hinaufeilte.

In ihrer Eile hatte Sarah den Schrank offengelassen, und mit nur einem leichten Schuldgefühl ging Augusta hin und sah sich die Bücher und Fläschchen darin genauer an. Sie nahm ein Buch mit dem Titel „Gesundheitsführer für Frauen" von einem Dr. J. H. Kellogg hinaus. Eine Seite war mit einem Zettel markiert, und Augusta öffnete das Buch an dieser Stelle. Sie hielt den Atem an. Die Seite war offenbar sehr genau studiert worden; sie war fleckig, und einige Zeilen waren sogar unterstrichen: *„Lotionen, die bei Brustkrebs schmerzlindernd wirken . . . zur äußerlichen Anwendung . . . besonders hilfreich bei Spannungsschmerz durch schnell wachsende Tumoren . . ."*

Augusta schrak zusammen, als Sarah hinter ihr sagte. „Es hilft tatsächlich ein wenig gegen die schlimmsten Schmerzen. Dr. Gilbert hat gesagt . . ." Ihre Stimme brach.

„Oh Sarah, ich hatte ja keine Ahnung! Abigail hat nie etwas gesagt . . ."

Sarahs Augen füllten sich mit Tränen, doch sie zwang sie zurück und holte tief Luft. „Es weiß bisher noch niemand davon, nicht einmal David – Mr. Braddock. Sie wollte das nicht, weil sie niemandem Umstände bereiten will . . ."

Augusta schloß das Buch und legte es wieder in den Schrank. Dann nahm sie die zitternde Sarah ganz fest in ihre Arme. „Und du hast dieses Wissen jetzt . . . wie lange mit dir herumgetragen?"

Sarah hob die Schultern und löste sich von ihr. „Nicht sehr lange. Es ist noch im Anfangsstadium. Die Medizin hilft, und Mrs. Braddock hat auch bessere Tage. Vielleicht kommt sie sogar heute abend ein wenig herunter." Sarah sah Augusta an. „Sie braucht mich, und ich bin froh, daß ich für sie da sein kann."

„Aber Sarah, du solltest das nicht allein tragen müssen."

„Das tue ich ja auch nicht, Tante Augusta. Dr. Gilbert schaut mehrmals täglich nach ihr, und Tom liest ihr jeden Abend vor." Sie senkte die Stimme, wie um ein großes Geheimnis mitzuteilen: „Wir nennen Sie Mutter Braddock, und es scheint ihr zu gefallen. Manchmal ist es fast wie damals mit dir und Tante Jessie im Hotel."

Augusta bekam jetzt doch ein schlechtes Gewissen. „Ich hätte nicht in den Schrank schauen sollen; es tut mir leid."

„Irgendwie ist es eine Erleichterung, daß es jetzt noch jemand weiß, Tante Augusta . . . jemand, der für sie beten kann." Tränen steigen ihr in die Augen. „Ich schätze, es ist doch eine ziemlich einsame Last gewesen."

Augusta ergriff Sarahs Hände und drückte sie. „Ich werde jeden Tag beten, Sarah – und nicht nur einmal. Wenn ich sonst irgendwie helfen kann . . ."

Sarah schüttelte den Kopf und riß sich von Augusta los. „Nein, du kannst nichts tun. Erzähl es nur niemandem, und bete." Sie sah zur Seite und sagte leise: „Ich weiß nicht, wie Mr. Braddock es aufnehmen wird. Er hat schon Verdacht geschöpft, denn seine Mutter und er hatten immer ein sehr inniges Verhältnis." Sie wandte sich dem Herd zu und stocherte überflüssigerweise in Töpfen und Pfannen herum. „Er wird bald nach Hause kommen. Vielleicht könnt ihr ja ein anderes Mal wieder vorbeikommen. Entschuldigst du mich bitte bei den Jennings'? Sie müssen mich für sehr unhöflich halten."

„Denkst du, du kannst morgen zum Abendessen ins Hotel kommen?"

Sarah hob den Truthahn aus dem Ofen. „Ja. Ich habe es Tom versprochen, und Mr. Braddock wird bei seiner Mutter bleiben. Sie wäre sehr böse, wenn wir nicht gehen würden."

Augusta nickte zufrieden. „Gut, und jetzt machen wir uns davon. Mach dir keine Mühe, wir finden allein nach draußen. Bis morgen abend dann also! Ich freue mich."

Tom kam mit den Gläsern aus dem Garten, und Augusta sagte im Vorbeigehen zu ihm: „Bis morgen, Liebling. Ich bete für euch!"

In der Küche fragte Tom seine Schwester. „Warum betet Tante Augusta für uns?"

„Wegen Mutter Braddock."

„Gut. Das kann sie brauchen!"

„Wir alle können Gottes Beistand brauchen, Tom. Jetzt komm, hilf mir, den Tisch zu decken. David wird jeden Augenblick zurück sein."

„Wieso nennst du ihn eigentlich immer David, wenn wir allein sind, und sonst Mr. Braddock?"

„Weil er mein Arbeitgeber ist und ich ihm damit Respekt erweise."

„Aber du sprichst ihn doch auch mit David an. Was hat das dann mit Respekt zu tun?"

Sarah errötete. „Er hat mich gebeten, ihn so zu nennen. So wie Mutter Braddock es mag, wenn wir sie Mutter nennen."

„Naja, mir gefällt's jedenfalls. Fühlt sich fast so an, als wären wir eine richtige Familie. Meinst du, Mutter Braddock kommt zum Essen herunter?"

„Ich denke schon. Die Medizin hilft ihr wirklich."

„Hoffentlich wird sie bald wieder gesund!"
„Das hoffe ich auch, Tom."
Draußen knirschten Kutschenräder und Hufeisen auf dem Kies, und Sarah lächelte leise. „David ist zu Hause. Mach du hier weiter, und ich sehe nach Mutter Braddock."

*

David Braddock stieg langsam die Stufen zur Eingangstür seines Anwesens hinauf. Vor der Glastür hielt er kurz inne, nahm seinen Hut ab und strich sich mit den Fingern durch die dunklen Locken. Dann öffnete er die Tür, warf den Hut im Vorbeigehen auf die Ablage und ging direkt in die Küche, wo er sich auf einen Stuhl setzte und wartete.
Sarah und Tom kamen fast im selben Moment in die Küche. Als David sie eindringlich ansah, sagte Sarah zu Tom: „Geh und sieh nach, ob Mutter Braddock deine Hilfe braucht, ja, Tom? Ich bringe das Abendessen auf den Tisch."
Tom verließ den Raum, und Sarah stand da und sah David regungslos an. Als er schließlich sprach, war seine sonst so sonore Stimme angespannt. „Ich habe heute mit Dr. Gilbert gesprochen." Seine Augen waren schmerzerfüllt, und er senkte den Kopf und wischte sich mit beiden Händen über das Gesicht.
Sarah machte zwei große Schritte auf ihn zu und legte ihre Hand vorsichtig auf seine Schulter. Bei ihrer Berührung holte David tief Luft; dann legte er beide Arme um sie und zog sie so fest an sich, daß sie kaum noch Atem holen konnte. Zärtlich streichelte sie sein Haar.
Als David schließlich seine Umarmung lockerte, sah er sie mit tränenfeuchten Augen an. „Du hast es gewußt."
„Ja."
„Warum hast du es mir nicht gesagt?"
„Ich habe ihr versprochen, nichts zu sagen. Noch nicht."
David stand auf. „Ich muß dieses Jahr noch nach Philadelphia, und . . ."

Sarah unterbrach ihn. „Du solltest so bald wie möglich fahren. Bring es hinter dich und komm schnell wieder, so daß du hier bist, wenn . . ."

Er hob die Hand und legte ihr sanft einen Finger auf die Lippen. „Ich fahre in zwei Wochen. So lange brauche ich leider noch, um alles vorzubereiten. Aber der Aufenthalt selbst sollte nicht allzu viel Zeit in Anspruch nehmen." Er nahm Sarahs Hand und sagte ruhig: „Und wenn ich wiederkomme, werden wir heiraten. Mutter kann dann noch an unserer Hochzeit teilnehmen." Er sah sie fragend an. „Oder meinst du nicht?"

Sarah biß sich auf die Lippe und antwortete nicht.

David setzte sich abrupt auf und fuhr sich wieder mit der Hand durchs Haar. Sarah wollte sich abwenden, doch er ergriff wieder ihre Hand und sagte: „Das war nicht gerade ein angemessener Heiratsantrag, Sarah. Tatsächlich war er sogar schrecklich. Es tut mir leid."

„Es ist schon in Ordnung, David. Ich verstehe das."

Er sah sie hoffnungsvoll an. „Liebst du mich, Sarah Biddle?"

„Ich glaube nicht, daß die Gesellschaft von Lincoln mit deiner Wahl einverstanden sein würde, David."

„Es ist mir vollkommen egal, was die Gesellschaft von Lincoln denkt."

Sarah lächelte ihn an. „Und das ist eins der Dinge, die ich an dir liebe."

Tom rief von oben, daß Mutter Braddock herunterkommen würde.

„Sollen wir es ihr gleich sagen?"

„Oh, ich denke nicht, David."

„Wieso nicht?"

„Weil du dir ganz sicher sein solltest, bevor du es deiner Mutter erzählst."

„Sarah Biddle!" Davids Stimme klang aufgebracht, und Sarah war überrascht von der Heftigkeit seiner Gefühle. „Du bist das süßeste, bescheidenste, klügste und liebevollste Wesen, das mir je begegnet ist. Ich bin zu alt für wilde Liebesschwüre, aber ich will dich zur Frau nehmen, so wahr der Schnee im Dezember fällt! Also, willst du, oder willst du nicht?"

Sarah sah sich nachdenklich in der Küche um. „Ich gehöre in die Küche, nicht in den Salon."

David nahm ihr Gesicht in seine Hände und drehte es zu sich herum. „Du sollst nicht das Haus ansehen, sondern *mich*!" Seine Stimme wurde wärmer. „Jeder einzelne Mann in meinem Bekanntenkreis hat gesagt, daß er wünschte, seine eigene Tochter wäre so sanft wie du."

„Ich habe nicht die richtige Herkunft, um . . ."

„Ich will ja auch nicht deine *Herkunft* heiraten, sondern *dich*!"

„Aber deine Freunde werden das anders sehen."

„Wenn sie das tun, dann sind sie nicht meine Freunde."

„Jetzt sei nicht albern, David!"

„Ich bin albern, wann ich will!"

Sarah nahm mit flammenden Augen die Platte mit dem Truthahn auf und eilte ins Eßzimmer. „Dann wirst du allein albern sein müssen, denn wir anderen essen jetzt zu Abend!"

David kam etwas verwirrt dreinblickend ins Eßzimmer, gerade als seine Mutter und Tom sich setzten. Er küßte seine Mutter abwesend auf die Wange und nahm dann seinen Platz am Kopfende des Tisches ein.

Abigail Braddocks Augen sprühten übermütige Funken, als sie unschuldig fragte. „Habe ich da etwa einen kleinen Streit aus der Küche gehört?"

Sarah Wangen liefen dunkelrot an, und David spießte mit roher Gewalt ein Stück Truthahn auf seine Gabel und stopfte es sich in den Mund, damit er nicht antworten mußte.

Abigail lachte leise. „Also wirklich, Kinder, so eine Aufregung wegen einer einfachen Verlobung!"

Sarah ließ ihre Gabel fallen und starrte sie an. Tom knallte sein Glas auf den Tisch und stieß ein lautes „*Was*?!" aus. David leerte sein Weinglas und steckte sich ein noch größeres Stück Truthahn in den Mund.

Abigails sanfte Stimme fuhr fort: „Wir könnten die Trauung

im Salon abhalten. Ich habe Elsie Thornburn sowieso diese Woche im Haus; dann können wir mit ihr gleich über das Kleid sprechen. Sarah will sicher eine einfach Zeremonie . . . nicht viel Trara, nicht wahr?“ Abigail wandte sich David zu. „Aber ich bestehe darauf, daß du eine Anzeige in die Zeitungen in Philadelphia setzt. Und ich ziehe in das Zimmer hier unten um, damit ihr beiden euch mein Zimmer neu einrichten könnt.“

Sarah wollte prostestieren, doch Abigail hielt Einhalt gebietend ihre rechte Hand hoch. „Mein liebes Kind, von allen Dingen, die mir heute hätten geschehen können, ist dies hier das allerbeste!“ Sie lächelte Sarah warm an und fragte: „Ihr habt euch doch verlobt, nicht wahr?“ Dann sah sie David streng an und schimpfte: „Und schäm dich, mein Sohn - ausgerechnet in der *Küche*! Hast du denn gar keinen Sinn für Romantik?“ Sie wandte sich wieder Sarah zu. „Genau wie sein Vater. Alles ist Geschäft. Macht seiner zukünfitgen Frau einen Antrag, als würde er einer Bank einen Finanzierungsvorschlag unterbreiten.“ Sie schnalzte mißbilligend mit der Zunge. „Meinst du, du kannst es mit ihm aushalten, Sarah?“

Es war eine der seltenen Gelegenheiten, bei denen Tom so perplex war, daß ihm nichts zu sagen einfiel. Das gab Sarah die rare Chance, eine wirklich von Herzen kommende Antwort zu formulieren. Sie warf David einen langen Seitenblick zu und antwortete: „Eine Frau kann alles aushalten, wenn sie einen Mann wirklich liebt, Mutter Braddock.“

Auch wenn er keinen Sinn für Romantik haben mochte - in diesem Moment handelte David weise. Er nahm Sarahs Hand, drückte sie und ließ sie nicht mehr los.

Kapitel 8

Dunkle Gewitterwolken zogen an dem Tag von Westen her auf, an dem Carrie Brown am Bahnsteig von Lincoln stand und ihren Großeltern Lebewohl sagte. „Macht euch keine Sorgen. Ihr habt Mrs. Hathaway ja kennengelernt und euch vergewissert, daß sie gut auf mich aufpassen wird. Es ist noch lange nicht soweit, bis das Semester beginnt, und so kann ich in dieser Zeit genug Geld verdienen, um mich im ersten Jahr durchzubringen."

Walter Jennings antwortete finster: „Ich weiß nicht, was das alles soll, Carrie. Wir haben dir doch bereits gesagt, daß wir dich unterstützen werden. Und tatsächlich hat unser Besuch hier all unsere Zweifel zerstreut. Wir fahren mit einem sehr erleichterten Gefühl zurück nach St. Louis. Aber wir können und wollen deine Ausbildung hier bezahlen. Also was soll das Gerede von Arbeit und Geldverdienen?"

„Großvater", sagte Carrie kurz, „das haben wir doch schon zigmal besprochen. Ich möchte für mich selbst aufkommen. Ich muß doch mal erwachsen werden und meinen eigenen Weg gehen."

Ein fernes Donnergrollen unterstrich ihre Aussage, und mit einem Grunzen beugte sich Walter Jennings vor und küßte seine einzige Enkeltochter zum Abschied auf die Wange. Eine vorwitzige Träne stahl sich dabei aus seinem Auge, und er wischte sie zornig fort.

Lucy Jennings dagegen ließ ihren Gefühlen freien Lauf. Durch einen Tränenschleier lächelte sie Carrie an. „Wir sind so stolz auf dich, Liebes! Du wirst dich sicher sehr gut bewähren. Und bitte schreib uns! Und wenn du irgend etwas brauchst . . ." Ihre Stimme schwankte, und sie zog ein besticktes Taschentuch aus ihrer Tasche.

Carrie sah sie ernst an. „Ich werde hart arbeiten, Großmutter, ich werde euch schreiben, und alles wird gut werden."

Walter Jennings sagte: „Du weißt, Liebes, daß unser wichtigstes Anliegen ist, daß du mit Gott gehst, daß du deine Abhängigkeit von uns in eine Abhängigkeit von Gott umwandelst. Wenn du das lernst, ist uns alles recht, was weiterhin passiert."

Der Schaffner pfiff, und es begann zu regnen. Walter Jennings umarmte Carrie und hob sie ein Stück hoch. „Gott sei mit dir, meine Enkeltochter!"

In dem Moment, als der Zug außer Sicht war, spürte Carrie plötzlich einen Stich panikartiger Furcht. *Jetzt bin ich auf mich allein gestellt. Es liegt nun an mir, was ich aus mir mache!* Die Wucht ihrer Unabhängigkeit warf sie fast um, als sie eilig durch den Regen über die Straße zum Hotel rannte. Sie war dankbar, daß Augusta beschäftigt war und nicht sah, daß ihre neue Mitbewohnerin nur mühsam die Tränen zurückhielt.

*

Der Sommer 1883 erwies sich als die bisher schwierigste Zeit in Carries Leben. Sie hatte Augusta um Arbeit gebeten, ohne sich darüber im Klaren zu sein, worauf sie sich da einließ. Im Haus ihrer Großeltern hatte sie sich manchmal die Zeit damit vertrieben, den Bediensteten bei der Hausarbeit zu „helfen". Doch als Augusta und ihre Haushälterin Nora sie in die Kunst des Putzens einwiesen, war sie baß erstaunt.

Nora Murphy stand in der Tür zum Speisesaal und sagte: „Dreimal täglich, Kleine. Die Stühle auf die Tische, dann den Boden kehren und danach feucht wischen. Du weißt doch, wie man das macht, oder?"

Carrie versicherte ihr, daß sie das wisse. Nora lächelte. „Gut. Wenn das Semester anfängt, übernimmst du nur das morgendliche und abendliche Wischen. Jemand anderer wird es dann mittags machen."

Als Nora Carries ersten Wischversuch beobachtete, schritt

sie sofort ein. „Ich weiß ja nicht, was die in St. Louis so machen, Kleine, aber hier in Lincoln machen wir das anders." Sie nahm Carrie den Mop ab und demonstrierte ihr die Technik: „Hin und her, und wieder hin und her - igitt!" Sie hielt den Mop hoch. „Du hast ja das Kehren vergessen, junge Dame!"

Carrie errötete zart, und das nächste Mal kehrte sie den Boden sehr gründlich, bevor sie mit dem Wischen begann. Nora inspizierte das Ergebnis und war angetan.

„Na also! Dann können wir ja mit den Fenstern anfangen. Zweimal die Woche sollen die Fenster im Speisesaal geputzt werden. Das kannst du nach dem abendlichen Wischen machen. Zum Fensterputzen darfst du keine Seifenlauge verwenden, nur klares Wasser und ein sauberes Tuch." Nora holte einen Eimer klares Wasser und ein Tuch aus der Küche. „Naß, aber nicht tropfnaß, junge Dame. Und immer ganz sauber ausspülen. Hier, versuch's!" Carrie nahm gehorsam den Lappen und begann zu wischen. „Gut. Jetzt gut auswringen, nochmal drübergehen und dann mit einem trockenen Lappen nachwischen. Das Wasser mußt du so oft wie nötig wechseln." Nora grinste. „Da mußt du sicher ein paarmal in die Küche laufen. Einmal im Monat müssen die Fenster poliert werden. Dazu mußt du ein bißchen Stärke ins Wasser mischen und mit dieser Mixtur die Fenster waschen. Dann läßt du's antrocknen, und wenn es getrocknet ist, wischst du es mit einer feuchten Zeitung ab. Dann werden sie blitzsauber, ohne Streifen."

Am Morgen nach dem ersten Fensterputzen schmerzten Carries Arme so sehr, daß es ihr kaum gelang, ihr Haar aufzustecken. Sie kämpfte sich durch das morgendliche Wischen und war froh, als es Mittagessen gab. Am Nachmittag empfing Nora sie mit der Hiobsbotschaft, daß ab heute auch das Reinigen der Lobby zu ihren Haushaltspflichten gehörte.

„Silas wird dir helfen, die Teppiche beiseite zu räumen und nachher wieder hinzulegen. Sie werden immer samstags geklopft. Jeden Mittwochabend, wenn die Gäste sich in ihre Zimmer zurückgezogen haben, mußt du die Teppiche mit Tafelsalz bestreuen und sie danach feucht abwischen, und zwar auf beiden Seiten. Außerdem müssen die Treppen feucht gewischt und alles Holz sowie die Lampen täglich staubgewischt werden. Und zwar nicht mit Federstaubwedeln." Sie sah Carrie mißtrauisch an. „Benutzen sie in St. Louis Federstaubwedel?"

Carrie nickte schwach. „Ich glaube schon."

Nora schüttelte mißbilligend den Kopf. „Wir hier im Hathaway-Hotel möchten den Staub *entfernen* und ihn nicht nur woanders hinbewegen! Nimm das hier!" Sie reichte Carrie ein sauber eingefaßtes Baumwolltuch. „Du fängst in einer Ecke an und arbeitest dich langsam durch. Nicht die Treppengeländer vergessen. Die gedrechselten Teile sind eine besondere Herausforderung. Immer die obersten Teile zuerst wischen. Und denk daran - *wischen,* nicht den Staub nur herunterwedeln! Der Sinn der Sache ist, daß der Staub nachher im Tuch ist. Du mußt es regelmäßig ausschütteln, und zwar draußen vor der Hintertür. Wir wollen ja schließlich nicht, daß unsere Gäste den Staub ins Gesicht bekommen, nicht wahr? Wenn du mit dem Staubwischen durch bist, wäschst du den Lappen gut aus und hängst ihn draußen auf eine der Wäscheleinen."

Trotz der harten Arbeit genoß Carrie den Sommer. Immer wieder brachte sie Silas mit ihrer trefflichen Imitation von Nora zum Lachen, und sie lernte so gut zu putzen, daß sogar Nora beeindruckt war.

*

„Na, sieh sich einer das an! Eine echte Heuschrecke!"

„Kommt wohl direkt aus dem Stall. Und was für ein schickes Kleid!"

Die gemeinen Kommentare gingen weiter, und schließlich konnte Carrie nicht anders, als sich umzudrehen und das Objekt dieser Angriffe zu sehen, das irgendwo hinter ihr in der Schlange zur Einschreibung an der Universität stand. Das Mädchen trug hoffnungslos unmoderne Kleidung, und tatsächlich hatte sie ein paar Heuhalme in den Haaren. Sie war dünn und blond, und sie hielt den Blick fest auf den Boden geheftet und umklammerte ihre abgetragene Tasche krampfhaft mit beiden Händen. Das Mädchen mußte die grausamen Bemerkungen gehört haben, doch obwohl sie allem Anschein nach nur mühsam die Tränen zurückhielt, behauptete sie ihren Platz in der Schlange.

Bei der nächsten Gemeinheit ging Carrie zu dem Mädchen hinüber und sagte: „Warte, du hast da was . . ." Damit sortierte sie die Heuhalme aus den Haaren ihres Gegenübers.

„Oh! Ach so!" Das Mädchen blinzelte und sagte dann leise: „Vielen Dank."

Carrie legte ihr eine Hand auf die Schulter, „Dreh dich mal um", Und zupfte noch weitere Heuhalme von der Kleidung des Mädchens.

„Danke", wiederholte diese; dann streckte sie eine Hand aus und stellte sich vor: „Ich heiße Mary Green."

„Und ich bin Carrie Brown. Kommst du aus Lincoln?"

Mary lächelte schüchtern. „Oh, nein, ich doch nicht! Wir wohnen vierzig Meilen westlich von hier."

Die Schlange bewegte sich vorwärts, und Carrie blieb an Marys Seite. Diese sagte daraufhin: „Du warst doch viel weiter vorn, willst du nicht an deinen Platz zurück?"

„Ach, das macht nichts", meinte Carrie leichthin. „Ich komme auch von weiter her, weißt du? Aus St. Louis. Ich habe den Sommer über hier gearbeitet und Geld gespart für das Semester."

Mary nickte. „Ich spare schon seit Jahren, damit ich hierher kommen kann. Endlich habe ich das Geld für das erste Semester zusammen." Sie faßte sich in die Haare und grinste. „Allerdings hat es nicht für eine Zugfahrkarte gereicht. Ein Nachbar hat mich mit einer Fuhre Heu für den Markt mitgenommen. Ich dachte, ich hätte alles abgekriegt."

„Du bist vierzig Meilen auf einem Heuwagen gefahren, nur um hierher zu kommen?"

Mary nickte.

„Und du sparst schon seit Jahren?"

Wieder nickte Mary und fragte dann: „Wenn du hier gearbeitet hast, weißt du dann vielleicht auch einen Job für mich?"

„Wir könnten Mrs. Hathaway fragen, ob sie noch jemanden braucht. Sie hat das größte Hotel der Stadt, weißt du? Dort arbeite ich. Und wenn sie keine Stelle frei hat, kennt sie bestimmt jemanden. Du kannst ja gleich nachher mitkommen, wenn wir uns eingeschrieben haben."

Wie erwartet wußte Augusta eine Möglichkeit: „John Cadman braucht eine Küchenhilfe, Miss Green", sagte sie. „Falls er wider Erwarten schon jemanden eingestellt hat, kommen Sie wieder zu mir, dann finden wir schon was für Sie." Sie wandte sich Carrie zu. „Jetzt geht ihr zwei mal in die Küche und bittet Cora, euch zwei große Stücke Zitronenkuchen und einen heißen Kakao zu geben!"

Bei Kuchen und Kakao entdeckten Carrie und Mary, daß sie zwar beinahe identische Kurse an der Universität belegt, sonst aber fast keine Gemeinsamkeiten hatten. Carrie war ein Einzelkind; Mary war auf einer Farm mit elf jüngeren Geschwistern aufgewachsen. Sie war erst gestern der Verantwortung für den gesamten Haushalt entronnen, während Carrie als verwöhntes Püppchen herangewachsen war. Zwei ihrer jüngeren Schwestern waren jetzt alt genug, um zu helfen, und endlich hatten Marys Eltern ihr erlaubt, die Universität zu besuchen. Sie hatte bei Kerzenschein bis spät in die Nacht hinein gelernt, um die Zulassung zu bekommen. Sie hatte für Nachbarn Näh- und Flickarbeiten übernommen und bei der Ernte geholfen, um ihre Ersparnisse aufzustocken. Und dann hatte sie ihre zwei Kleider eingepackt und war auf den Heuwagen des Nachbarn aufgesprungen.

Mary erzählte dies alles ohne einen Hauch von Selbstmitleid, und als sie fertig war, sagte sie fest: „Und ich gehe nicht zurück, ehe ich nicht meinen Abschluß und eine Anstellung als Lehrerin in der Tasche habe. Ich werde mich nicht bis an mein Lebensende auf einer Farm zu Tode schuften wie meine Mut-", sie brach ab und wechselte das Thema.

In den nächsten Wochen waren Mary und Carrie zu beschäftigt, um ihre Freundschaft weiter auszubauen. Eines Abends klagte Carrie Augusta ihr Leid: „Ich kann es einfach nicht fassen, daß wir uns anscheinend jedes einzelne Wort merken sollen, das gesagt wird!"

„Ist das denn so unmöglich, Liebes?" fragte Augusta.

„Nicht für Robert Pound, das ist wohl eindeutig! Kennst du ihn?"

Augusta nickte. „Ja. Es ist wirklich erstaunlich. Mrs. Pound unterrichtet ihre Kinder selbst, da sie kein Vertrauen in die Lehrer der Schulen hier hat. Ich war einmal zum Essen bei ihnen, und die ganze Familie hat wechselweise aus der Bibel vorgelesen. Auf Griechisch!"

Carrie nickte. „Das habe ich auch gehört. Robert Pound ist erst zwölf – aber er wird '87 seinen Abschluß in Biologie machen. Er spricht fließend Deutsch, und über Miss Smiths schreckliche Lateinstunde kann er nur lächeln!" Sie fügte hinzu: „Wir müssen unseren Lehrern nach der Stunde immer applaudieren, weißt du? Das ist ja in Ordnung, wenn es jemand wie Professor Collier ist. Aber einer greulichen alten Schachtel wie Miss Smith Beifall zu klatschen, das ist wirklich viel verlangt!"

„Carrie!" schimpfte Augusta. „Miss Smith ist eine wunderbare Lehrkraft!"

„Mag sein", sagte Carrie zweifelnd. „Aber jedesmal, wenn ich Vokabeln aufsagen soll, sieht sie mich so böse an, daß ich mich an kein Wort mehr erinnern kann. Silas hat mir schon Nachhilfe gegeben, aber ich fürchte, ich bin ein hoffnungsloser Fall."

Eines Morgens verließ Carrie das Glück vollends. Sie hatte sich sorgfältig auf Miss Smiths gefürchteten Unterricht vorbereitet, doch dann kam Mary viel zu spät herein, und sie sah schrecklich blaß und dünn aus. Carrie flüsterte ihr zu, was los sei, und Miss Smith donnerte: „In Nebraska, Miss Brown, reden junge Damen nicht miteinander, während ihre Lehrer Unterricht halten!" Carrie lief dunkelrot an und sank in ihrem Stuhl in sich zusammen.

Nach der Stunde eilte sie hinter Mary her. „Mary, was ist denn los mit dir? Stimmt etwas nicht?"

Mary sah sie verständnislos an. „Wieso? Was meinst du denn? Es ist alles in Ordnung."

„Du siehst aber irgendwie krank aus."

„Mir geht's gut, Carrie. Ich habe viel gearbeitet und abends spät noch gelernt, das ist alles."

„Du bist so dünn. Ißt du immer noch in diesem elenden Krämer-Café? Ich habe dir doch gesagt, wie schlecht das Essen da ist!"

Mary sah sie an. „Das hast du, Carrie, aber leider ist das alles, was ich mir leisten kann. Also muß es wohl reichen."

„Aber Mary . . ."

Doch Mary winkte ihr nur kurz zu und eilte davon. Als sie den Rest des Tages nicht zu den Unterrichtsstunden auftauchte, drückte Carrie ihre Besorgnis gegenüber Augusta aus, die zu sofortiger Handlung schritt. „Ich werde Dr. Gilbert sofort ins Studentenwohnheim schicken, und Mary wird mit ihm sprechen müssen."

Mary sprach mit Dr. Gilbert. Dr. Gilbert sprach mit Augusta. Und Augusta sprach mit Miss Smith. Zu Carries Erstaunen kam Mary eine Woche später mit rosigen Wangen wieder zum Unterricht und strahlte förmlich vor Glück.

„Du wirst es nicht glauben, Carrie! Miss Smith ist ins Wohnheim gekommen und hat mich förmlich angefleht, ihre Haushälterin zu werden. Sie hat gesagt, ihre Haushälterin wäre weggegangen, und sie würde die Arbeit allein einfach nicht schaffen. Ich habe ein hübsches Zimmer, und sie hat gesagt, daß ich zu allererst meine Hausaufgaben und alles machen soll, bevor . . ."

Carrie starrte sie verblüfft an. „Mary, sprichst du von Miss Smith, der Lateinlehrerin?"

Mary nickte. „Ja. Carrie, sie ist richtig nett. Sie lebt allein in einem süßen kleinen Haus nur ein paar Häuserblocks von hier. Im Vergleich zu der Arbeit zu Hause wird es ein Klacks sein, ihren Haushalt in Ordnung zu halten. Ich kann es noch gar nicht fassen, Carrie!"

Carrie konnte es auch nicht fassen. Noch Tage nach Marys Offenbarung beobachtete sie Miss Smith mit argwöhnischem Blick. Es dauerte eine Weile, doch schließlich begann sie erste Anzeichen für Miss Smiths wohlgehütetes Geheimnis zu sehen. Manchmal verlangte sie Unmögliches, doch wenn es einem Studenten gelang, das hochgesteckte Ziel zu erreichen, dann leuchteten ihre Augen, und ein Lächeln erschien um ihren Mund. Und Carrie begriff, daß die strenge Miss Smith tief in sich echte Liebe für ihre Studenten empfand.

Kapitel 9

In demselben Sommer, den Carrie als Hausmädchen bei Augusta Hathaway verbrachte, arbeitete Wilder Adler auf einer Milchfarm in Wisconsin. Die Farm gehörte Freunden von Reverend Riggs und hatte schon oft Absolventen der Schule in Santee beherbergt. Wilder Adler war herzlich willkommen geheißen und sofort mit jeder Menge körperlicher Arbeit eingedeckt worden. Er machte Heu, trieb Kühe auf die Weide und zurück und verbrachte jede freie Minute mit Lernen: Englisch, Latein und neutestamentliches Griechisch. Er vermißte die Weite seines Heimatlandes, doch die körperliche Betätigung tat ihm gut, und als der Herbst kam und er in den Zug nach Boston stieg, fühlte er sich für die Anforderungen des Lebens in einer Großstadt bereit.

Auf der langen Zugfahrt blieb er diesmal von unliebsamen Zusammenstößen verschont, und Wilder Adler nutzte die Zeit zum Lernen. Er sah kaum einmal auf, bis sich in Pennsylvania ein Mann ihm gegenüber hinsetzte und sagte: „Sie sind Jeremiah King, nicht wahr?"

Überrascht sah Wilder Adler auf die ausgestreckte Hand des Fremden. „R. J. Painter von der *St. Louis Post*", stellte er sich vor. „Ich habe Sie in St. Louis sprechen gehört."

„Ich war in der Tat mit meiner Schwester zu einigen Vorträgen dort."

„Würden Sie mir eventuell ein Interview geben, Sir? Ich habe die Entwicklungen im Westen aus persönlichem Interesse aufmerksam verfolgt. Ich würde gern einen Artikel über die Schule in Santee schreiben – irgend etwas über den Wert einer guten Ausbildung auch für Indianer, und ich wäre an Ihrer Sicht der Dinge sehr interessiert."

Wilder Adler holte tief Luft und legte widerstrebend die

Anonymität beiseite, die er den Sommer über in Wisconsin genossen hatte. Und wieder zog er den Mantel des Vorzeige-Indianers an; es war eine schwere Last für ihn, derer er bald überdrüssig sein würde.

*

In Boston stieg Wilder Adler aus dem Zug und in eine Menschenmenge hinein, die ihn fast überwältigte. Männer und Frauen schoben und schubsten sich gegenseitig und eilten in alle Richtungen. Kofferträger riefen und fluchten durcheinander, Zeitungsjungen und Verkäufer priesen ihre Waren an, und jeder einzelne Mensch schien in seinen Aktivitäten einen Moment lang innezuhalten, wenn er Wilder Adler erblickte. Er versuchte, ruhig zu bleiben. Doch während die Masse ihn mit sich forttrug, begann sein Herz zu hämmern, und sein Kragen fühlte sich plötzlich unerträglich eng an. Endlich gelang es ihm, sich aus der Mitte des Mahlstroms zu befreien, lehnte sich an eine Säule und versuchte krampfhaft, sich an die Namen der Leute zu erinnern, die Alfred Riggs ihm genannt hatte. Was, wenn sie ihn nicht abholten? Er würde dann in Boston ganz allein sein.

„Jeremiah King! Willkommen in Boston!“ Ein kleiner Mann mit einer beginnenden Glatze und einem geradezu lächerlich großen Hut drängte sich durch die Menge zu ihm. Begeistert schüttelte er Wilder Adler die Hand und drehte sich dann zu einer großen, dünnen Frau um. „Ich bin Robert Davis, und das ist meine Frau Nancy!“ Ohne große Umschweife redete er weiter: „Es tut mir leid, daß wir Sie nicht gleich am Zug abgeholt haben, Mr. King. Der Verkehr ist einfach grauenhaft, und wir . . .“

„Sie müssen nicht galant sein, Mr. Davis“, sagte eine vertraute Stimme. „Sie haben sich wegen mir verspätet!“

Wilder Adler sah über Nancy Davis hinweg und erblickte Julia Woodward. Sie trug ein smaragdgrünes Seidenkleid, dessen Farbe ihre Augen leuchten ließ. Wilder Adler hörte gar nicht zu, was sie sagte, während sie seinen Arm ergriff und ihn durch die Menschenmenge führte. Robert und Nancy Davis tauschten bedeutungsvolle Blicke aus und folgten ihnen.

Julia erklärte: „George hat in der Kutsche gewartet, damit wir schnell in den Bahnhof hineinspringen konnten. Wir werden jemanden nach Ihrem Gepäck schicken. Sie werden bei den Davis' wohnen." Julia lächelte Nancy Davis zu.

Als die vier in der Kutsche saßen, verfiel Julia in Schweigen und beobachtete Wilder Adler. Er war offensichtlich überwältigt von der Stadt, aber im negativen Sinne; seine Augen schweiften von den überfüllten Straßen zu den Hochhäusern und wieder zurück. Und im Haus der Davis' wurde es nicht gerade besser. Ein sehr formelles Dinner mit eleganten Speisen und kostbaren Gedecken trug weiter zu Wilder Adlers Unbehagen bei, und er antwortete auf die Höflichkeitsfragen der Anwesenden mit knappen, bedeutungslosen Stereotypen, während er sich an seine Unterrichtsstunden in Etikettenfragen zu erinnern versuchte.

Nancy Davis war eine gute Gastgeberin, und ihr war sehr wohl bewußt, daß Wilder Adler sich unwohl fühlte. Schließlich gelang es ihr, ihrem Mann unauffällig etwas ins Ohr zu flüstern, und dieser hörte sofort auf, Wilder Adler in Gespräche zu verwickeln. Statt dessen wandte er sich an die Woodwards und lenkte das Gespräch geschickt von Wilder Adler ab.

Jetzt, wo er nicht länger im Zentrum der allgemeinen Aufmerksamkeit stand, nahm Wilder Adler endlich ein paar Bissen zu sich; dann entschuldigte er sich und ging in einen Nebenraum. Er stellte sich ans Fenster und schaute auf den noch immer lebhaften Verkehr hinab. Er war in keinster Weise auf diese Stadt vorbereitet gewesen. Chicago und St. Louis waren offenbar Kleinstädte gegen Boston. Wilder Adler war ziemlich überrascht von dem Gefühl totaler Panik, das ihn in der Menschenmasse am Bahnhof überfallen hatte. Er versuchte, es einzuordnen, konnte aber keine richtige Erklärung dafür finden. *Wie können Menschen so leben ... völlig abgeschnitten vom Land, von der Natur, vom Rhythmus des Le-*

bens? Er holte tief Luft und betete still: *Hilf mir, das zu ertragen, Herr! Die Monate hier ... die hohen Gebäude, die den Blick auf den Himmel versperren ... Ich möchte das Richtige tun, Vater. Aber bitte bring mich bald wieder zurück in die Prärie.*

„Psssst!“ hörte er auf einmal eine Kinderstimme wispern. „Sei still, Sam!“

„Aber er ist hier drin, Stephen! Mama hat gesagt, wir können gucken, wenn wir still sind. Also psssst!“

Das Flüstern war so laut, daß Wilder Adler den Aufenthaltsort der Kinder sofort lokalisieren konnte. Sie hatten sich hinter einem schweren Vorhang rechts neben einem Ölbild versteckt, und Wilder Adler trat näher, um sich das Bild anzusehen. Es stellte ein Indianerlager am Fuß eines Berges dar, und Wilder Adler stellte fest, daß der Künstler detailgetreu *He Sapa* dargestellt hatte, den bevorzugten Überwinterungsplatz seines Stammes.

Die Kinderstimmen waren verstummt, doch der Vorhang bewegte sich ein wenig. Wilder Adler setzte sich auf einen Stuhl und wartete.

„Hatschi!“

In gespieltem Schrecken fuhr Wilder Adler zusammen, und dann befahl er mit fester Stimme in Richtung des Vorhangs: „Kommt da heraus!“

Die beiden Jungen traten mit schreckgeweiteten Augen und schneeweißen Gesichtern hervor. Wilder Adler kreuzte die Arme über seiner Brust und starrte die beiden Jungen an. „Wer seid ihr, und wieso spioniert ihr mir nach?“

„Samuel Davis, Sir“, sagte der eine Junge. Er war kräftig gebaut und hatte ein rundes Gesicht, dessen Wangen fast ebenso rot waren wie seine strubbeligen Haare.

„St-St-Stephen Davis, Sir“, stotterte der zweite. Er war ein bißchen kleiner als sein Bruder, sah ansonsten aber genauso aus. Die beiden Jungen standen nebeneinander und sahen Wilder Adler zitternd an. Plötzlich stieß Stephen Samuel in die Seite, und beide Jungen setzten zur Flucht an. Doch Wilder

Adler war zu schnell für sie. Blitzartig war er aufgesprungen und hatte die beiden Jungen in der Taille gepackt. Zu erschrocken, um zu zappeln, hingen sie wie Kartoffelsäcke da und erwarteten ergeben ihr Schicksal.

„Mama wird echt sauer sein", stellte Stephen fest.

„Halt den Mund, Stephen. Sie wird mehr als sauer sein; sie wird uns *umbringen*!"

Wilder Adler setzte die Jungen ab, und sie schossen sofort ein Stück von ihm weg. Ängstlich preßten sie sich gegen die Lehne eines Sofas, als er mit gespieltem Ernst fragte: „Ist dies ein Brauch unter den Weißen von Boston? Bringen sie häufig ihre Kinder um, wenn diese ungehorsam waren?"

Stephen, der Kleinere der beiden, sagte. „Nee, sie wird uns nicht wirklich umbringen, aber sie wird unheimlich sauer sein. Wir haben einen Gast belästigt, und das verstößt gegen die Regeln in diesem Haus."

Wilder Adler ließ zu, daß ein Lächeln sein Gesicht weich machte. „Was, wenn es die Wahrheit ist, daß ihr den Gast nicht belästigt, sondern *gerettet* habt?" Er sah den Jungen ins Gesicht und setzte sich dann im Schneidersitz zu ihnen auf den Fußboden. „Ich habe mir gerade gewünscht, ich wäre zu Hause und könnte den Jungen dort am Lagerfeuer Geschichten erzählen." Er deutete auf das Ölbild. „Unser Lager sah im Winter genau so aus." Die Jungen entspannten sich ein wenig und setzten sich ebenso wie Wilder Adler auf den Boden. Wilder Adler fuhr fort: „Ich weiß, daß ihr keine Lakota seid, aber ich glaube, daß alle kleinen Jungen gern Geschichten erzählt bekommen. Wollt ihr eine hören?"

Samuel und Stephen nickten.

„Also", sagte Wilder Adler. „Dann will ich euch erzählen, wie ich meiner Mutter eines Tages nicht gehorcht habe und was mir passiert ist, weil ich einen Fremden belauscht habe, der uns besucht hat!"

Eine halbe Stunde später saßen die beiden Jungen noch immer mit Wilder Adler auf dem Boden. Ihr lautes Gelächter an einer Stelle von Wilder Adlers Geschichte hatte ihre Mutter herbeieilen lassen. Als sie die Szene auf dem Teppich gesehen hatte, rief sie leise ihre Gäste herbei, die jetzt lächelnd in der Tür standen.

Wilder Adler saß völlig entspannt auf dem Boden, während er mit glänzenden Augen und lebhaften Gesten seine mit indianischen Weisheiten und Bibelzitaten gespickte Geschichte erzählte.

Als er fertig war, stand Wilder Adler langsam auf und legte je eine Hand auf die Schultern der Jungen, die ihre Mutter etwas unsicher ansahen. „Ihre Söhne haben mir das Gefühl gegeben, in Boston sehr willkommen zu sein, Mrs. Davis."

Nancy Davis nickte in gespieltem Ernst. „Da haben sie ja nochmal Glück gehabt. Also, Sam und Stephen, wir haben euch ja schon erzählt, daß Mr. Jeremiah King dieses Jahr bei uns wohnen wird, während er seine Studien in Harvard absolviert. Jetzt habt ihr ihn kennengelernt, und nun ist es Zeit fürs Bett."

Robert Davis fügte hinzu: „Jungs, es war sehr nett von Mr. King, euch zu unterhalten, aber er hat vermutlich jetzt keine Lust mehr auf noch mehr Menschen. Also ihr zwei geht jetzt nach oben, und denkt an die Regeln, ja?"

„Ja, Sir!" echoten die Jungs und bewegten sich gehorsam auf die Treppe zu. „Nicht in das Zimmer des Gastes gehen, ihn nicht unterbrechen, wenn er redet, und keine unhöflichen Fragen stellen."

Nancy Davis scheuchte sie die Treppe hinauf und flüsterte dabei: „Euer Vater hat euch nicht um einen Vortrag gebeten, Jungs!"

Robert Davis wandte sich an Wilder Adler. „Ich hoffe, sie haben sich Ihnen nicht zu sehr aufgedrängt!"

Wilder Adler schüttelte den Kopf. „Nein, gar nicht. Ich erzähle gern Geschichten von zu Hause."

Robert nickte lächelnd. „Eines ist sicher, Mr. King: Sam und Stephen sind ab morgen die beliebtesten Jungen in ihrer Schule! Wenn sie ihren Freunden ezählen, daß sie heute abend mit einem richtigen Indianer auf dem Fußboden gesessen und richtige Indianergeschichten gehört haben . . . wer weiß, vielleicht werden sie auf diese Weise sogar Gefallen an der Schule finden – zumindest für eine Stunde!“

Kapitel 10

Tatsächlich besuchte Wilder Adler die beiden Davis-Jungen einmal in ihrer Schule. Er kam in seiner indianischen Tracht, und Samuel und Stephen platzten fast vor Stolz, als sie ihrer Klasse ihren großen Freund vorstellen durften.

Wilder Adler erzählte den Schülern von seinem Leben und seiner Bekehrung zum christlichen Glauben. Er redete nicht zu lange, damit die Kinder noch Zeit hatten, Fragen zu stellen, und er wurde nicht enttäuscht. Die Offenheit und ehrliche Neugier der Schüler war einfach erfrischend.

Gleich am Nachmittag bestürmten ihn Sam und Stephen, ihnen das Spiel zu zeigen, von dem er in seinem Vortrag gesprochen hatte.

„Es heißt *Tapa wankayeyapi*", erklärte Wilder Adler. „Draußen in der Prärie haben wir einfach einen Erdklumpen als Symbol für die Mitte des Universums genommen. Doch es würde euren Eltern wohl nicht gefallen, wenn wir ihren Rasen kaputtmachen, also stellst du dich hierhin", er ergriff Stephen bei den Schultern, „und dann bräuchten wir noch vier weitere Spieler, die den Norden, den Süden, den Osten und den Westen verkörpern. Aber wir haben nur mich und Samuel. Also mußt du", er winkte Sam zu, sich ihm gegenüber zu postieren, „dich hierhin stellen und versuchen, den Ball zu kriegen, wenn Stephen ihn wirft." Stephen schoß den Ball himmelwärts, und Wilder Adler tat so, als würde er sich mächtig bemühen, ihn zu erwischen, wobei er sicherstellte, daß Samuel ihn fing.

„Bei meinem Volk ist das ein heiliges Spiel", erklärte Wilder Adler. „Die Weiße Büffelfrau hat es uns gelehrt und gesagt, daß der Ball für Gott steht, der sich von den Menschen entfernt, dann aber wieder zu ihnen zurückkehrt." Er sah die Jungen an.

„Als Christen wissen wir, daß Gott sich niemals von den Menschen entfernt, sondern daß wir uns manchmal vor ihm zurückziehen. Das sollten wir aber nicht tun."

Wilder Adler bemerkte plötzlich, daß Sam und Stephen viel mehr an dem Spiel selbst interessiert waren als an seinen Ausführungen. Er hörte auf zu reden und warf Stephen den Ball zu, und dann spielten sie so wild, daß sie am Ende alle drei keuchend auf der Erde lagen.

Spät an diesem Abend, als die Jungen längst im Bett waren und Wilder Adler noch in seinem Zimmer studierte, klopfte es an der Tür. Es war Robert Davis.

„Jeremiah, ich wollte Ihnen danken, daß Sie so viel Zeit mit den Jungs verbringen."

„Ich sollte Ihnen danken, Robert, daß Sie mich in Ihrem Haus aufgenommen haben. Und Ihre Söhne sind prima Kerle."

Robert nickte. „Ja, Gott war sehr gut zu uns. Aber manchmal können Sie auch kleine Nervensägen sein. Ich weiß, daß sie Ihre Studien oft unterbrochen haben, und ich bewundere Ihre Geduld."

Wilder Adler deutete auf den Bücherstapel auf seinem Schreibtisch. „Es kostet mich keine Geduld, mit Sam und Stephen zu sprechen. Wenn jeder Mensch so freundlich und ehrlich wäre wie die beiden, dann wäre die Indianerfrage längst geklärt, glauben Sie mir. Dann müßte ich diese Bücher nicht lesen, sondern ich könnte heimgehen und vielleicht eigene Kinder haben."

Robert Davis räusperte sich. „Nun, ich wollte Sie nur wissen lassen, daß Nancy und ich es sehr zu schätzen wissen, wie Sie mit den Jungen umgehen."

Am Abend darauf hatte Wilder Adler wieder einmal einen Vortrag vor potentiellen Freunden der Indianer zu halten. Julia und George Woodward und die Davis' saßen ganz vorn. Als Wilder Adler in seiner Stammestracht ans Podium trat, wurde der Saal ganz still; alle starrten den Mann an, der ihnen als „gebildeter Sioux" vorgestellt worden war, und warteten darauf, was er zu sagen hatte.

„Geschätzte Gäste", begann Wilder Adler. „Ich danke Ihnen, daß Sie hergekommen sind, um mich anzuhören. Ich möchte Ihnen heute von einer Schule in Santee in Nebraska erzählen. Diese Schule ist eingerichtet worden, um Indianer zu Predigern, Lehrern, Übersetzern und Geschäftsleuten auszubilden. Ob dieses Vorhaben Erfolg hat, darüber können Sie sich selbst ein Urteil bilden, wenn Sie mich heute abend gehört haben.

In diesem Jahr wird die Schule siebzig junge Menschen mit der Guten Nachricht Jesu Christi und mit einer Ausbildung erreichen, die ihnen ein neues Leben für sich und ihre Familien ermöglichen kann."

Wilder Adler trat etwas nach vorn. „Als ich nach Santee kam, war ich so gekleidet wie heute. Ich saß auf meinem Pony und trug eine schwere Last mit mir, die vor allem aus Haß und Zorn darauf bestand, daß mein Leben nicht mehr so war wie früher. In Santee lernte ich, daß es Weiße wie Sie gibt, die den Indianern Güte und Zuneigung entgegenbringen."

Wilder Adler erzählte kurz die Geschichte seiner Bekehrung, bevor er die Vorzüge erläuterte, die die Ausbildung der Kinder in Santee mit sich bringt. „Santee liegt praktisch am Rand des Landes, das die Sioux jetzt bewohnen. Die Leute dort verstehen die Herzen der Indianer. Dort können indianische Kinder billiger, tiefgreifender und effektiver ausgebildet werden als in jeder weiter entfernt liegenden Institution. Doch vor allem ist Santee erfolgreich, weil die Menschen dort das Evangelium von Jesus Christus kennenlernen. Und kein Einfluß könnte mehr Auswirkungen auf ihr Leben haben! Die Regierung will jetzt die Ausbildung der Indianer in die Hand nehmen. Doch es wird einen Indianer nicht verändern, wenn er die englische Sprache perfekt spricht. Er braucht ebenso ein erneuertes Herz wie jeder weiße Mann, und das kann nur der Heilige Geist bewirken. Der einzig effektive Weg, die Indianer zu zivilisieren, ist sie zu Jesus zu führen.

Als Resultat der Arbeit in Santee sind bereits einige Kirchen gegründet worden. Sie decken nur ein kleines Eckchen von Nebraska ab, aber das Licht breitet sich aus. Noch nie gab es so viel Hoffnung darauf, das gesamte Volk der Sioux mit dem Evangelium zu erreichen. Ihre Herzen sind offen, und jetzt ist die Zeit, um dafür zu arbeiten. Doch die meisten Stämme werden niemandem zuhören, der nicht aus ihrem eigenen Volk kommt. Und deshalb muß die Arbeit in Santee weitergehen."

Wilder Adler schloß mit einem leidenschaftlichen Appell: „Brüder und Schwestern, um unseres auferstandenen Herrn Willen bitte ich euch: Kommt! Kommt zu uns, diesmal nicht mit Gewehren, sondern mit Bibeln, und ersetzt die vergangenen Taten durch die Gute Botschaft von Jesus Christus!"

„Das war ein guter Abend", sagte Nancy Davis später zu Wilder Adler, doch er hörte sie nicht. *Jetzt ist die Zeit... ihre Herzen sind offen ... noch nie gab es so viel Hoffnung* ... Er fühlte, wie sich seine eigenen Worte gegen ihn wandten und ihn verurteilten. Plötzlich stieg die Ruhelosigkeit und Unzufriedenheit der letzten Wochen mit Macht in ihm auf. *Was ist, Herr? Willst du mich zu einer anderen Aufgabe führen?*

Die Antwort kam, als Wilder Adler sich vorstellte, wie Gott ihn herausforderte. *Wer könnte den Sioux besser das Evangelium bringen als ein Sioux? Heute hast du um Hilfe gebeten. Ich habe dich aus dem Stamm von Sitting Bull berufen und nach Santee gebracht, wo du mich kennengelernt hast. Jetzt sage mir, wer ist wohl besser geeignet, um Sitting Bull und seinem Stamm von mir zu erzählen als du, Wilder Adler?*

Wilder Adler wünschte seinen Gastgebern mechanisch eine gute Nacht und zog sich in sein Zimmer zurück, wo er eine schlaflose Nacht damit verbrachte, gegen sein Verantwortungsgefühl anzukämpfen, das ihm sagte, es sei seine Pflicht, als Santees Fürsprecher hier im Osten zu bleiben. Er kam zu keiner anderen Lösung als der, in Gebet und Bibelstudium um eine Entscheidung zu ringen.

In den folgenden Wochen wuchs sein Verlangen danach, in den Westen zurückzukehren, und der Wunsch, seinem Volk das Evangelium zu bringen wurde ihm eine Last, die er sogar körperlich spüren konnte.

Lieber Vater, betete er schließlich, *ich möchte nach Hause gehen, aber ich weiß nicht, ob es das ist, was du von mir willst. Bitte zeig mir deinen Willen für mich, Vater. Ich werde mit niemandem außer dir darüber sprechen. Sag du Reverend Riggs, was ich tun soll, und ich werde auf seinen Rat hören.*

Und damit studierte und sprach er weiter. Sein Verlangen nach der Prärie wuchs immer weiter, bis er schließlich in eine so melancholische Stimmung verfiel, daß die Menschen um ihn herum begannen sich Sorgen zu machen.

„Ich weiß nicht, Julia", sagte George Woodward zu seiner Schwester. „Vielleicht ist das alles zuviel für ihn. Vielleicht braucht er einfach eine Pause. Ich mache mir wirklich Gedanken!"

„Er ist einsam, George", sagte Julia.

„Einsam? Er hat mehr Freunde, als er brauchen kann. Sie reißen sich ja förmlich darum, etwas mit ihm zu unternehmen."

„Er sehnt sich nicht nach Unterhaltung, George. Er sehnt sich nach *Gesellschaft*!"

George sah seine Schwester mißtrauisch an. „Du meinst doch wohl nicht etwa *weibliche* Gesellschaft?"

Julia antwortete nicht.

„Sei vorsichtig, Julia. Sehr, sehr vorsichtig."

Kapitel 11

Everett Higgenbottom!

Carrie stand im Foyer des Hathaway-Hotels und starrte verblüfft auf den Zettel in ihrer Hand. Dann sah sie Silas Kellum an und stotterte: „Aber, aber . . . das kann doch nicht sein. Es kann einfach gar nicht sein!"

Silas drehte das Gästebuch zu ihr herum und deutete auf Everetts Namen. „Da ist es. Er ist vor etwa einer Stunde angekommen und hat diese Nachricht hinterlassen. Er erwartet dich im Speisesaal." Silas grinste Carrie an. „Was ist denn los? Ist das dein lang vermißter Liebhaber aus St. Louis? Der muß ja mächtig was für dich übrig haben, wenn er dir den ganzen Weg hier rauf nach Nebraska folgt!"

„Silas Kellum!" ereiferte Carrie sich. „Die Tatsache, daß du mich vor dem sicheren Tod aus der Hand von Miss Smith errettet hast, gibt dir noch lange nicht das Recht, so impertinente Fragen zu stellen!" Carrie klatschte das Gästebuch zu und machte sich auf den Weg in den Speisesaal, um sich Everett zu stellen.

Und da war er, die langen Beine unter den kleinsten vorhandenen Tisch gefaltet. Bei Carries Erscheinen sprang er auf und stieß dabei so hart an die Tischkante, daß sein Wasserglas umkippte.

„Warte, Everett, ich helfe dir." Carrie ergriff ein Tuch und wischte schnell das Wasser auf, während Everett purpurrot anlief und immer und immer wieder beteuerte, wie sehr er sich freute, sie zu sehen. Schließlich nötigte Carrie ihn, sich hinzusetzen und fragte ihn geradeheraus: „Was um alles in der Welt machst du hier, Everett? Müßtest du nicht in Washington an der Universität sein?"

„Es war einfach schrecklich da“, sagte Everett kopfschüttelnd. „Ich wechsele an die Uni von Lincoln. Dieser Kellum hat mir gesagt, daß Mrs. Hathaway keine Studenten aufnimmt. Aber du wohnst doch auch hier, Carrie. Kannst du sie nicht dazu bringen, mir auch ein Zimmer zu geben?“

Er will hier studieren. An unserer Universität. Und er will hier wohnen. Im Hathaway-Hotel. Carrie stützte den Kopf in die Hände und versuchte sich vorzustellen, wie das sein würde. Dann schüttelte sie den Kopf. „Nein, Everett, das geht nicht. Sie nimmt aus gutem Grund keine Studenten auf: Es ist zu teuer! Ich darf nur hier wohnen, weil ich hier arbeite und eine Freundin der Familie bin. Aber sie würde dir die normale Zimmermiete abnehmen, das ist dir doch klar?“

„Ich habe Geld, Carrie. Meine Mutter wollte erst nicht, daß ich herkomme, aber schließlich hat sie nachgegeben.“

„Aber Everett, die Universität hier hat noch nicht einmal eine Musikabteilung“

„Ich weiß, Carrie“, sagte Everett und wurde plötzlich ernst. „Ich wollte sowieso nie Pianist werden. Das war allein Mutters Idee.“

„Aber warum ausgerechnet Lincoln, Everett? Es gibt doch so viele Universitäten - größere und vermutlich bessere, drüben im Osten!“

„Ja, im Osten gibt es gute Schulen. Aber eine Sache fehlt ihnen allen.“

„Und das wäre?“

„Eine Studentin namens Carrie Brown.“

„Oh, Everett!“ stöhnte Carrie.

„Ich weiß, ich weiß. Du willst erwachsen werden und die Indianer unterrichten und Jeremiah King heiraten.“

„Pschschscht! Sprich nicht so laut! Wenn dich jemand hört!“

Everett grinste. „Schon gut, Carrie. Sieh mal –“ Seine wasserblauen Augen waren ernst. „Ich weiß, daß du diesen Traum hast. Und ich weiß, daß ich nur ein Freund für dich bin. Aber immerhin, das ist ja schon mal was. Wer weiß“, er zuckte mit den knochigen Schultern. „Vielleicht passiert ja irgend etwas, und du änderst deine Pläne." Er sah hoffnungsvoll aus.

„Everett Higgenbottom", begann Carrie. „Du bist mir die gesamte Schulzeit nachgelaufen wie ein . . ." Sie zögerte. „Also gut, es ist zu deinem eigenen Besten. Du bist mir wie ein Hündchen nachgelaufen, und ich will das auf gar keinen Fall auch hier in Lincoln erleben."

Everett strahlte sie an, so voller Hingabe, daß er kein Schamgefühl mehr zu haben schien. „Ich werde dir nicht nachlaufen. Aber ab und zu wirst du doch einen Begleiter brauchen. Und dieser Indianer lebt ja schließlich nicht hier, oder?"

„Wilder Adler ist im Moment in Boston und studiert in Harvard."

„Gut."

Carrie nickte. „Ja, Everett, das ist gut. Ich muß schließlich etwas lernen, bevor er mich ernst nehmen kann. Aber eines Tages wird er das tun, Everett, glaub mir!"

Everett nahm Carries Hand und drückte sie. „Hör mal, Carrie, ich mache mir Sorgen um dich. Was, wenn deine Rechnung nicht aufgeht? Was passiert dann?"

Carrie zog ihre Hand weg. „Sie wird aufgehen, Everett. Ich werde nichts anderes akzeptieren."

„Carrie, ich werde jetzt etwas sagen, das dich vermutlich sehr wütend machen wird. Aber irgend jemand muß dir ja mal die Augen öffnen. Du baust deine Zukunftshoffnungen auf eine längst vergangene Erinnerung auf. Du bist nicht mehr in Santee gewesen, seit du ein kleines Mädchen warst. Woher willst du wissen, ob es noch so ist, wie du es in Erinnerung hast? Vielleicht willst du gar nicht mehr dort leben! Dinge verändern sich, Carrie; Menschen verändern sich. Als du ein kleines Mädchen warst, war alles in Santee für dich wunderbar. Aber deine Mutter hat sich dort zu Tode geschuftet. Hast du darüber schon einmal nachgedacht? Hast du dir klar gemacht, wieviel Arbeit es ist, Missionar zu sein? Oder zerbrichst du dir über solche Dinge einfach nicht den Kopf? Hast du nur dies romatische Bild von einer kleinen Rothaarigen im Kopf, die mit ihrem indianischen Ehemann durch die Gegend reist und Seelen rettet? Eine sehr hübsche Vorstellung, das muß ich zugeben. Aber was, wenn es nicht klappt? So ist es doch manchmal, Carrie. Was wirst du tun, wenn du das Unterrichten nicht ausstehen kannst? Was wirst du tun, wenn Wilder Adler in Boston jemand anderen kennengelernt hat?" Er winkte abwehrend mit der Hand. „Schon gut, du mußt nicht gleich in die Luft gehen. Ich weiß, daß du jetzt sauer auf mich bist. Aber denk um Himmels Willen wenigstens darüber nach, Carrie!" Er lächelte sie an. „Und wenn du Hilfe brauchst, kannst du immer auf mich zählen. Egal, wann oder was es ist, ich werde dir helfen. Du bist mir sehr wichtig, Carrie, das kannst du mir glauben."

„Everett, warum bist du wirklich nach Nebraska gekommen?"

„Um in deiner Nähe zu sein, Carrie." Er lachte. „Obwohl – wenn ich schon mal hier bin, kann ich ja auch gleich einen Abschluß in irgendwas machen! Könnte hilfreich für die Zukunft sein, was meinst du?"

Everett mietete sich dann doch im Hathaway-Hotel ein und wurde auf dem Campus schnell bekannt, weil er der einzige Student war, der sich einen solchen Luxus leisten konnte. Er erwies sich als nützlicher Begleiter für Carrie, und er war sehr beliebt bei seinen Kommilitonen. Er war freundlich zu jedermann, half, wo er konnte und war für jeden Unsinn zu haben. Er beteiligte sich an der Herausgabe der Studentenzeitung, spielte im Orchester mit und brillierte bei Diskussionen. Everett Higgenbottom gelang alles, was er anpackte – nur eines nicht: Carrie Brown wollte sich einfach nicht in ihn verlieben.

*

Obwohl Carrie zuerst sehr zornig auf Everett gewesen war, mußte sie sich eingestehen, daß er ein paar bedenkenswerte Punkte angeführt hatte. Sie wußte wirklich nicht, ob sie überhaupt als Lehrerin begabt war. Und in Santee war sie tatsächlich sehr lange nicht mehr gewesen. Also nahm sie sich vor, diese Hindernisse aus dem Weg zu räumen.

Als James und Elisabeth zu Thanksgiving nach Lincoln kamen, bot sich eine erste Gelegenheit, einen Besuch in Santee zu machen. Denn sobald Elisabeth sich auf die Couch in Augustas Salon gesetzt hatte, sprudelte diese auch schon mit ihren Plänen für eine Kleidersammlung für Santee hervor.

Elisabeth räusperte sich und sagte. „Das ist alles sehr schön, Tante Augusta, aber ich glaube nicht, daß ich in diesem Frühjahr fahren kann."

Augusta sah sie scharf an. „Nicht? Aber du fährst doch jedes Frühjahr hin!"

Elisabeth errötete sanft. „Ja, ich weiß, aber dieses Jahr werde ich . . . nun, sagen wir, ein wenig unpäßlich sein."

„Elisabeth, willst du etwa sagen . . ." Elisabeth nickte, und Augusta erwürgte sie fast mit ihrer Umarmung. „Preist den Herrn! Dann werde ich ja Großtante!"

Elisabeth strahlte vor Glück. „Wir haben so lange gewartet, Tante Augusta. Ich hatte die Hoffnung schon fast aufgegeben. Aber wir kommen gerade von Dr. Gilbert, und er hat mir bestätigt, daß ich schwanger bin." Elisabeth sah ein wenig traurig aus. „Ich würde ja gern nach Santee fahren, aber . . ."

„*Ich* kann doch mitfahren, Elisabeth", erklang Carries Stimme von der Tür her. „Entschuldigt, ich wollte nicht lauschen, aber Tante Augustas Stimme kann man einfach nicht überhören!" Sie trat ein. „Ich bin seit meiner Kindheit nicht mehr in Santee gewesen, und ich würde so gern hinfahren! Ich möchte gern wissen, ob alles noch so ist, wie ich es in Erinnerung habe. Schließlich würde ich später gern dort Lehrerin werden. Aber ein paar Freunde haben mir gesagt, daß ich eine verklärte Sicht von Santee hätte. Vielleicht ist da etwas dran. Ich würde mich gern selbst prüfen. Und ich würde Mr. Callaway bestimmt eine Hilfe sein."

Elisabeth nickte. „Ja, das glaube ich auch. Und ich stimme dir zu, daß du dich und deine Pläne überprüfen mußt. Je eher du das tust, desto besser."

Das Wintersemester flog nur so vorbei, und Carrie konnte bald kaum noch an etwas anderes denken als an ihre Rückkehr nach Santee. Everett stellte fest, daß selbst er ihr aus dem Weg ging, um nicht ständig über Santee reden zu müssen.

Als der Morgen kam, an dem James und Carrie abfahren wollten, verabschiedete Everett sich mit einem fast verloren wirkenden Gesicht von ihr.

Carrie sagte voller Begeisterung: „Du fährst ja auch über den Sommer nach Hause, Everett. Es wird sicher ganz wunderbar. Und siehst du, ich folge deinem Rat und überprüfe, was ich über Santee und die Arbeit mit den Indianern denke. Ich werde all die romantischen Vorstellungen ablegen, über die du gespottet hast."

Während der Wagen nordwärts rollte, war Carrie nicht bewußt, daß das Objekt ihrer „romantischen Vorstellungen" soeben einen Zug nach Nebraska bestieg, um einer Romanze zu entgehen.

Kapitel 12

Den ganzen Herbst und Winter hindurch hatte Wilder Adler gebetet und studiert und gesprochen. Dr. Riggs' Briefe hatten ihn stets ermutigt weiterzumachen, und so hatte er es getan. Doch seine Sehnsucht nach Nebraska wuchs immer weiter. Er verbrachte viele Stunden damit, das Ölgemälde im Flur des Hauses anzusehen, lange nachdem seine Gastgeber zu Bett gegangen waren.

Eines Abends im späten Dezember war Wilder Adler zum Abendessen bei den Woodwards eingeladen. George überreichte ihm ein Dokument und sagte: „Lies es dir durch, alter Junge. Ich denke, es wird dir gefallen. Endlich hat das Komitee etwas Konkretes zustande gebracht."

Wilder Adler las das Dokument mit dem Titel: „Entwurf von Prinzipien für die Indianerpolitik"; dann legte er es auf den Tisch und trank erst einmal ein ganzes Glas Wasser in einem Zug aus.

„Kein Kommentar?" George war offensichtlich enttäuscht.

Wilder Adler schüttelte den Kopf.

Julia sagte: „Oh, Jeremiah, wir dachten, es würde dich freuen!"

„Freuen?" Wilder Adler war kaum in der Lage, seinen Ärger zurückzuhalten. „Seit Monaten halte ich Vorträge über Vorträge, und jeder hat mir erzählt, daß meine Arbeit den Indianern helfen wird. Doch seit Monaten erreichen keine Hilfstransporte mehr Santee. Keiner der jungen Bostoner, die in meinen Vorträgen sitzen, hat sich zu Jesus Christus bekehrt oder sonst etwas Nützliches getan. Ihr gebt mir dieses Dokument und erwartet, daß ich glücklich darüber bin. Aber Papier ist geduldig, und noch mehr Worte auf Papier bedeuten für mich keinen Fortschritt. Wir Lakota wissen Bescheid über

Worte auf Papier. Die Weißen fühlen sich dann viel besser, doch den Indianern bringen sie nicht das Geringste." Seine Stimme schwankte vor Frustration, als er das Dokument aufnahm und zu lesen begann: *„Erstens: Indianer sind Menschen, die sich nicht sehr von anderen Menschen unterscheiden, mit denselben Bedürfnissen und Wünschen, wie alle Menschen sie haben.*" Wilder Adlers Stimme triefte vor Sarkasmus. „Es freut mich wirklich, daß es nur ein halbes Jahr gedauert hat, bis das Komitee zu dieser weisen Erkenntnis gelangt ist! Und weiter: *Zweitens: In ihrem natürlichen Zustand stehen die Indianer außerhalb des Gesetzes und müssen oft unter Anwendung von Gewalt eingegliedert werden. Drittens: Es ist ökonomischer, die Indianer zu versorgen, als sie zu bekämpfen; außerdem ist das der humanere und christlichere Weg.* Ich hätte doch zumindest gehofft, daß die christliche Motivation vor der ökonomischen kommt! Verzeiht mir, daß ich so viel von den Kirchen Bostons erwarte!"

Wilder Adler warf George das Dokument hin. „Der letzte Abschnitt hätte der Inhalt des gesamten Machwerks sein sollen, George. Lies ihn laut vor. Ich möchte hören, wie du es aussprichst!"

George gehorchte. *„Um die in diesem Dokument aufgeführten Ziele - die Indianer zu zivilisieren, auszubilden und zu den höchsten Ebenen der Menschlichkeit zu führen - erfolgreich zu verwirklichen, sehen wir die Lehre des Evangeliums Jesu Christi als entscheidend an. Deshalb drängen wir darauf, daß die missionarische Arbeit unter den Indianern mit höchstem Einsatz fortgeführt wird."*

Wilder Adler nickte. „Ich denke, dein Komitee sollte sich endlich an die *Arbeit* machen und nicht nur Worte auf Papier bringen, George!" Er stand abrupt auf und verneigte sich kurz in Richtung seiner Gastgeber. „Entschuldigt mich, aber ich kann diese Unterhaltung nicht länger fortsetzen, ohne mich zu versündigen. Guten Abend." Er warf seine Serviette auf den Tisch und stürmte hinaus.

Es war fast Mitternacht, als er vor dem Haus der Davis'

ankam und die Tür aufschloß. Wieder einmal hielt er vor dem Bild im Flur inne und betrachtete es. Er schloß halb die Augen und erinnerte sich an den Klang der Trommeln, den Duft von Fleisch, das über dem offenen Feuer briet und das Gefühl des Büffelfells um seine Schultern. Lange Zeit saß er so da.

Mein Herr und Gott, betete er. *Ich möchte zu meinem Volk zurückkehren und ihnen deine Gute Nachricht bringen. Doch ich warte noch immer auf deine Antwort. Dr. Riggs ermutigt mich dazu hierzubleiben. Ich habe dich gebeten, durch ihn zu sprechen, und wenn ich hierbleiben soll, dann will ich versuchen, geduldig zu sein. Aber ich bin so einsam, Herr, und es gibt auch noch andere Dinge. Du hast mich als Mann erschaffen, Vater. Die Weißen hier akzeptieren mich als gebildeten Indianer, doch ich bin für sie nur als solcher interessant, nicht als Mann. Lieber Herr, ich wünsche mir eine Frau.*

Wilder Adler starrte auf das Bild und mußte plötzlich an Winona denken. Sie hatte ihn geliebt, doch sein Herz war so voller Schmerz und Zorn gewesen, daß es darin keinen Raum für Liebe gab. Er dachte an andere Frauen, denen er begegnet war. *Oh Herr, ich will eine Frau in meinen Büffelumhang wickeln, eine Frau, die mein Leben mit mir teilt und ein Teil meiner Seele wird und die Dinge versteht, die ich nicht in Worte fassen kann. Du hast mich erschaffen, mein Herr. Hast du mir denn keine Frau zugedacht?*

In seiner Erinnerung tauchten Kinder auf, die fröhlich im Lager herumtollten, mit den Hunden spielten und lachten. *Oh Herr, ich sehne mich auch nach Kindern. Bevor ich dich kannte, wollte ich kein Kind in diese Welt setzen. Doch jetzt wünsche ich mir einen Sohn, den ich mit auf die Jagd nehmen kann, wie mein Vater mich mitgenommen hat. Und ich will eine Tochter, der ich Geschichten erzählen und Spielsachen basteln kann.*

Er erinnerte sich an eine Puppe aus Maiskolben, die ein kleines rothaariges Mädchen vorsichtig in Windeln wickelte und im Arm wiegte, als wäre sie eine der kostbaren Prozellanpuppen, die er in den Schaufenstern Bostons gesehen hatte. Tränen der Einsamkeit und Verzweiflung liefen ihm die Wangen hinunter. *Warum, Herr? Warum läßt du mich diese Sehnsucht empfinden, wenn es niemanden gibt, der sie erfüllen kann? Dr. Riggs sagt, daß ich hierbleiben soll. Muß ich hierbleiben, Herr, wo meine Seele stirbt?*

Schließlich stand Wilder Adler auf und ging in sein Zimmer, wo er in einen erschöpften Schlaf fiel.

*

Das neue Jahr kam, und Wilder Adler nutzte das schlechte Wetter für sein Studium. Er mußte nicht mehr ganz so viele Vorträge halten, doch das gab ihm die Gelegenheit, auf informellerem Wege die wichtigsten Bürger der Stadt bei abendlichen Diners zu treffen. Wilder Adler schleppte sich müde durch diese Abende und gab sich alle Mühe, Geduld mit den oft erschreckend ignoranten Fragen seiner Gastgeber aufzubringen. Seine melancholische Stimmung hellte sich jetzt fast nie mehr auf.

Sam und Stephen fuhren mit ihrer Mutter in Urlaub, und der einzige Lichtblick in Wilder Adlers Leben war fortan die Freundschaft mit George und Julia Woodward. Julia, die in schwierigen Situationen seinen Arm ergriff und ihn so sanft führte, das es den Anschein hatte, er habe eigentlich die Leitung. Julia, die so schön war, daß ihm manchmal die Worte fehlten, wenn er sie sah. Julia, die ihn mit einem Ausdruck in den Augen ansah, der ihn so berührte, daß es ihm angst machte.

Nach dem anfänglichen Befremden über Wilder Adlers Ausbruch wegen des Manifestes ihres Komitees waren George und Julia mit einer Entschuldigung auf ihn zugekommen. „Kannst du uns armen, dummen, ignoranten Bostonern helfen, es richtig zu verstehen, Jeremiah?“ hatte George mit so pathetischem Ernst gefragt, daß Wilder Adler lachen mußte.

„Ich werde es versuchen, meine Freunde. Aber zuerst müßt ihr etwas sehr Schwieriges tun.“

„Alles“, versicherte ihm Julia.

„Versucht, euch von dem ‚Indianerproblem‘ zu lösen und die Männer, Frauen und Kinder zu sehen, die darunter leiden. Gott wird euch dabei helfen. Ihr meint es gut, und ich verstehe das, aber ihr könnt kein ‚Indianerproblem‘ lösen. Genau das habe ich euch all diese Monate zu sagen versucht.“ Er rührte seinen Kaffee um und fuhr dann fort: „Laßt die Regierung mit den Gesetzen und Angeboten ringen. Während sie sich mit Dokumenten und Verträgen und Erklärungen abgeben, könnt ihr und eure Freunde wirkliche Hilfe zu wirklichen Menschen bringen. Sammelt Kleidung, schickt Geld, fordert eure jungen Leute auf, sich als Missionare berufen zu lassen. Opfert eure Zeit dafür – nicht für unsinnige Manifeste, die niemandem etwas nutzen!“

Wilder Adler beugte sich vor und sah die beiden eindringlich an. „Wenn ihr Santee sehen würdet und die Kinder dort, würdet ihr verstehen, warum ich so ungeduldig bin. Dort können Leben zum Besseren verändert werden! Ihr müßt nicht darauf warten, daß irgendein Schriftstück euch die Erlaubnis gibt zu helfen. Ihr könnt etwas bewirken, George und Julia!“ Er seufzte: „Ich habe das neulich im Zorn gesagt, aber ich wiederhole es noch einmal: Wir Lakota haben bereits viele gut formulierte Schriftstücke gesehen, die uns großartige Dinge versprachen. Wir haben gelernt, nichts darauf zu geben.“ Wieder machte er eine Pause, bevor er weitersprach: „Erst wenn ihr uns als Menschen wahrnehmt und nicht als Teil eines Problems, werdet ihr uns wirklich helfen können.“

George Woodward räusperte sich umständlich und zog ein Blatt Papier aus seiner Manteltasche. „Auch auf die Gefahr hin, daß du wieder hinausstürmst, Wilder Adler, würde ich dir gern das hier vorlesen. Du hast eben gesagt, daß wir besser verstehen würden, wenn wir Santee mit eigenen Augen sehen könnten. Gestern hat das Komitee einen neuen Beschluß gefaßt. Ich denke, diesmal wird er dir wirklich gefallen.“

Er reichte Wilder Adler das Blatt, und dieser las laut vor: *„Die Vorbereitungen zu einer Reise einer Abordnung des Komi-*

tees, bestehend aus Reverend A. C. Johnson, Robert Davis und George Woodward in Begleitung von Mrs. Davis und Miss Julia Woodward, sind nunmehr erfolgreich abgeschlossen. Die Abordnung wird Boston am 18. April verlassen, um die Missionsstationen in Dakota zu besuchen. Reverend John Sturmwolke aus Santee hat sich freundlicherweise bereiterklärt, die Abordnung zu den anderen Stationen zu begleiten. Von Santee aus wird die Reise nach Fort Sully, Sisseton und abschließend nach Berthold führen.“

Julia sprach als erste wieder. „Siehst du, Jeremiah, ein paar von uns haben dir doch zugehört. Es hat nur ein Weilchen gedauert, bis wir das Komitee dazu gebracht hatten, die Reise zu finanzieren.“ Sie lächelte aufgeregt. „Wenn sie erst einmal die Arbeit selbst gesehen haben, wird es mehr Verständnis und mehr Echo geben.“

George nickte. „Das glaube ich auch, alter Junge. Das Komitee hat sogar einen Journalisten engagiert, der mitkommen soll. Es ist dieser R. J. Painter. Auf den hast du wohl mächtig Eindruck gemacht, Jeremiah. Er hat angeboten, seine Kosten selbst zu übernehmen, wenn er uns begleiten darf.“

Als George später am Abend kurz den Tisch verließ, saßen Wilder Adler und Julia einfach nur da und sahen sich mit einem neuen Verständnis im Blick an. Wilder Adler betrachtete Julia und fragte sich, ob diese Frau vielleicht Gottes Antwort auf seine Gebete war. Und Julia stellte fest, daß sie zum ersten Mal nicht länger die Aufmerksamkeit von Jeremiah King, dem Indianer, suchte. Sie erhob sich und lächelte warm, als sie den Arm von Jeremiah King ergriff, einem sehr attraktiven Mann, der zufällig ein Lakota-Indianer war.

Etwas ist anders, dachte sie, als sie gemeinsam zur Tür gingen. Wilder Adler sah auf sie herab und bedeckte ihre Hand mit seiner.

Kapitel 13

„George, ich weiß einfach nicht, wovon du redest!" Julia Woodward strich ihre Damastserviette glatt und biß in ihr Frühstücksbrötchen.

Georges Stimme klang müde. „Julia, du hast bisher kaum Interesse am Komitee gezeigt. Deine Position als Protokollantin war lediglich theoretisch – bis Jeremiah King aufgetaucht ist. Plötzlich erscheinst du bei jedem Treffen. Du hältst dich mit deinen Männerbekanntschaften auffallend zurück. Du liest andere Bücher als früher – du *bist* anders als früher! Ich glaube sogar allen Ernstes, daß du Reverend Johnsons Predigt am Sonntag tatsächlich zugehört hast!"

Julia faltete gedankenverloren ihre Serviette zusammen und sagte: „Und findest du nicht, daß es dazu höchste Zeit ist, Bruderherz? Vor ein paar Wochen habe ich mitbekommen, wie Nancy Davis über mich gesprochen hat. Sie sagte: ‚Diese Frau ist wie Rüschen ohne Stoff.'" George verschluckte sich fast an seinem Kaffee und prustete los, doch Julia sprach weiter: „Ich war wütend, aber sie hat recht! Ich habe bisher immer alles angenommen, was mir chic erschien – wie eine neue Schleife an einem Kleid. Dann habe ich mir den passenden Begleiter dazu ausgesucht und mich selbst zum idealen Accessoire für ihn gemacht. Was auch immer gefragt war, ich habe es nachgeplappert, ohne auch nur einen Gedanken an den Inhalt des Themas zu verschwenden. Ich weiß nicht genau wieso, aber irgendwie kommt mir das jetzt nicht mehr richtig vor." Sie holte tief Luft und lachte dann leise. „Ich stelle mit Erstaunen fest, daß mich die Themen bei den Abenden im Freundeskreis wirklich interessieren. Es ist ganz schön anstrengend für ein Mädchen wie mich, plötzlich über die Indianerfrage zu diskutieren. Aber weißt du, ich habe etwas über mich selbst herausgefunden,

George. Mein Gehirn scheint ganz brauchbar zu sein, und wenn ich es benutze, nehmen die Leute mich ernst. Sie hören mir zu, und manchmal tun sie sogar, was ich vorschlage. Das gefällt mir!"

Sie blinzelte ihrem Bruder zu. „Natürlich gefällt es mir nicht ganz so gut, wie von einem attraktiven Mann ausgeführt zu werden, aber es gefällt mir. Vielleicht bin ich ja schon ein bißchen mehr Stoff und ein bißchen weniger Rüschen geworden, was meinst du?"

„Aber die attraktiven Begleiter hast du dir noch nicht aus dem Kopf geschlagen", stellte George mit einem Stirnrunzeln fest. „Julia, es hat wegen dir und Jeremiah Gerede gegeben, und das Komitee hat sich über die Sache ausgetauscht."

Julia wurde wütend. „Wie können sie es wagen . . ."

„Sie können, meine liebe Schwester, weil sie über deine . . . nun, sagen wir, vergangenen Vorlieben Bescheid wissen. Sie können, weil es ihre Pflicht ist, Jeremiah zu schützen und sicherzustellen, daß er sein Studium beendet und die Aufgabe erfüllt, vor die Gott ihn hier gestellt hat. Sie können, weil sie sich sehr wohl der Anziehung zwischen euch beiden bewußt sind. Und sie wollen sichergehen, daß ihr beiden die Grenzen des Anstands nicht überschreitet."

Julia winkte abwehrend mit der Hand. „Oh, also wirklich, George, das ist völlig unnötig. Du weißt doch sehr gut, daß ich niemals . . ."

„Absolut", seufzte George. „Aber laß uns lieber schon vorbeugend handeln. Die sozialen Gepflogenheiten in Boston sind für Jeremiah völliges Neuland. Aber er ist ja alles andere als dumm, und er weiß, daß er sehr vorsichtig und zurückhaltend sein muß. Und das solltest du um seinetwillen auch sein."

„Aber was, wenn er wirklich etwas für mich empfindet und nur nicht weiß, wie er das im Rahmen des Anstands zum Audruck bringen soll?" Julia wurde ganz eifrig. „Gibt es denn keine diskrete Möglichkeit, ihn wissen zu lassen, daß ich nicht abgeneigt wäre?"

George seufzte wieder. „Du hältst Männer wirklich generell

für komplette Idioten, nicht wahr? Wenn Jeremiah denken sollte, daß du abgeneigt wärst, dann müßte er blind sein! Ich frage dich, Julia: Was willst du?“

Julia hob ihr fein ziseliertes Kinn. „Alles, was er will, George.“

„Verdammt, Julia!“ George war jetzt äußerst gereizt. „Willst du wirklich mit ihm anbändeln, wo du doch weißt, daß er in die Wildnis zurückkehren wird? Es tut mir leid, aber ich kann mir beim besten Willen nicht vorstellen, wie du über einem offenen Feuer Kaffee kochst oder eine Blockhütte ausfegst.“ Er begann zu lachen, was Julia offensichtlich sehr zornig machte.

„Hör auf, George!“ Ihr verletzter Tonfall brachte ihren Bruder zum Schweigen. „Ich habe dich verstanden. Du siehst keine Zukunft für mich und Jeremiah, also wirst du nicht vermitteln. Auch gut.“

*

Liebe Freunde,
hier in Boston regnet und schneit es seit Wochen. Ich habe mir eine böse Grippe geholt, aber die Davis' haben einen Arzt für mich kommen lassen, und jetzt geht es mir wieder gut.

Das heißt, mein Körper ist wieder stark, aber mein Geist ist noch immer schwach und sehnt sich nach den Hügeln von Santee. Ich denke oft an die schwarze Stute, die James Roter Flügel für mich versorgt. Ich würde gern mit ihr über die Hügel galoppieren und die Prärie nach dem langen Winter wieder zum Leben erwachen sehen. Hier in Boston verdunkeln die großen Gebäude den Himmel, und es gibt kein Gras.

Ich bin nicht einsam hier. Die Söhne der Davis' erinnern mich sehr an die Jungs in Santee, die immer mit mir Fangen spielen wollten. Ich bin langsamer geworden; vielleicht würden sie mich jetzt erwischen. Ich beginne die indianische Lebensweise zu vergessen.

Ich werde bald meine Kurse abschließen. Danke, daß Ihr es mir ermöglicht, nach Wisconsin zu gehen. Ich weiß, daß Ihr nur mein Bestes im Sinn habt, und ich werde versuchen, Euch nicht zu enttäuschen.

Euer Freund

J. Wilder Adler King

Alfred Riggs las Wilder Adlers Brief voller Sorge. Aus jeder Zeile sprach seine Qual, und Reverend Riggs blutete das Herz wegen des jungen Mannes, der sich so sehr bemühte, seinem Mentor zu gefallen und dabei so deprimiert und heimwehkrank war. Er setzte sich sofort hin und schrieb Wilder Adler einen Antwortbrief, in dem er ihn anwies, umgehend nach Santee zurückzukehren.

Doch das war nicht mehr nötig. Am Abend nachdem Wilder Adler den Brief abgeschickt hatte, war etwas vorgefallen, das ihn dazu bewegt hatte, sofort seine Sachen zu packen und sich auf den Weg nach Westen zu machen.

*

Beim Klang von Wilder Adlers Schritten im Flur war Julia Woodward von dem Sessel vor dem Kamin aufgesprungen und war ihm entgegengeeilt. Das Hausmädchen hatte ihm seinen Hut abgenommen und war wieder gegangen, und Julia hatte ihn ins Wohnzimmer geführt.

„Bitte, setz dich doch. George wird heute abend leider nicht hier sein, Jeremiah. Er hat eine Verabredung gehabt und es vollkommen vergessen. Und die Johnsons haben eine Nachricht geschickt, daß sie ebenfalls verhindert sind.“ Das Bedauern in ihrer Stimme war gerade eben angemessen.

Wilder Adler erhob sich und gab sich keine Mühe, seine Enttäuschung zu verbergen. „George hat mir einige der Regeln hier in Boston erklärt. Ich weiß, daß ich niemals mit einer Frau allein sein sollte. Oder gilt diese Regel nicht für dich?“

Julia vermied es, die Frage direkt zu beantworten. „Jetzt sei doch nicht albern, Jeremiah. Zwei Freunde können doch gemeinsam eine Tasse Tee trinken, ohne daß das dem Ruf eines der beiden schaden würde. Wir haben dieses Treffen seit Tagen geplant, und ich sehe keinen Grund, warum wir beide uns nicht über die Reise unterhalten können, auch wenn die anderen nicht dabei sind. Ich kann ihnen deine Vorschläge gern übermitteln."

Als Wilder Adler sie skeptisch ansah, fügte sie hinzu: „Wir sind ja auch gar nicht wirklich allein. Die Bediensteten sind im Haus, und Molly wird bald das Geschirr abtragen. Wenn du wirklich so besorgt bist, rufe ich sie und bitte sie, hier im Raum zu bleiben." Sie hob eine Augenbraue, und Wilder Adler begriff, daß sie ihn aufzog.

„Bitte bleib", bat sie ihn jetzt. „Du bist krank gewesen, und wir haben uns so lange nicht gesehen. George kommt nachher und wird sicher enttäuscht sein, wenn du schon wieder fort bist." Julia hob ihre Teetasse. „Und ich habe mindestens zweihundert Fragen, die ich bisher noch keine Gelegenheit hatte zu stellen. Irgendwie . . .", sie senkte die Wimpern und sah ihn dann wieder an, „irgendwie fühle ich mich dir seit dem Abend neulich so viel . . . näher."

Wilder Adler rutschte auf seinem Stuhl hin und her. Eine Stimme in seinem Inneren schrie ihm zu, aufzustehen und zu gehen, doch er ignorierte sie und nahm ebenfalls seine Teetasse in die Hand.

„Mach dir keine Sorgen", lachte Julia, „es sind keine unanständigen Fragen, nur vielleicht welche, die die feine Bostoner Gesellschaft neugierig finden würde. Ich will mehr über das Leben wissen, das du geführt hast, bevor sich die Dinge so dramatisch für dich geändert haben. Ich will mehr wissen, als du den anderen erzählst." Julia lehnte den Kopf an die Nackenstütze des Sessels, und Wilder Adler bemerkte, was für einen schlanken, langen Hals sie hatte. Er war noch nie mit einer schönen Frau allein gewesen, und er gab sich alle Mühe zuzuhören, was sie sagte. Doch er mußte feststellen, daß ihm das überraschend schwerfiel.

Als sie sich seiner Verwirrung bewußt wurde, bot Julia an: „Du hattest einen anstrengenden Tag; bestimmt würde dir ein Glas Wein helfen, dich ein wenig zu entspannen?“ Damit ging sie zum Spirituosenschrank herüber.

Wilder Adler schüttelte den Kopf. „Nein. Schon als kleiner Junge habe ich meinem Vater geschworen, niemals Alkohol zu trinken.“

Julia hielt inne und kam wieder zu ihm zurück, und Wilder Adler zwang sich, ihre eleganten Bewegungen nicht zu bewundern. Sie blieb neben ihrem Sessel stehen, und das Licht von dem Fenster hinter ihr ergoß sich über ihre schmalen Schultern.

Wilder Adler würgte einen Schluck Tee hinunter und stellte sich hinter seinen eigenen Stuhl, um eine Art physische Barriere zwischen sich und Julia zu bringen. Er umklammerte die Lehne und sagte: „Ich sollte gehen.“

Julia lächelte. „Dein Vater hat dir also das Versprechen abgenommen, nie Wein zu trinken. Mußtest du ihm auch versprechen, nie mit einer unverheirateten Frau allein zu sein?“

Wilder Adler schüttelte den Kopf und starrte angestrengt ins Feuer.

„Erzähl mir von ihm. Erzähl mir, wie dein Vater war, Jeremiah.“

„Er hat mir alles beigebracht, was ich wissen mußte, um in unserer Welt zu überleben. Er konnte mich nicht auf die Veränderungen vorbereiten, die kamen, aber er hat mir seinen Glauben an Gott weiterzugeben versucht. Ich nehme an, daß er wußte, daß das die beste Möglichkeit war, seinen Sohn auf eine ungewisse Zukunft vorzubereiten. Doch er hat nicht lange genug gelebt, um zu sehen, wie ich seinen Gott in mein Leben gelassen habe.“

Julia setzte sich wieder in den Sessel. „Wenn es nicht zu schmerzlich für dich ist, würde ich gern wissen, wie das Leben war, das du damals geführt hast.“

Wilder Adler ließ seine Blicke durch den Raum schweifen, während er überlegte, wie er einem Kind der Bostoner Gesellschaft das Leben in der Prärie erklären sollte. Er sah Julia an, und sie begegnete seinem Blick sehr direkt. Ihre Stimme und ihre Augen bargen keine Spur von Koketterie, sondern nur ehrliches Interesse an ihm und seinem Leben. Die Einsamkeit schlug über ihm zusammen wie eine Welle, und Wilder Adler stellte fest, daß er Julia Woodward von sich erzählen wollte.

Plötzlich bot sich ihm ein Anfang für seine Geschichte in Form des Bärenfells vor dem Kamin. Wilder Adler ging hin und setzte sich mit gekreuzten Beinen auf das Fell.

„So einen Bären habe ich einmal erlegt", sagte er und ließ seine Hand über das Fell gleiten. „Er war vielleicht ein bißchen größer als dieser hier. Ich mußte drei Pfeile auf ihn abschießen."

„Nur drei?" Julia klang überrascht.

„Drei Pfeile sind zwei zuviel", erklärte Wilder Adler. „Ich hätte ihn mit dem ersten töten sollen. Doch den dritten Pfeil habe ich von einem Baum herunter abgeschossen. Ich war sicher, daß an diesem Abend ein Platz am Lagerfeuer leer sein würde: Meiner."

Julia beugte sich vor. „Bitte, Jeremiah, erzähl weiter. Ich will einfach alles über dich erfahren!"

Wieder erklang eine Warnglocke in Wilder Adlers Kopf, und wieder schob er den Gedanken beiseite. „Du hast schon die aufregendsten Geschichten gehört."

„Ich will keine aufregenden Geschichten hören, sondern das, was du nicht erzählst, wenn du vor einer Gruppe sprichst. Wie sah ein ganz normaler Tag in eurem Lager aus? Was habt ihr gegessen? Was für Kleidung habt ihr getragen? Ganz alltägliche Dinge, Jeremiah." Julia holte tief Luft, bevor sie weitersprach: „Ich will wissen, wer Jeremiah King wirklich ist. Was ist in deiner Seele?"

Und Wilder Adler begann zu reden. Er beschrieb einen typischen Tageslauf im Lager zu einer Zeit, als die Büffel noch zahlreich waren und man sich keine Gedanken um Soldaten machen mußte. Er erzählte, wie sein Vater seine Pferde zuritt und wie seine Mutter sich Sorgen machte, wenn er bei einem

Jagdausflug zu lange ausblieb. Seine Mutter beschrieb er besonders liebevoll, und von seinem Vater sprach er mit einem solchen Stolz, daß Julia den Schmerz förmlich spüren konnte, den er empfunden hatte, als seine Mutter neben dem zerschmetterten Körper von Der den Wind reitet im Gras gekniet hatte.

Irgendwann war Julia von ihrem Sessel geglitten und hatte sich neben ihn auf das Bärenfell gesetzt. Als Wilder Adler viel später seinen Monolog beendete, saß sie mit angezogenen Beinen vor dem Feuer und starrte gedankenverloren vor sich hin. Wilder Adler hob die Hand und zog behutsam die Linie ihres Haaransatzes nach. Plötzlich stellte er sich Julia mit ihrem feinen Kleid am Lagerfeuer vor seinem Tipi vor, und er mußte lachen.

Bevor er seine Hand wegziehen konnte, hatte Julia sie in ihre eigene genommen. „Was habe ich getan, das dich zum Lachen bringt?“ wollte sie wissen. „Ich möchte dich viel öfter lachen sehen. Es klingt schön, wenn du lachst.“ Sie preßte seine Hand an ihre Wange.

„Ich habe mir vorgestellt“, antwortete er weich, „wie du so, wie du heute gekleidet bist, versuchst, mit zwei Stöcken ein Feuer zu entzünden.“ Er zog sanft seine Hand weg. „So muß meine Mutter ausgesehen haben, als mein Vater sie ins Lager brachte. Ich war noch ein kleines Baby, aber ich habe die Geschichte viele Male gehört. Am liebsten hat mein Vater den Teil erzählt, wo sie versucht hat, Feuer zu machen.“ Er lachte leise. „Eine Weile haben die anderen im Lager sie ‚Die kein Feuer macht‘ genannt. Sie hat geübt und geübt, bis sie es konnte.“ Er wandte sich dem Kamin zu und demonstrierte Julia mit zwei Stöcken, wie man durch Reibung einen Funken erzeugte.

Julia lachte mit ihm und fragte dann unvermittelt: „Hattest du eine Frau?“

Wilder Adler setzte sich wieder. „Nein“, antwortete er ruhig. „Es hat nie eine Frau in meinem Leben gegeben.“ Als Julia ihn erstaunt ansah, korrigierte er sich: „Einmal, vor sehr langer Zeit, gab es eine junge Frau, die etwas für mich empfand.“ Er hielt inne, bevor er fortfuhr: „Im letzten Winter ist sie mit ihrer Familie nach Norden gezogen, nach Kanada."

„Im letzten Winter?"

„Im letzten Winter dieses Lebens."

Julia umschlang sich mit ihren eigenen Armen. „Du hast sie nie wiedergesehen?"

„Nein."

„Und es hat keine andere gegeben?"

„Die Dinge haben sich zu schnell verändert." Wilder Adler lächelte sie an. „Es gab zu viel anderes, mit dem ich mich beschäftigen mußte. Zu viel zu lernen, um die Regeln zwischen Männern und Frauen in eurer Welt kennenzulernen. Und solange ich ohnehin nur Jeremiah King, der Indianer bin, besteht auch keine Notwendigkeit dazu."

„Ist denn da keine Frau, die dich auf eine andere Art sieht?" Julia umfaßte ihre Knie fester und bemerkte, daß sie zitterte.

Sobald die Worte ausgesprochen waren, sah Wilder Adler ein blaues Kleid und rotes Haar vor sich, den Bahnhof von St. Louis und eine Kußhand in seine Richtung. Er antwortete Julia ehrlich: „Doch, es gibt eine." Und er begann Julia von Carrie zu erzählen. Sie ließ ihn nicht ausreden.

„Nein, Jeremiah, es gibt zwei. Ich weiß nichts über das Mädchen in Nebraska, aber ich bin hier. Jetzt."

Wilder Adler hatte noch nie eine Frau geküßt. Der Duft ihres Haars, die Weichheit ihres Seidenkleides, alles an ihr war so überwältigend, daß die Welle der Emotionen ihm Angst machte, die ihn überflutete, als sie sich küßten. Die Stimme in seinem Hinterkopf bekam endlich die Oberhand und rief: *Verschwinde hier! Geh schnell, oder du wirst alles verraten, was du je über Gott und den Glauben an ihn und Wahrhaftigkeit gesagt hast!*

Julia von sich zu schieben war das Schwierigste, was Wilder Adler in seinem Leben je getan hatte. Er rannte fast zur Tür; sie rief seinen Namen, doch er sah nicht zurück. Er wußte genau, daß er dann geblieben wäre. Also folgte er der Stimme seines Gewissens aus der Tür, durch die Straßen von Boston und ins

Haus der Davis'. *Du kannst nicht in Boston bleiben. Du bist zu einsam, und sie ist zu schön. Geh heim nach Santee und ordne deine Gefühle. Bitte Gott um Führung. Rede mit Dr. Riggs. Laß dies nicht einfach so passieren. Wenn es sein soll, wird es geschehen, aber zu Gottes Zeit und nicht so. Die Davis' werden es verstehen; schreib ihnen einen Brief, daß du krank vor Heimweh bist. Sie werden überrascht und auch ein wenig enttäuscht sein, aber sie werden es verstehen.*

Am nächsten Tag stieg Wilder Adler im Morgengrauen in den Frühzug nach Nebraska, während Julia noch immer auf dem Bärenfell saß und in die Asche des Kaminfeuers starrte.

Kapitel 14

Dr. Gilbert sprach mit der leisen Stimme, die er zu benutzen gelernt hatte, wenn er die verhaßteste aller Nachrichten überbringen mußte. Er sprach langsam und deutlich und so sanft wie möglich, um es Sarah schonend beizubringen, obwohl das sowieso unmöglich war.

„Zum Ende hin könnte es . . . schwer für sie werden", sagte er. „Ich werde dir zeigen, wie man Morphin spritzt, und dann können wir nur beten, daß Gott sie zu sich nimmt, bevor sie zu sehr leiden muß."

Über die Schulter des Arztes hinweg konnte Sarah die Tür zu Mrs. Braddocks Zimmer sehen, die Tür, die immer für sie offen gestanden hatte und sie willkommen geheißen hatte; nicht als Hausmädchen, sondern als Tochter. Sie sah Dr. Gilbert fest an und sagte ruhig: „Es wird schon gehen, Dr. Gilbert. Ich werde tun, was immer Sie mir auftragen. Ich schaffe das schon." Sie konnte nur hoffen, daß sie zuversichtlicher klang, als sie sich fühlte.

„Du wirst vermutlich Hilfe brauchen", sagte er und legte eine Hand auf ihre Schulter.

Sarah schüttelte den Kopf. „Ich werde vielleicht jemanden fürs Haus einstellen müssen, aber um Mutter Braddock kümmere ich mich allein. Ich verdanke ihr so viel, Doktor. Das wenigste, was ich tun kann, ist bei ihr zu sein, wenn . . ." Sie biß sich auf die Lippe, und die Tür schien irgendwie ins Schwanken zu geraten.

Dr. Gilbert drückte ihre Schulter. „Mrs. Braddock ist eine wunderbare Frau, und du bist eine wunderbare Freundin für sie. Schick Tom zu mir, wann immer du mich brauchst, und ich bin sofort da." Er faßte in seine Tasche und gab Sarah eine neue Flasche. „Das hier wirst du bald brauchen."

Nur ein paar Tage später mußte Sarah Dr. Gilberts Hilfe bereits in Anspruch nehmen. Abigail konnte keinerlei Nahrung bei sich behalten und nahm erschreckend schnell immer weiter ab.

„Und sie hat schreckliche Schmerzen, Doktor", sagte Sarah gepreßt. „Ich kann es fühlen, selbst wenn ich nicht im Zimmer bin."

„Wann wird Mr. Braddock zurückerwartet?" wollte der Arzt wissen.

„Er hat gestern telegraphiert, daß er morgen hier ist."

Dr. Gilberts Gesicht war ernst. „Gut." Er nahm seine Tasche und begann, die Treppe hinaufzusteigen. Als Sarah ihm nachkam, sagte er: „Du hast alles Menschenmögliche getan, Sarah. Ich möchte, daß du dich ein wenig hinlegst, solange ich bei ihr bin. Ich werde ihr eine Spritze geben, so daß sie den ganzen Nachmittag schläft, und du wirst dich so lange ausruhen wie möglich. Du bist ja völlig erschöpft, Kind, und in den nächsten Tagen wirst du jedes Quentchen Kraft brauchen, das in dir ist. Wir können noch immer um ein Wunder beten, aber wir müssen uns auch darauf vorbereiten, daß die Natur ihren Lauf nimmt. Geh jetzt, Kind."

Sarah gehorchte und ließ sich im Salon auf einen Stuhl sinken, wo sie endlich die Tränen vergoß, die sie seit Wochen zurückgehalten hatte.

*

„David!" stöhnte Abigail. „Wann kommst du endlich, David? Ich warte schon so lange. Ich bin müde, David."

Sarah legte eine kühle Hand auf ihre Stirn, und Abigail wurde ruhiger. „Er kommt, Mutter Abigail. Er ist schon unterwegs, und bald wird er hier sein. Es tut mir so leid, daß Sie so leiden müssen!"

Abigail öffnete die Augen. Der Schleier des Schmerzes klärte sich für einen Moment, und sie lächelte schwach. Mühsam flüsterte sie: „Ja, Liebes, ich weiß." Sie schloß wieder die Augen und stammelte: „Ich werde auf David warten, und dann … dann gehe ich."

Sarah saß den ganzen Tag an Abigails Bett, stützte ihren Kopf, wenn sie etwas trinken wollte und schüttelte die Kissen auf, um ihre dünnen Glieder zu entlasten. Immer, wenn sie die geliebte Frau berührte und ihre Knochen spürte, schauderte es Sarah, und sie fragte sich, wie stark der Geist sein mußte, der einen Körper am Leben hielt, der so nahe am Tod war.

Ungefähr um Mitternacht wurde Sarah klar, daß Abigail ihre Schlacht verlieren würde, David noch einmal zu sehen. Tom rannte zu Dr. Gilbert, und er kam fast sofort, das Hemd nur halb zugeknöpft und das dunkle Haar wirr in der Stirn. Abigail stöhnte so schrecklich, daß Sarah kalte Schauer den Rücken hinunterliefen. Dr. Gilbert zog eine blaue Flasche aus seinem Arztkoffer. „Ich wollte das vermeiden, aber es geht nicht anders. Dies hier wird ihr den Schmerz nehmen, aber sie wird davon bewußtlos werden. Wenn David kommt, wird sie es vielleicht nicht mitbekommen."

Vom Bett erklang eine bemerkenswert klare Stimme: „Nein, dann will ich es nicht. Ich muß wach sein, wenn David kommt!"

Sarah und Dr. Gilbert sahen über den zerbrechlichen Körper hinweg in Augen, die klar und strahlend waren. Abigail sagte: „Ich werde sehr bald sterben, Sarah, das weiß ich. Aber ich will David noch einmal sehen. Wann wird er wohl kommen, was meinst du?"

„Ich bin sicher, daß er gleich morgen früh ankommt", log Sarah.

„Dann werde ich so lange aushalten. Dieses Ding in mir und ich haben einen langen Kampf miteinander ausgefochten, und ich weiß, daß es gewinnen wird. Aber dieses eine Spiel will ich noch für mich entscheiden. Dr. Gilbert, bitte bleiben sie hier, für den Fall, daß ich es nicht ertragen kann. Aber tun sie nichts, solange ich nicht …"

Dr. Gilbert sagte sanft: „Ich bleibe, so lange Sie möchten,

Mrs. Braddock. Und ich werde mit der Spritze warten, so lange es irgend geht."

Abigail schien sich ein wenig zu entspannen. „Sarah! Komm her, Liebes, wo ich dich sehen kann."

Sarah gehorchte, und Abigail begann zu sprechen: „Ich habe dich so gern, mein Mädchen. Du bist mir eine liebe Tochter gewesen, wenn ich das sagen darf. Ich bin so froh, daß David dich zur Frau haben wird, wenn ich nicht mehr da bin. Du wirst gut für ihn sorgen. Und er liebt dich genauso sehr wie ich." Sie lächelte Sarah an. „Und Tom! Sorge dafür, daß er die Schule beendet. Wo ist er denn?"

Sarah holte ihren Bruder, der mit dem Widerstreben jedes Kindes in das Zimmers humpelte, das Krankheit und Tod fürchtete.

Abigail lächelte ihn liebevoll an. „Tom, mein Lieber, ich habe große Pläne für dich. Lerne eifrig und mach mich stolz, ja? Ich werde dich beobachten, junger Mann! Und ich erwarte Großes von dir. Ich werde dir genug Geld hinterlassen, daß du die Schule beenden und zur Universität gehen kannst. Und wenn du eines Tages ein guter Rechtsanwalt bist, dann denk an mich, Tom. Fang etwas Gutes mit deinem Leben an und teile deinen Erfolg mit anderen. Wenn Gott uns segnet, möchte er, daß wir diesen Segen auch an andere weitergeben."

Tom murmelte: „Ja, Madam", bevor er sich impulsiv vorbeugte und Abigail einen Kuß auf die eingefallene Wange drückte.

„Mein guter Junge", flüsterte Abigail. „Und jetzt geh wieder. Du mußt einer alten Frau nicht beim Sterben zusehen." Als er fort war, wandte sich Abigail wieder an Sarah. „Es tut mir so leid, daß ich nicht mehr da sein werde, um euren Kindern eine Großmutter zu sein! Sag Augusta, daß sie das für mich übernehmen soll, ja?"

„Ja, Mutter Braddock", zwang sich Sarah ruhig zu antworten und verdrängte die Realität dieses Augenblicks, um ihn zu überstehen.

„Und laß nicht zu, daß David in dumpfes Brüten verfällt. Ich habe ein schönes Leben gehabt, und ich freue mich darauf, William wiederzusehen. Erinnere ihn daran. Seit Jahren schon lebe ich auf diesen Augenblick hin."

„Ja, Mutter Braddock."

„In unserer Familie gibt es leider einige hoffnungslos arrogante Menschen, die nicht sehr nett zu dir sein werden, Liebes. Denk immer daran, daß ich dich liebe und daß du es verdient hast, den Namen Braddock zu tragen."

„Ja, Mutter Braddock."

Abigail zog scharf die Luft ein und preßte zwischen zusammengebissenen Zähnen hervor: „Ich muß mich jetzt wieder ein wenig ausruhen. Ist es schon Morgen?"

Sarah sah in die schwarze Nacht hinaus und log wieder: „Ja, Mutter Braddock. Ich glaube, es dämmert schon."

„Oh, David!" seufzte Abigail und driftete in einen traumlosen Schlaf hinab.

Später in der Nacht hob Abigails Feind wieder seinen häßlichen Kopf und begann ihren Körper von neuem zu martern. Schließlich war Dr. Gilbert gezwungen, die Morphinspritze zu setzen, und Abigail versank in eine tiefe Bewußtlosigkeit.

Als der Morgen schließlich tatsächlich heraufdämmerte, klopfte es an der Tür. Sarah schleppte sich hinunter und nahm ein Telegramm aus Iowa entgegen. Sie schloß müde die Tür, setzte sich auf einen Stuhl, öffnete es – und sank ungläubig in sich zusammen. Wieder und wieder las sie die Worte, und dann begann sie zu weinen.

Auf einmal hörte sie Abigails qualvollen Aufschrei und rannte zurück in ihre Zimmer. Sie kniete sich vor das Bett und rief: „Mutter Braddock, bitte halt noch aus! Es ist von David; er kommt! Bitte warte, Mutter Braddock. Er wird gleich hier sein!"

Doch Abigail konnte nicht länger warten. Ihr Körper hatte so lange gegen die Schmerzen angekämpft, wie er konnte, und nun wurde sie in die Ewigkeit gerufen. Sie öffnete noch einmal die Augen, und ein Lächeln erhellte ihr Gesicht.

„David!" rief sie erstaunt aus.

Und dann starb sie.

Sarah ließ sich zitternd in einen Stuhl fallen, das Telegramm fest umklammert. Dr. Gilbert saß eine Weile sehr still neben seiner Patientin, bevor er Sarah ansah. Die Tränen strömten ihr die Wangen hinunter. David würde nicht kommen; er würde nie wieder kommen. In dem Telegramm stand, daß ein Mr. David Braddock am gestrigen Tag bei einem Zugunglück in Iowa ums Leben gekommen war.

Dr. Gilbert entrang ihr das Telegramm und las es. „Oh, meine liebe Kleine! Meine arme, arme Kleine!"

Sarah sah ihn wie betäubt an. Tom stand plötzlich in der Tür, und als er Sarahs Gesicht sah, kam er zu ihr und hielt sie ganz fest. Sarah lehnte sich an ihren kleinen Bruder und weinte und weinte.

„Es ist David, Tom", schluchzte sie schließlich. „David ist tot. Der Zug ist entgleist. In Iowa."

Tom sagte hoffnungsvoll: „Vielleicht ist es ein Irrtum, eine Verwechslung?"

Sarah schüttelte schwach den Kopf. „Nein, Tom. Ich kann es fühlen. Er ist wirklich tot." Dann fiel ihr etwas ein, und ihr Gesicht erhellte sich ein wenig. „Dr. Gilbert, denken Sie, daß Mutter Braddock ihn gesehen hat? Ob er doch noch zu ihr gekommen ist? Hat sie darum so erstaunt seinen Namen gerufen?"

Dr. Gilbert war ein Mann der Wissenschaft, aber er war auch ein gläubiger Christ, und er wußte, daß es Dinge zwischen Himmel und Erde gab, die nur Gott wußte. Und so legte er eine sanfte Hand auf Sarahs Schulter und sagte. „So muß es wohl gewesen sein, meine Liebe. Sie sind jetzt zusammen bei Gott. Friede mit ihnen!"

Sarah dachte über diese Idee nach, und sie gab ihr Trost. Sie fühlte sich plötzlich sehr alt, und die Trauer begann ihr Herz zu lähmen. Doch in all der Trauer war da immer noch die kleine Stimme, die sie so gut kennengelernt hatte, seit sie zu Augusta Hathaways adoptierter Familie gehörte.

Es war die Stimme der Hoffnung.

Kapitel 15

Gott lächelte im Frühjahr 1884 auf die Farmer von Nebraska herab. Er schickte ihnen warme Regenschauer im Überfluß, und die Ernte versprach alle Rekorde zu brechen.

Für Carrie Brown waren die stetigen Güsse ein unwillkommenes Hindernis bei der Wiederentdeckung ihrer Kindheitserinnerungen in Santee. Die ersten zwei Tage ihres Aufenthalts regnete es ununterbrochen, und der Boden verwandelte sich in einen unüberwindlichen Morast. Carrie mußte ihre Entdeckerpläne verschieben und statt dessen Charity Bond, der Hausmutter, beim Kampf gegen den Schlamm unterstützen. Von überall her kroch die tückische Masse in die Häuser, und obwohl die Kinder ihre Schuhe und sogar Hosen und Überröcke an der Tür auszogen, war alles von einer schmierigen Schmutzschicht überzogen. Charity ließ einen Waschzuber in die Küche bringen und teilte die Mädchen in verschiedene Gruppen ein, die fast ununterbrochen Wasser erhitzen und die ohnehin schon verschlissene Kleidung wuschen. Charity schärfte ihnen ein, nicht zu hart zu schrubben, damit sich die Stoffe nicht in ihre Bestandteile auflösten. „Ihr seid mit dieser Kleiderspende gerade rechtzeitig gekommen, Carrie", sagte sie. „Diese Lumpen machen es nicht mehr lange."

Am dritten Tag in Santee erwachte Carrie vom stetigen Trommeln des Regens auf dem Dach. Stöhnend legte sie sich das Kopfkissen über die Ohren, doch das änderte auch nichts. Schließlich schlich sie im Zwielicht hinunter und setzte sich bei Kerzenlicht hin, um ein wenig in der Bibel zu lesen. Sie schlug wahllos eine Seite auf und mußte trotz allem Ärger leise lachen, als ihr Blick auf den Satz fiel: „. . . die Erde, die Regen trinkt, empfängt Segen."

Noch immer lachend verabschiedete sie sich endgültig von

ihren Plänen und wandte sich dem Haufen mit der Flickwäsche zu. Es gelang ihr, eine ganze Reihe Knöpfe anzunähen, bevor sie unruhig wurde und in die Küche ging.

Sie entzündete das Herdfeuer, setzte Kaffeewasser auf und öffnete die Hintertür, um die Frühlingsluft hineinzulassen. Es war milde, und der prasselnde Regen war einem sanften Nieseln gewichen. Der Boden war vollgesogen, und Carrie dachte mit einem Seufzen daran, was passieren würde, wenn sie mit ihrem aufwendigen Rock und den drei Petticoats dort hinausgehen würde. Sie würde nicht mal bis hinunter zum Bach kommen.

Bei einer Tasse Kaffee versuchte sie sich auf einen weiteren Tag voller Regen, Schlamm und Wäsche vorzubereiten. James Callaway würde in ein paar Tagen nach Lincoln zurückfahren. Er hatte es eilig, nach Hause zu kommen, wo die schwangere Elisabeth auf ihn wartete. Nachdenklich strich Carrie mit den Fingern über die unebene Tischplatte. Und dann fiel ihr Blick auf die Lösung für ihr Dilemma.

Sie hingen gleich neben der Tür, vier Paar davon, sauber und ordentlich - Carrie schnappte sich ein Paar Hosen und ein Hemd und eilte auf ihr Zimmer. Dort zog sie sich um und schlich dann leise die Treppe wieder hinunter. Sie hatte wenig Lust, Charity ihre plötzliche Vorliebe für Männerkleidung erklären zu müssen.

„Bin ein bißchen in Erinnerungen stöbern gegangen. Danke, Carrie", schrieb sie eilig auf einen Zettel und legte ihn gut sichtbar auf den Tisch. Dann suchte sie sich im Lagerhaus einen Hut und ein Paar gut erhaltene Stiefel aus dem Kleiderhaufen, den sie mitgebracht hatten. Sie wußte, daß sie vermutlich lächerlich aussah, aber sie wollte sowieso niemandem über den Weg laufen. Vorsichtig lugte sie um die Ecke, und als sie weit und breit niemanden entdecken konnte, rannte sie den Hügel hinauf und in Richtung Fluß.

Trotz des Regens erwies sich der Vormittag als befriedigende Abwechslung von der endlosen Wascherei. Carrie saß an dem kleinen Fluß und erinnerte sich an die Sonntagnachmittage mit ihrer Mutter hier am Flußufer. Sie erlebte alles noch einmal: Die Tage ihrer Kindheit, die Schönheit der Natur, die hinter dem Wunder zurücktrat, daß ein echter Indianer in ihr Leben trat und ihr gestattete, seine Freundin zu sein.

Sie ging weiter am Fluß entlang und kam schließlich zu dem riesigen Baum, der früher einmal vom Blitz gespalten worden war. Sie trat dicht an den Stamm heran und legte die Arme darum. Er erschien ihr längst nicht mehr so massiv wie früher, aber noch immer konnte sie den Stamm nicht einmal halb umfassen. Der Himmel klarte ein wenig auf, und Carrie setzte sich unter den Baum und sagte laut. „Ich wünschte, du könntest reden, Baum. Ich wüßte gern, wie es gewesen ist, bevor wir gekommen sind und alles ruiniert haben. Bevor es Haß und Kriege gab."

Sie ließ ihren Gedanken freien Lauf, und erst ein plötzliches Donnern brachte sie wieder in die Realität zurück. Sie hatte kaum genug Zeit, den Hut wieder richtig aufzusetzen, als es auch schon sintflutartig zu regnen begann. Der Himmel hatte sich wieder zugezogen, und dunkle Wolken trieben im Wind dahin.

Carrie stöhnte auf. Sie sollte jetzt wohl am besten schnell zur Missionsstation zurücklaufen. Doch sie hatte das wahre Ziel ihrer Wanderung noch nicht erreicht, und sie war fest entschlossen, dort hinzugehen. Es war zum Glück nicht weit, schon bald stand sie vor der Scheune und dem kleinen Steinhaus, die sie gesucht hatte.

Martha und James Roter Flügel waren im Moment auf Reisen, das wußte sie, sonst hätte sie sich nicht getraut herzukommen. Dies hier gab ihr die Gelegenheit, Wilder Adler auf eine ganz neue Art nah zu sein. *Ich sollte das nicht tun,* sagte sie sich, als sie die Tür der Hütte öffnete. Es war düster hier drin. Carrie erschauderte und fachte ein kleines Feuer in dem offenen Kamin an, um sich zu wärmen. Dann wandte sie sich der Tür zu, die zu dem Raum führte, den James für Wilder Adler angebaut hatte.

Mit zitternden Händen öffnete Carrie die Tür. Der Raum

hatte ein Fenster nach Süden, das ihn einigermaßen erhellte. Carrie konnte auf dem Bett die vergilbte Decke sehen, die Wilder Adlers Mutter gemacht hatte. Carrie kannte die Geschichte dieser Decke, und sie ließ ihre Hand sanft über die bestickte Oberfläche gleiten. Dann setzte sie sich auf das schmale Bett und sah sich im Zimmer um. Ein grober Tisch aus zwei Holzplanken, darauf einige Bücher. Carrie las die Titel und lächelte, als sie sich Wilder Adler lesend an diesem Tisch vorstellte.

Was sie wirklich suchte, hatte sie noch nicht entdeckt. Der Raum war äußerst spartanisch eingerichtet; vielleicht unter dem Bett? Sie kniete sich hin und fühlte unter das Bett. Ihre Hände berührten einen Gegenstand aus steifem Leder, und genau in diesem Moment erscholl eine donnernde Stimme von der Tür her: „Und was meinen Sie wohl, was Sie da machen?"

Zu Tode erschrocken sprang Carrie auf und begann zu stottern: „Ich . . . ich . . ."

„Roter Vogel?" Die Stimme wurde weich, und da erkannte Carrie ihn. Beinahe blieb ihr das Herz stehen, und sie mußte ihre flammenden Wangen mit den Händen bedecken.

Bevor sie irgend etwas erklären konnte, streckte Wilder Adler die Hand nach ihr aus. „Du bist ja ganz naß! Komm."

Carrie nahm gehorsam seine Hand und folgte ihm in den Wohnraum. Dort setzte er sie auf einen Stuhl vor dem Feuer und sah sie abwartend an. Wieder stammelte sie. „Ich . . . ich bin mit James Callaway gekommen, um die Kleiderspende zu bringen. Heute wollte ich ein bißchen auf Entdeckungsreise gehen. Doch der Regen . . ."

Wilder Adler deutete auf ihren ungewöhnlichen Aufzug. „Anscheinend hast du einen Weg gefunden, trotz des Regens loszuziehen."

Carrie sah an sich hinunter und lief rot an. „Ich konnte ja schlecht meine Petticoats durch den Schlamm schleifen. Aber ich muß vollkommen lächerlich aussehen." Sie lächelte ihn an. „Immerhin, es hat funktioniert. Ich habe erreicht, was ich wollte."

Wilder Adler sah zu seinem Zimmer hinüber. „Nicht ganz,

Carrie." Er sah sie an. „Ich habe sie noch, deine Puppe." Er stand auf, ging in sein Zimmer hinüber und zog seinen Lederbeutel hervor. In ihm lag in Tücher eingewickelt, Carries alte Maiskolbenpuppe, und er kam zurück und reichte sie ihr.

„Ich habe dir doch gesagt, daß ich sie aufheben werde, bis du wiederkommst."

Während er redete, hatte Carrie nervös die Tücher entfernt, und jetzt lag ihre alte Puppe vor ihr, ganz genau, wie sie sie in Erinnerung gehabt hatte.

„Es scheint so lange her zu sein." Carrie berührte sanft den kleinen Schal auf dem Kopf der Puppe. „Tut mir leid, daß ich in deinen Sachen herumgewühlt habe, Wilder Adler." Ihre blauen Augen waren voller Ernsthaftigkeit.

Plötzlich mußte Wilder Adler laut lachen. Es begann tief unten in seiner Brust und brach dann so gewaltig aus ihm hervor, daß Carrie völlig verblüfft war. Sie hatte ihn nur sehr selten lächeln und niemals lachen sehen.

„Ich dachte, du wärst irgendein Herumtreiber. Gut, daß du so klein bist, sonst hätte ich dich einfach ohne Vorwarnung überwältigt." Wieder mußte er lachen, und Carrie fiel etwas halbherzig mit ein.

Er stand auf. „Ich mache uns Kaffee, und dann solltest du bald gehen. Wenn du willst, können wir zusammen hinüber nach Santee reiten. Ich muß sowieso mit Dr. Riggs sprechen."

Carrie konnte langsam wieder einigermaßen normal atmen. „Wie kommt es, daß du hier bist, Wilder Adler? Elisabeth sagte, du würdest nach Beloit gehen, sobald du deinen Abschluß in Boston gemacht hast." Sie unterbrach sich. „Oh, tut mir leid, Wilder Adler. Wahrscheinlich geht mich das nichts an."

Wilder Adler ging in die Kochecke hinüber und bereitete den versprochenen Kaffee; dann reichte er Carrie eine dampfende Tasse und setzte sich ihr gegenüber, bevor er antwortete: „Ich habe nur noch ein schriftliches Referat anzufertigen; das kann ich auch hier machen." Er nahm einen Schluck Kaffee und sah Carrie an. „Ich mußte dringend zurück nach Santee. Es ist lange her gewesen, daß ich den Himmel gesehen habe, ohne daß irgendwelche Gebäude ihn halb versperrt haben." Er lächelte traurig. „Ich schätze, ich hatte einfach Heimweh."

„Warst du sehr einsam dort?"

Wilder Adler schüttelte den Kopf. „Nein, nicht so sehr. Ich habe bei dem Ehepaar Davis gewohnt. Sie waren sehr nett zu mir, und sie haben zwei Söhne, Stephen und Samuel. Wunderbare Jungs."

„Hast du auch richtige Freunde gefunden?"

Wilder Adler sah ins Feuer und antwortete vorsichtig: „Ich habe sehr viele Leute kennengelernt."

Carrie schüttelte den Kopf. „Das ist nicht dasselbe, nicht wahr? Ich kenne auch viele Leute in Lincoln, aber ich habe nur zwei wirkliche Freunde dort, Elisabeth und Everett."

„Everett?"

„Everett Higgenbottom. Du hast ihn in St. Louis gesehen."

Wilder Adler lachte leise. „So, dann ist Everett Higgenbottom meinem kleinen Roten Vogel also den ganzen Weg bis nach Nebraska gefolgt?" Er sah Carrie an und nickte. „Er ist ein guter Freund, Carrie. Du bist ihm wirklich wichtig."

„Du hast mir nicht geantwortet, Wilder Adler. Hast du in Boston Freunde gefunden?"

„Nun ja, Bekannte. Leute, die sich für die Indianer interessieren und helfen wollen." Er dachte nach, bevor er weitersprach. „Und, ja, Roter Vogel, ich habe angefangen, einige Freundschaften zu schließen. George Woodward hat versucht, mir ein Freund zu sein. Er und seine Schwester Julia."

„Kinder haben dich schon immer gemocht."

Wilder Adler lachte wieder. Dann stellte er seine Kaffeetasse ab und stand abrupt auf. „Du mußt zurück zur Schule. Sie werden sich schon Sorgen machen."

Carrie erhob sich widerstrebend. „Danke, daß du nicht wütend auf mich warst, Wilder Adler. Ich hätte nicht herkommen dürfen, aber . . ."

„Ich habe dir doch versprochen, daß ich deine Puppe aufheben werde, Roter Vogel. Wenn ich etwas zusage, dann halte ich es gewöhnlich auch.“ Er nahm die Puppe vom Tisch und hielt sie Carrie wieder hin.

Sie schüttelte den Kopf. „Nein, ich will, daß du sie behältst.“

Er nickte und öffnete die Tür für sie. „Willst du mit mir zurückreiten?“

„Nein, ich gehe gern zu Fuß. Und das Gewitter ist ja jetzt vorbei.“

Sie ging los und drehte sich um, als Wilder Adler ihren Namen rief. „Roter Vogel, niemand weiß, daß ich nach Santee zurückgekommen bin. Vielleicht ist es am besten, wenn du morgen genauso überrascht über mein Auftauchen bist wie die anderen.“

Carrie sah ihn unter ihrem Hut an und nickte. Dann sagte sie: „Ist es eigentlich in Ordnung, wenn ich dich weiter Wilder Adler nenne? Jeremiah King klingt irgendwie so fremd.“

Wilder Adler lehnte sich nachdenklich an die Hüttentür. „Wilder Adler ist mein Name, Roter Vogel. Ich höre ihn gern.“

Sie ging, und er sah ihr nach, bis ihre Silhouette hinter einer Anhöhe verschwunden war.

Kapitel 16

Wilder Adler schritt nervös vor Alfred Riggs' Schreibtisch auf und ab und stieß dabei all das hervor, was er seit Monaten mit sich herumtrug. „Ich will wieder im Westen leben, Dr. Riggs. Ich will den Himmel sehen und auf die Jagd gehen und, wenn Gott will, einige aus meinem Volk auf den Weg zu ihm bringen. Ich habe keine Lust mehr, mich vor eine Menschenmenge zu stellen und ein ‚vorbildliches Beispiel für meine Rasse' zu sein. Ich bin enge Schuhe und Hemdkragen müde, und ich will keine Fragen von lästigen kleinen Jungs mehr beantworten und einem Streit mit ihren Vätern ausweichen."

Dr. Riggs lehnte sich in seinem Stuhl zurück und wartete, daß Wilder Adler sich beruhigte. Dieser setzte sich neben James Callaway und sah Dr. Riggs fast verzweifelt an. „Ich will ein paar andere Lakota mit mir in den Himmel nehmen, Dr. Riggs. Meine Reden haben keinem einzigen von ihnen geholfen, zu Gott zu finden. Mein Volk stirbt, während ich in teuren Restaurants Tee schlürfe, mit Leuten, die eigentlich nur mal einen gebildeten Indianer von Nahem sehen wollen. Ich kann nicht zurück nach Boston gehen, Dr. Riggs. Ich weiß, daß ich Sie damit enttäusche, aber ich kann nicht."

Dr. Riggs' Augen leuchteten voller Wärme. „Jeremiah, du enttäuschst mich nicht." Er zog einen Brief aus seinem Schreibtisch und reichte ihn Wilder Adler. „Der hier ist von meinem Bruder Thomas. Bitte lies ihn."

Weihnachten 1883

Reverend Sturmwolke und ich sind heute zu der neuen Dakota-Siedlung am Cheyenne aufgebrochen. Sie leben dort alle in einem Lager direkt am Fluß. Die Gegend ist hügelig wie am Missouri, und das Wasser ist klar und gut.

Als wir ankamen, gingen wir zum Tipi eines Mannes namens „Der nach den Wolken greift". Er sagte: „Meine Freunde, wir sind ein Volk mit großzügigen Herzen. Wir haben unsere alten Wege verlassen, und wir möchten, daß ihr kommt und uns lehrt. Wenn einer von euch kommt, um uns zu lehren, und bleibt nur einen Winter, dann gefällt uns das nicht. Wir vergessen dann all die guten Dinge, die er uns gelehrt hat, wenn er wieder fort ist. Wir wollen, daß ein Mann immer bei uns lebt. Dies ist gutes Land, die Erde ist fruchtbar. Alles, was wir letzten Frühling gepflanzt haben, ist gut gediehen. Der Mais war höher als ein Mann. Meine Freunde, wir möchten gern Lesen lernen. Wir würden es sehr begrüßen, wenn ihr uns jemanden schicken könntet, der uns das Lesen lehrt."

Es muß unbedingt jemand herkommen, der diesen Menschen gibt, was sie sich wünschen. Sicher würde es Gott nicht gefallen, wenn wir diese Gelegenheit verpassen, diese bisher völlig ahnungslosen Menschen mit seinem Wort zu erreichen. Laßt uns beten, daß der Herr bald jemanden beruft, der zu den Dakota am Cheyennefluß gehen will!

Wilder Adler las den Brief mit vor Aufregung klopfendem Herzen. Dann legte er ihn mit zitternden Fingern nieder und zwang sich zu warten, bis Dr. Riggs das Wort ergriff.

„Es scheint fast so, Jeremiah", sagte er schließlich, „daß Gott Thomas' Bitte erhört hat. Ich glaube, daß deine Unruhe in Boston ein Werk des Herrn war, weil er möchte, daß du dort fortgehst und den Dakota dienst. Würdest du dem zustimmen?"

„Ich weiß nicht, Dr. Riggs. Aber ich hoffe, daß das so ist!"

„Warum so zögerlich, Jeremiah?"

Wilder Adler sah ernst von Dr. Riggs zu James Callaway und holte tief Luft. „Vielleicht bin ich nicht geeignet für diese Aufgabe." Er machte eine Pause und sprach dann gepreßt weiter: „Ich habe versagt. In Boston gab es eine Frau . . . Julia. Julia Woodward."

Alfred Riggs zog hörbar die Luft ein. „Sprich weiter, Jeremiah."

James Callaway stählte sich innerlich für das Bekenntnis, das nun sicher folgen würde.

Und Wilder Adler beschrieb sehr exakt, wie er Julia kennengelernt hatte und was zwischen ihnen vorgefallen war. Als er fertig war, lächelte Dr. Riggs ihn erleichtert an und sagte: „Jeremiah, mir scheint, daß du genau das getan hast, was Paulus dem jungen Timotheus empfohlen hat. Du hast eine Gefahr erkannt und bist vor ihr geflohen. Ich kann deiner Einschätzung von dir selbst nicht zustimmen, Jeremiah. Du hast nicht versagt. Du hast auf eine schwierige Situation in sehr biblischer Weise reagiert." Er trommelte einen Moment lang mit den Fingern auf seinen Schreibtisch, bevor er sagte: „Ich erinnere mich noch gut an eine Begebenheit aus meiner Jugendzeit. Das ist natürlich eine Ewigkeit her! Ich war jung und dumm, und ich habe eine Frau geküßt, mit der ich nicht verheiratet war." Seine Augen funkelten, und er grinste. „Ich habe allerdings nie den Eindruck gehabt, daß mich das von meiner Berufung enthoben hätte. Die zukünftige Mrs. Riggs dachte das übrigens auch nicht. Ganz im Gegenteil, es hat dazu geführt, daß wir unser Leben miteinander geteilt haben. Ich glaube nicht, daß ein Kuß dich deines Dienstes enthebt, Jeremiah."

Wilder Adler antwortete schnell: „Aber ich werde Julia nicht heiraten, Dr. Riggs."

James meldete sich zum ersten Mal zu Wort. „Wie kannst du da so sicher sein, Wilder Adler? Sagtest du nicht, daß sie mit dem Komitee herkommen wird? Das klingt doch, als sei sie ehrlich interessiert an der Arbeit hier."

Wilder Adler schüttelte den Kopf. „Wenn ihr sie seht, werdet ihr wissen, was ich meine. Sie ist nicht dazu geschaffen, in einer Blockhütte zu leben. Ich habe oft darum gebetet, daß Gott mir eine Frau gibt, Dr. Riggs. Und ich denke, daß Gott mich an den Cheyennefluß beruft. Ich kenne keine Frau, die ein solches Leben mit mir teilen würde."

Alfred Riggs antwortete: „Dann mußt du noch intensiver

beten. Die Schrift sagt, daß eine gute Frau ein Geschenk des Herrn ist. Und der Gott, der dich zu den Dakota schickt, ist auch der Gott, der Mann und Frau geschaffen hat und sagte, daß es nicht gut für den Menschen ist, allein zu sein. Gott kann dir ganz sicher eine Frau schicken, die dein Leben teilt."

Die drei Männer neigten ihre Köpfe zum Gebet. Dr. Riggs bat um Gottes Führung in Wilder Adlers Leben und um eine Frau für ihn. James Callaway bat Gott um Führung in Wilder Adlers Leben und um eine Frau für ihn. Und Wilder Adler bat um Gottes Führung in seinem Leben und um eine Frau, mit der Betonung auf Letzterem.

*

Als die Kinder, Lehrer und Mitarbeiter von Santee langsam die Kapelle füllten, stand Dr. Riggs bereits hinter der Kanzel, und Wilder Adler saß auf einem Stuhl zu seiner Rechten. Zuerst wurde eine Bibelstelle vorgelesen, dann einige Lieder gesungen. Wilder Adler stimmte mit ein, als die hellen Kinderstimmen ein Loblied sangen: *Jesus waste made – hee waste, Piwecida ya.* Seine Augen wanderten in die letzte Reihe, wo Carrie Brown saß und mit aller Macht versuchte, ihn nicht anzusehen. *Miye awektonja nunu waun, Iye tehiya amkita ce, Heca nakaes owakida kta.* Endlich sahen die kornblumenblauen Augen in seine Richtung. Als sie bemerkte, daß er sie anschaute, wandte Carrie schnell ihren Kopf ab.

Das Lied war zu Ende, und Dr. Riggs begann: „Heute ist Jeremiah Wilder Adler King bei uns, der ebenfalls diese Schule hier besucht hat. Im Moment studiert er in Harvard, und dort ist er auch als Redner für unsere Arbeit tätig gewesen. Er ist nun wieder zu uns zurückgekehrt, um seinem Ruf zu folgen. Wir sind gespannt, was er uns zu sagen hat."

Wilder Adler ging zur Kanzel und sagte. „Als ich anfangs nach Santee kam, gab es viele schwierige Dinge für mich zu lernen. Eine neue Sprache, und dann . . ." Er grinste die Jungen im Publikum an, „. . . diese fürchterlichen Geographie- und Mathematikstunden!“ Die Jungen stießen sich wissend gegenseitig an, und Wilder Adler wandte sich an die Mädchen: „Ich bin nur froh, daß ich nicht nähen lernen mußte!“ Die Mädchen kicherten.

Wilder Adler wurde ernst. „Doch die schwierigste Lektion von allen war es, ein wahrer Mann zu werden. Ich weiß noch, wie ich James Roter Flügel einmal erzählt habe, daß es da, wo ich herkomme, einfach ist, ein Mann zu sein. Man mußte nur gut jagen und kämpfen können. Doch hier war alles anders, und ich wußte nicht mehr länger, ob ich ein Mann war.“ Wilder Adler öffnete seine Bibel und fuhr fort: „Doch dann lernte ich Jesus kennen, und eines Tages entdeckte ich in seinem Buch eine Stelle, die mir sagte, wie ich ein Mann sein konnte: *So sei getrost und sei ein Mann und diene dem Herrn, deinem Gott, daß du wandelst in seinen Wegen und hältst seine Satzungen, Gebote, Rechte und Ordnungen, wie geschrieben steht im Gesetz des Mose, damit dir alles gelinge, was du tust und wohin du dich wendest.*

Als ich das las, wußte ich, daß ich zuerst einmal lernen mußte, was Gott in seinem Buch sagt, damit ich dann in seinen Wegen wandeln konnte.“ Er hielt die Bibel hoch. „Seht ihr, wie abgewetzt der Einband dieser Bibel ist? Ich habe sie studiert, und während ich darin las, ist etwas mit mir passiert, was einem anderen Mann namens Jeremia auch passiert ist. Er sagte: *Dein Wort ward meine Speise, sooft ich's empfing, und dein Wort ist meines Herzens Freude und Trost; denn ich bin ja nach deinem Namen genannt.* Gott hat bewirkt, daß ich sein Buch wirklich lieben gelernt habe, weil es voll ist von seiner Liebe zu den Menschen. Und von dieser Liebe möchte ich gern den anderen Menschen meines Volkes weitererzählen. Anfangs hatte ich Angst, weil ich doch nur ein Indianer war. Doch Gott sprach zu mir, wie er zu diesem anderen Jeremia gesprochen hat: *Du sollst gehen, wohin ich dich sende, und predigen alles, was ich dir gebiete.*

Und deshalb bin ich aus Boston wieder hergekommen. Kinder, ich bitte euch, für mich zu beten. Und ich werde für euch beten, daß ihr Gott und sein Wort lieben lernt und anderen davon weitererzählt.“ Damit stieg er von der Kanzel und setzte sich in die vordere Bankreihe neben James Callaway.

Dr. Riggs trat wieder vor. „Wir glauben, daß Gott Jeremiah Wilder Adler King in seinen Dienst berufen hat, und sobald die nötige Unterstützung da ist, wird er an den Cheyennefluß ziehen, um unter den Dakota dort eine Pioniermission zu errichten. Laßt uns für seine neue Aufgabe beten.“

In dem Moment, in dem Dr. Riggs seine Anmerkung gemacht hatte, war Carries Kopf ruckartig hochgeflogen. Wenn sie richtig gehört hatte, würde Wilder Adlers Zukunft deutlich anders aussehen als gedacht. Es würde keine Reisen, keine Zeitungsartikel und keine bewundernden Menschenmengen geben. Zu ihrer Schande mußte sie sich eingestehen, daß sie besonders der Gedanke an Zeitungsartikel über „Mr. und Mrs. King“ - womöglich noch mit Bild - gereizt hatte. *Das kann doch nicht wahr sein! Das kann er doch nicht ernst meinen! Er ist doch so begabt als Redner, und das wird er doch nicht einfach aufgeben!*

Der Gottesdienst wurde mit einem gemeinsamen Lied beendet, und Carrie folgte Charity und den Kindern nach draußen. Mit einem Seitenblick auf Carrie ging Wilder Adler mit zwei Jungen fort, um die neue Holzwerkstatt anzusehen. Carrie schlüpfte wieder in die Kapelle und setzte sich in eine Bankreihe, um nachzudenken.

Everett hatte recht! Er hat mir ja gesagt, daß ich in einer Traumwelt gelebt habe. Ich habe meine ganze Zukunft auf eine romantische Vorstellung gesetzt, die nichts mit der Realität zu tun hat. Wilder Adler ist öffentliche Aufmerksamkeit oder Geld vollkommen egal. Er will einfach nur seinen Leuten von Gott erzählen. Ich habe keinen Moment überlegt, was er wohl will und was Gott von ihm wollen könnte. Ich bin kein Stück besser als die Leute, über die ich mich immer so geärgert habe, weil sie ihn nicht als Menschen, sondern bloß als Indianer gesehen haben. Die ganze Zeit habe ich ihn überhaupt nicht gekannt. Everett hatte recht.

„Stimmt was nicht, Carrie?“ Es war James Callaway.

Carrie schrak zusammen. „Oh, nein, James, alles in Ordnung. Ich wollte nur ein bißchen über das nachdenken, was Wilder Adler gesagt hat. Wolltest du irgend etwas Bestimmtes?“

„Wilder Adler hat mich gebeten, dich zu suchen. Er möchte dir noch Hallo sagen.“

„Er hat sich verändert, nicht wahr?“

„Wie meinst du das?“ fragte James und setzte sich neben sie in die Bank. „Er kann sich jetzt viel besser ausdrücken, das ist sicher. Aber er selbst hat sich nicht verändert, finde ich.“

„Ich meine, er ist irgendwie so zielstrebig geworden in dem, was er tun will.“

„Nicht zielstrebiger als jeder Missionar, der dem Herrn wirklich hingegeben ist“, antwortete James. „Ich denke, Gott hat ihn schon die ganze Zeit in diese Richtung geführt. Es hat nur eine Weile gedauert, bis Wilder Adler es begriffen hat.“

Wilder Adlers Stimme erklang von der Tür her: „Wie geht es meinem kleinen Roten Vogel? Lehren sie dich gute Dinge in Lincoln?“ Er berührte flüchtig ihre Schulter, bevor er sich in die Bank vor Carrie setzte. Sofort wechselte das Gesprächsthema, und Carrie erzählte kurz von der Universität und ihrer Arbeit im Hotel.

„Wie lange bleibt ihr in Santee?“ wollte Wilder Adler wissen.

Carrie sah James fragend an, und dieser antwortete: „Ich muß zur Aussaat wieder zu Hause sein. Ich habe eigentlich gehofft, daß wir morgen aufbrechen könnten, wenn das in Ordnung geht.“

„Morgen schon?“ Carrie konnte ihre Enttäuschung nicht verbergen.

„Ja. Ich will Elisabeth auch nicht so lange allein lassen . . .“

„Ach ja, das Baby!“

Wilder Adlers Augen funkelten vor Freude. „Also werde ich schließlich doch noch Onkel! Wann ist es soweit?“

James grinste breit. „Nur noch ein paar Wochen, denken wir; deshalb habe ich es ja auch so eilig.“

„Dann bin ich um so froher, daß ich heute hergekommen

bin und dich und meinen Roten Vogel gesehen habe." Wilder Adler erhob sich, ging zur Tür und drehte sich dann noch einmal um. „Ich denke, James Callaway, daß ich diesem Kind gern ein Geschenk machen würde. Wenn du zu meiner Schwester zurückkehrst, würde ich dir gern die schwarze Stute mitgeben."

James protestierte: „Das ist ein viel zu großzügiges Geschenk, Wilder Adler. Sie soll doch die Grundlage deiner Zucht werden!"

Wilder Adler schüttelte den Kopf. „Dort wo ich hingehe, werde ich keine Pferdeherde brauchen können. Und es wird ein gutes Gefühl sein, zu wissen, daß die Stute bei meiner Familie ein Zuhause hat. Sag dem Kind, daß sein Onkel kommen und ihm das Reiten beibringen wird!" Er wandte sich Carrie zu. „Roter Vogel, studiere fleißig, und sag Everett Higgenbottom, daß Wilder Adler von ihm erwartet, daß er gut auf dich aufpaßt. Und denk daran, daß du immer einen besonderen Platz in meinem Herzen haben wirst!"

Kapitel 17

Sarah und Tom Biddle verkrafteten augenscheinlich den Tod von Abigail und David Braddock so gut, daß niemand angenommen hätte, daß zwischen ihnen eine weit stärkere Bindung als die zwischen Angestellten und Arbeitgebern bestanden hatte. Obwohl Tom nicht ganz verstand, warum Sarah ihre Verlobung mit David unbedingt geheimhalten wollte, war er stolz darauf, daß sie ihm ein so wichtiges Geheimnis anvertraut hatte. Auch Dr. Gilbert hatte ihr sein Stillschweigen zusichern müssen.

„Aber du hast Anspruch auf zumindest einen Teil der Erbschaft!" hatte er gesagt.

„Ich habe keine Ansprüche, die die verbliebenen Braddocks nicht anfechten würden. Das will ich nicht erleben. Ich möchte nicht, daß über Davids Namen vor Gericht gestritten wird." Sarah war fest entschlossen. „Mutter Braddock hat mir von ihrer Familie berichtet, und ich bin es ihr schuldig, daß es nicht zu Erbstreitigkeiten kommt. Ich werde das Haus in Ordnung halten, und wenn die anderen kommen, werde ich zurück zu Tante Augusta gehen." Ihr kamen die Tränen. „So lange sie am Leben ist, werden wir immer ein Zuhause haben. Und sie weiß auch schon Bescheid; gerade gestern hat sie mir gesagt, daß sie schon zwei Zimmer für uns vorbereitet hat."

„Aber ihr werdet nichts haben! Keinen Lohn für all die Jahre harter Arbeit und die Hölle der letzten Monate!"

Sarahs Augen waren sanft, als sie verneinte. „O nein, Dr. Gilbert. So war es nicht. Ich habe nichts vorzuweisen, was man anfassen kann, aber ich habe die Erinnerung an Mutter Braddocks Lächeln und ihren Glauben an mich. Ich kann mich jetzt gut ausdrücken, weiß, wie man einen Haushalt führt und noch viele andere Dinge, die sie mich gelehrt hat. Ich werde bald wieder eine gute Arbeit finden, da bin ich sicher. Vielleicht miete ich sogar ein kleines Haus für Tom und mich, sobald ich eine Stelle habe. Und bis dahin bleiben wir bei Tante Augusta."

Dr. Gilbert lächelte warm. „Du bist eine zähe kleine Person, Sarah Biddle! Du wärst David Braddock eine wunderbare Frau gewesen. Ich hoffe bloß, daß ihm das auch klar war."

„Es war ihm klar, Dr. Gilbert." Sarah sagte nichts mehr dazu, denn was immer zwischen ihr und David gewesen war, sie mußte es für immer vergessen. Sie hatte es innerlich bereits ordentlich zusammengefaltet und in eine Ecke ihres Bewußtseins gelegt, wo es nicht so sehr schmerzte.

Als die „anderen Braddocks" in der Person von Abigails Bruder Ira in Lincoln ankamen, hatten Sarah und Tom ihre Sachen bereits zu Augusta gebracht. In ihrem besten Kleid erwartete Sarah Ira Braddock im Foyer des Anwesens. Er war der einzige, der den Weg in den Westen angetreten hatte, um die „Angelegenheit zu regeln". Als sie ihm die Tür öffnete, mußte sie bei seinem Anblick hart schlucken: Er hatte eine äußerst verblüffende Ähnlichkeit mit einem Truthahn.

Mit ruhigem Schritt zeigte sie ihm das Haus, machte Vorschläge, wenn sie gefragt wurde, und hörte mit Vergnügen, wie Ira Braddock entsetzt die Luft ausstieß, als Abigails Testament vorgelesen wurde und Tom darin reich bedacht worden war. Mit dieser Erbschaft konnte er sein Studium an jeder Universität des Landes finanzieren.

Als Ira sich dessen versichert hatte, daß diese Anordnungen rechtskräftig waren und nicht mehr rückgängig gemacht werden konnten, lächelte er verzerrt und ließ einen bitteren Kommentar über Abigails offensichtliche „Unzurechnungsfähigkeit" fallen.

Bevor er abreiste, überreichte Sarah ihm kühl den Schlüsselbund. „Dies sind alle Schlüssel des Hauses; es gibt nur diese eine Ausfertigung davon."

Sie nickte ihm zu, öffnete die Tür und stieg mit leeren Händen die Eingangsstufen hinunter. In der Hoffnung, daß Ira

Braddock ihr nachsah, zwang sie sich, die Straße hinunterzugehen, ohne einen Blick zurück zu werfen.

*

Sarah traf jede Entscheidung der kommenden Wochen ohne einen Hinweis auf die dunkle Wolke der Trauer, die sich über ihre Seele gelegt hatte. Tom beendete die Schule, und Sarah vertrat immer wieder verschiedene Hotelangestellte, Carrie eingeschlossen. Ein paarmal fuhr sie zu Elisabeth nach Roca hinaus und half ihr, Babykleidung und Windeln zu nähen. Sie war nun noch verschlossener und stiller als sonst, doch Augusta fand das nur natürlich. Schließlich hatte sie Abigail sehr nahegestanden.

Immer wieder lieh sich Sarah Augustas Einspänner aus, und Augusta gab ihn ihr, nicht ahnend, daß jede dieser Fahrten auf dem Friedhof endete, wo Sarah die zwei schlichten Grabsteine beweinte. Augusta hatte die Aufstellung dieser Steine als überraschende Geste der Großzügigkeit von Ira Braddock eingeschätzt, und Sarah war froh gewesen, daß sie nicht weiter nachgefragt hatte.

Dann kam ein Tag, als der Tod ihrer Ersatzmutter und ihres zukünftigen Ehemanns Sarah beinahe umbrachte und an dem Augusta schließlich Sarahs bestgehütetes Geheimnis erfuhr.

Sarah kam an diesem Tag gerade von einer Fahrt zum Friedhof zurück, als sie sah, wie Asa Green eine große Kiste ins Hotel schaffte. Augusta kam hinterher und rief Sarah zu: „Die hier ist gerade angekommen, Sarah. Sie ist an das Braddock-Anwesen adressiert, aber das Haus ist doch komplett abgeschlossen. Was machen wir denn nun damit?"

Sarah schüttelte den Kopf. „Vielleicht hat das Maklerbüro einen Schlüssel. Ich kann ja mal nachfragen."

„Sarah, Davids Name steht darauf. Und Frank hat mir das hier gegeben. „Sie faltete ein Blatt Papier auf. „Es ist ein Entschuldigungsschreiben der Eisenbahngesellschaft. Anscheinend hatte David das Ding bei sich, als . . ."

Sarah wurde leichenblaß und mußte sich hinsetzen.

Augusta fuhr fort. „Die Kiste gehörte David, und irgendwie kommt es mir falsch vor, sie einfach in einem leeren Haus abzustellen. Außerdem will ich ehrlich gesagt nicht, daß Ira Braddock seine gierigen Finger darauf legt. Laß sie uns wenigstens aufmachen! Als ihre Haushälterin hättest du das ohnehin getan, und ich bin sicher, David und Abigail würden mir zustimmen."

Sarah nickte. „Na gut, Augusta. Aber wir haben keinen Schlüssel."

Mit einem Funken Übermut in den Augen nahm Augusta eine ihrer Haarnadeln heraus und kniete sich vor die Truhe. Es dauerte kaum einen Augenblick, bis sie sie geöffnet hatte. Ein leichter Rosenduft erfüllte den Raum, und als Augusta sich über die Truhe beugte und ihren Inhalt inspizierte, stieß sie einen Laut der Überraschung aus und mußte sich setzen.

Sarah wurde noch blasser als vorher und starrte abwechselnd Augusta und dann die Truhe an. Schließlich griff sie mit zitternden Fingern hinein und zog das schönste Hochzeitskleid heraus, das sie je gesehen hatte. Als sie es heraushob, ergossen sich die weißen Satinbahnen wie Kaskaden über den Boden. Das Kleid war in getrocknete Rosenblätter gebettet gewesen. Sprachlos drückte Sarah das Kleid an sich und sah zu, wie Augusta die anderen Dinge in der Truhe musterte.

„Es ist eine Aussteuertruhe, Sarah! David Braddock muß Heiratspläne gehabt haben. Wie schön, daß er doch noch eine Frau gefunden hat! Und was für ein tragisches Ende dieser Geschichte!" Plötzlich bemerkte Augusta, daß Sarah nichts sagte, und sie wurde von einer geradezu unfaßbaren Erkenntnis getroffen.

Sarah saß stumm auf Augustas verblichener Couch, das Hochzeitskleid so an sich gedrückt, daß sich das Oberteil an sie schmiegte und die prachtvolle Schleppe sich über den Boden ergoß.

„Oh, mein Liebes!" sagte Augusta weich. „Meine liebe, liebe kleine Sarah!" Sie setzte sich neben sie und legte ihre abgearbeitete Hand über Sarahs. Dann zog sie sie in eine Bärenumarmung, die endlich die Mauern um Sarahs Geheimnis zum Einsturz brachte.

„Warum, Sarah?" fragte Augusta sanft. „Warum hast du nie etwas gesagt?"

„Es bestand keine Notwendigkeit dazu."

„Aber Sarah . . ."

Sarah stand auf, das Kleid über ihrem Arm. „Wer hätte mir schon geglaubt, Tante Augusta? Mr. David Braddock heiratet seine Haushälterin, eine kleine Waise? Irgendwie wußte ich immer, daß es nicht sein sollte. Und Tom und Dr. Gilbert haben mir versprochen, niemandem etwas zu sagen. Niemand soll es je erfahren!"

Augusta runzelte die Stirn. „Sarah, du hast einen schrecklichen Verlust erlitten, und du darfst den Schmerz nicht in dir einschließen! Du mußt dich ihm stellen, ihn betrauern und dann mit deinem Leben weitermachen. Versuch nicht so zu tun, als wäre er nicht da!"

Sarahs Augen waren voller unvergossener Tränen, als sie behutsam das kostbare Kleid wieder zurück in die Truhe legte. „Ich sage ja gar nicht, daß es nicht weh tut, Tante Augusta. Es soll nur niemand erfahren, weil es gut und wahr und wunderbar war und ich nicht will, daß es in die Öffentlichkeit gezerrt wird, wo Fremde darüber reden und lachen können." Sie schloß den Deckel der Truhe. „Es wäre schön, wenn Asa das in mein Zimmer bringen könnte, Tante Augusta." Sie lächelte traurig, während ihr die Tränen die Wangen hinunterströmten. Sie wandte sich zum Gehen und drehte sich dann noch einmal um. „Ich verdränge den Schmerz nicht, Tante. Ich kann nur nicht . . . ich kann nicht die richtigen Worte finden. Es gibt wohl auch keine Worte dafür."

Kapitel 18

Augusta sah Sarah über den Rand ihrer Zeitung hinweg an. Sie saßen in Augustas Räumen; Augusta las, und Sarah arbeitete an der ständig wachsenden Anzahl von Quilt-Kästchen ihrer Decke. Sie sah aus, als würde sie jeden Moment einschlafen, doch Augusta wußte, daß ihre Müdigkeit von der Art war, die den Schlaf eher vertreibt als einlädt.

„Du schläfst nicht gut in letzter Zeit, nicht wahr?" fragte Augusta leise.

Sarah schrak zusammen und erwiderte schuldbewußt: „Es tut mir so leid, Tante Augusta. Habe ich dich mit meinem Herumwandern geweckt?"

„Unsinn, Liebes", Augusta faltete ihre Zeitung zusammen, „ich habe nichts mitbekommen. Aber Cora hat mir erzählt, daß du bereits in der Küche sitzt, wenn sie früh um sechs zur Arbeit kommt. Und daß du dann deine Handarbeiten vor dir liegen hast, aber nichts daran tust." Sie machte eine Pause. „Ich mache mir Sorgen um dich, Liebes. Kann ich dir nicht irgendwie helfen?"

Sarah lächelte bitter und schüttelte den Kopf.

„Die Truhe in deinem Zimmer, Sarah - vielleicht sollten wir die woanders unterbringen. Es ist nicht gut für dich, wenn du sie jeden Tag vor Augen hast."

Sarah sah Augusta durchdringend an. „Diese Truhe wird nirgendwohin gebracht!"

Augusta wechselte das Thema. „Liebes, könntest du vielleicht diese Woche mal zu Elisabeth hinausfahren? Ich war jetzt dreimal hintereinander da, seit James fort ist, und ich glaube, sie würde sich über etwas jüngere Gesellschaft freuen."

„Oh, Tante Augusta!" stöhnte Sarah. „Ich bin nicht gerade der richtige Umgang für sie. Nicht im Moment."

„Mag sein, Sarah. Aber sie wäre ganz sicher der richtige Umgang für dich! Sie hat dasselbe mitgemacht wie du, Liebes. Sie wird dich verstehen."

„Ich brauche kein Verständnis, Tante Augusta. Ich muß nur schnell vergessen."

„Nein! Genau das mußt du nicht! Du mußt dich an alles Schöne und Gute erinnern, was David und Abigail in dein Leben gebracht haben. Und du mußt dich daran erinnern, daß Gott dich unendlich liebt - auch wenn es sich im Moment nicht sehr danach anfühlt!"

Sarah schwieg und konzentrierte sich auf ihre Näharbeit.

„Sarah", begann Augusta noch einmal, „rede mit Elisabeth. Nur ihr beide; es muß ja auch niemand anders etwas über euer Gespräch erfahren."

Als Sarah noch immer nicht reagierte, wechselte Augusta die Taktik: „Sarah, ich muß morgen unbedingt hier in der Stadt bleiben. Es ist eine Sitzung der Heimleitung des Kinderheims anberaumt worden, bei der ich nicht fehlen darf. Es geht um sehr wichtige Fragen bezüglich der Zukunft des Heims. Im Moment leben dort fast hundert Kinder, und langsam wird das Geld knapp."

Sarah sah auf. „Das ist nicht fair, Tante Augusta. Du weißt genau, daß ich nicht ablehnen kann, wenn es um das Kinderheim geht." Sie seufzte. „Also gut, ich fahre zu Elisabeth. Aber erwarte nicht, daß ich ihr mein Herz ausschütte. Ich meine es ernst, daß ich nicht darüber reden möchte."

*

Am nächsten Morgen fuhr Sarah früh los. Die alte Stute trottete gemächlich dahin, und Sarah trieb sie nicht an. Zu ihrem Erstaunen genoß sie die erwachende Natur um sich her, den Duft der Erde und den Gesang der Vögel.

Sie begann mit Gott zu reden: *Weißt du, Herr, was am meisten schmerzt? Diese Erwartungen, die du in mir geweckt hast. Als ich eine arme Waise war, hätte ich niemals erwar-*

tet, daß mich jemand liebt oder für mich sorgt. Aber bei Tante Augusta und später bei den Braddocks hat sich eine neue Welt für mich aufgetan. Und dann David. Das war nun wirklich etwas, was ich niemals erwartet hätte. Aber ich hätte fast daran geglaubt, und es hat mir gefallen. Warum hast du mir diesen Traum gegeben und dann zerstört? Ich verstehe das nicht, Gott. Warum konnten Tom und ich nicht einfach bei ihnen leben? Das war doch schon genug, Herr!

Als Sarah in die Zufahrt zur Callaway-Farm fuhr, war sie noch deprimierter als zuvor. Elisabeth winkte ihr von dem kleinen Friedhof aus zu, den James mit einem hübschen weißen Zaun umgeben hatte.

„Wie schön, dich zu sehen, Sarah!" sagte sie und preßte eine Hand in ihren Rücken. „Dieses Unkrautzupfen ist wohl nicht so gut in meinem Zustand!"

Sarah stieg vom Wagen und betrat den kleinen Friedhof mit den drei Grabsteinen, auf denen die schlichten Aufschriften „Mama", „Papa" und „Ken" zu lesen waren. „Ich habe noch gar nicht richtig bemerkt, wie liebevoll James den Friedhof angelegt hat."

Elisabeth lehnte sich gegen den Zaun. „Das hat er als allererstes getan, als er herkam."

Sarah beugte sich zu dem Grabstein mit der Aufschrift „Ken" hinunter. „Den hat James auch gemacht, obwohl Kens eigentliche letzte Ruhestätte am Little Big Horn ist, nicht wahr?"

„Ja, er wollte, daß ich einen Ort habe, wo ich mich an Ken erinnern kann." Sie sah auf. „Damals war noch kein Gedanke daran, daß ich James eines Tages heiraten würde. Aber als ich den Grabstein sah, wurde mir klar, daß James jemand ganz besonderer sein mußte." Sie seufzte und richtete sich auf. „Sarah, es tut mir so leid wegen Mrs. Braddock und David. Ich wünschte, ich hätte wenigstens zur Beerdigung kommen können!"

Sarah brachte ein schwaches „Danke" hervor und sagte dann schnell: „Laß mich das Unkraut zupfen, Elisabeth. Du siehst erschöpft aus."

Elisabeth antwortete ehrlich: „Ich bin auch erschöpft, Sarah. Das Warten macht mich ganz krank. Aber ich schätze, es wird's wohl wert sein . . . wenn das Baby erst mal da ist."

„Setz dich da in den Schatten. Das meiste hast du ja ohnehin schon geschafft; ich übernehme den Rest."

„Kannst du ein wenig bleiben, Sarah?" fragte Elisabeth hoffnungsvoll.

„Den ganzen Tag. Tante Augusta hat mich geradezu genötigt, möglichst lange zu bleiben - auch über Nacht, wenn du willst."

Elisabeth war hingerissen. „Das wäre wunderbar, Sarah! Wir haben so lange nicht mehr richtig miteinander geredet! Diese schreckliche Sache mit Abigails Krankheit, und dann David . . . ich kann gar nicht fassen, daß er nicht mehr da ist. Daß sie beide nicht mehr da sind. Wer wohl das Haus kaufen wird?"

Sarah antwortete nicht. „Oh, ich muß Sadie ausspannen und versorgen, wenn ich hierbleibe."

Sie schirrte die alte Stute ab, brachte sie in die Scheune und gab ihr Wasser und Futter. Dann ging sie mit Elisabeth ins Haus.

„Jetzt dauert es nicht mehr lange", ermutigte sie Elisabeth, die sich noch immer den schmerzenden Rücken rieb. „Ich habe die Babydecke schon fast fertig. Ich habe sie mitgebracht! Vielleicht kann ich sie ja hier fertigstellen, wenn wir wieder wie früher die halbe Nacht reden. Willst du sie sehen?"

Elisabeth setzte sich mit einem Stöhnen an den Küchentisch. „Liebend gern, Sarah, aber können wir das in meinem Zimmer machen? Ich muß mich einen Moment hinlegen; mein Rücken bringt mich noch um." Ohne auf Sarahs Antwort zu warten stand sie auf und schleppte sich in ihr Zimmer hinüber.

Sarah ging hinaus, um ihr Bündel von der Kutsche zu holen. Auf dem Rückweg hörte sie plötzlich Wagengeräusche, und in der Ferne konnte sie einen Wagen mit zwei Braunen davor und einem rothaarigen Fahrer erkennen. Sie eilte ins Haus und rief: „Elisabeth, James kommt zurück!"

Keine Antwort. Sarah dachte: *Sicher ist sie eingeschlafen, die Arme.*

Doch Elisabeth schlief nicht. Sie lag zusammengekrümmt im Bett und sah Sarah mit angstvollen Augen an. „Es ist zu früh, Sarah, aber . . ." Sie preßte die Augen zu, als sie von einer Wehe überrollt wurde. Dann keuchte sie: „Aber ich glaube, das Baby kommt! Sag James . . ."

Sarah wartete nicht, bis sie zu Ende geredet hatte. Sie rannte James entgegen, der gerade in den Hof gefahren kam; ein Blick in Sarahs Gesicht genügte, und er spang vom Bock und eilte ins Haus. Er drückte Elisabeth einen sanften Kuß auf die Wange. „Ich hole sofort Dr. Gilbert, Elisabeth. Das Gespann ist erschöpft, aber ich werde einfach Buck reiten. Das geht schneller."

Elisabeth stöhnte wieder. „Bitte beeil dich, James! Beeil dich!"

Sarah folgte James zur Hintertür. „James, es ist ihr erstes Kind. Das dauert sicher eine Weile; zumindest ist das meistens so. Das hat Dr. Gilbert jedenfalls gesagt, wenn er nach Mrs. Braddock gesehen hat und gleichzeitig eine seiner Patientinnen in den Wehen lag. Bleib ganz ruhig und brich dir auf dem Weg nach Lincoln nicht den Hals. Wir kriegen das hier schon hin!" Sarah sprach viel zuversichtlicher, als sie sich fühlte, und ihr Tonfall hatte den erhofften Effekt auf James. Sein angespanntes Gesicht erhellte sich ein wenig, und er brachte sogar ein Lächeln zustande. „Ich bin froh, daß du hier bist, Sarah! Sag ihr, daß ich bald zurück bin. Und daß . . ." Er zögerte.

„Daß du sie liebst?" grinste Sarah.

Er nickte etwas peinlich berührt und wandte sich der Scheune zu. Sarah eilte daraufhin sofort in die Küche, um alles vorzubereiten.

Fast im selben Moment taumelte Elisabeth in die Küche. Ihre dunklen Augen waren vor Angst weit aufgerissen, und sie stieß hervor: „Keine Zeit mehr, Sarah! Die Zeit reicht nicht mehr, um Doktor Gil . . ." Wieder riß eine Wehe ihr das Wort ab, und sie umklammerte die Tischkante so fest, daß ihre Handknöchel weiß wurden.

Sobald die Wehe vorüber war, half Sarah ihr wieder ins Bett; fast sofort kam die nächste Wehe, und Sarah rannte in die Küche, um ein Messer und Wasser zu holen. Elisabeth schrie nach ihr, und sie eilte sofort zurück an ihre Seite.

„Elisabeth!" rief sie und drehte Elisabeths feuchtes Gesicht zu sich herum. „Elisabeth, hör mir zu! Du mußt keine Angst haben. Ich weiß, was zu tun ist. Ich habe meiner Mutter bei der Geburt meiner kleinen Schwester geholfen. Es gibt keinen Grund, sich zu fürchten. Hörst du mich?"

Elisabeth hörte auf zu stöhnen, und ein Funke der Hoffnung begann sich in ihren Augen auszubreiten.

„Wir schaffen das, Elisabeth!" sagte Sarah mit erzwungener Zuversicht in der Stimme. „Mit Gottes Hilfe werden wir es schaffen. Du bist jung und gesund, und ein Kind zu bekommen ist die natürlichste Sache der Welt. Es ist wirklich nichts dabei! Bleib ruhig und nimm meine Hand. Ich bin da, und ich werde nicht weggehen." Während sie redete, flehte Sarah gleichzeitig Gott an: *Lieber Gott, bitte laß mich recht haben! Lass es einfach werden, und sag mir, was ich tun soll. Hilf mir, mich zu erinnern, was Mama mir gesagt hat!*

Und schon kam die nächste Wehe, und Sarah und Elisabeth wurden von ihr in die Welt geschwemmt, wo Geburt und Tod oft nahe beieinanderlagen.

Später zog Elisabeth Sarah oft damit auf, daß sie gesagt hatte, es sei nichts dabei, ein Kind zur Welt zu bringen. In den nächsten zwei Stunden erlebten beide Frauen, daß in der Tat allerhand dabei war. Elisabeth kämpfte und stöhnte und schrie und preßte Sarahs Hand so fest, daß sie meinte, sie müßte gebrochen sein.

Als der Moment der Geburt gekommen war, übernahm der Instinkt das Steuer, und Elisabeth brauchte keine Anweisungen von Sarah mehr. Sie preßte mit jedem bißchen der ihr noch verbliebenen Kraft, während Sarah das Wunder mit ausgestreckten Händen erwartete. Und es kam mit einem lauten Schrei in seine neue Welt. Sarah durchtrennte mit ungeschickten Händen die Nabelschnur und knotete sie zusammen.

Anschließend wickelte sie das Baby in ein Stück Stoff, das sie irgendwo gefunden hatte.

Elisabeths Augen standen voller Tränen, als sie ihr Wunder entgegennahm. Sie starrte auf das Kind herab, befühlte das Grübchen im Kinn und murmelte: „Du siehst ja genauso aus wie dein Onkel, mein Sohn!" Beim Klang ihrer vertrauten Stimme hörte das Baby auf zu schreien und schlug die Augen auf. „Oh, aber die schönen graugrünen Augen hast du von deinem Vater!"

Das Baby wedelte mit seinen Ärmchen herum und schrie wieder, und Elisabeth sagte: „Willkommen daheim, James Windreiter Callaway!"

Als James und Dr. Gilbert ankamen, wurden sie von einem kräftigen Geschrei begrüßt, das verdächtig nach einem Neugeborenen klang. James sprang von dem noch immer galoppierenden Pferd herab und rannte ins Haus, während Dr. Gilbert ihm etwas gemächlicher folgte.

„Ich bin so froh, daß Sie da sind!" sagte Sarah. „Ich glaube, es ist alles in Ordnung mit Mutter und Kind."

„Ich würde sagen, das hast du wunderbar gemacht, Sarah!" lachte Dr. Gilbert, als ihn der schönste Anblick erwartete, den ein Mediziner zu Gesicht bekommen konnte: Eine erschöpfte Mutter und ein hingerissener Vater, die die lebendig gewordene Frucht ihrer Liebe bewunderten.

*

Nach einer gründlichen Untersuchung von Mutter und Kind bestätigte Dr. Gilbert Sarah, daß sie alles richtig gemacht hatte. „Sarah", sagte er, als er sich zum Gehen wandte, „ich weiß nicht, was du für Zukunftspläne hast, aber du wärst eine begnadete Krankenschwester, das ist sicher. Lincoln wächst schnell, und ich habe mir schon oft eine zuverlässige Hilfe gewünscht. Wenn du auch nur einen Funken von Interesse hast, dann komm bitte bei mir vorbei, sobald du wieder in Lincoln bist. Ich würde das gern mit dir besprechen."

Sarah blieb noch ein paar Tage bei den Callaways und sorgte

für Elisabeth und den Kleinen. Sie bemerkte nicht sofort, was der Liebesdienst an ihrer Freundin bei ihr selbst bewirkte, bis sie nach Lincoln zurückkam. Als sie am Anwesen der Braddocks vorbeifuhr, stellte sie fest, daß die Traurigkeit zwar noch vorhanden, dem Schmerz aber die Schärfe genommen war. An seine Stelle war die Erkenntnis getreten, daß sie in den letzten Wochen zwei Wunder miterlebt hatte: Sie hatte Abigail Braddock geholfen, diese Welt zu verlassen, und dann hatte sie James Windreiter Callaway geholfen, in diese Welt zu kommen.

Sie sah durch die Eisengitter auf das Anwesen und lächelte. *Was ich dabei gelernt habe, kann ich brauchen. Ich kann es benutzen, um für Tom und mich eine Zukunft aufzubauen.*

Am nächsten Morgen klingelte Sarah an der Tür von Dr. Gilberts Praxis.

Kapitel 19

Ich finde, du solltest hingehen", sagte Everett bestimmt. Er saß Carrie an einem Tisch im Speisesaal des Hathaway-Hotels gegenüber. Carrie hatte soeben einen Brief von Charity Bond erhalten, in dem sie sie einlud, zu einer Konferenz aller Missionsstationen in Dakota zu kommen.

Carrie sah ihn überrascht an. „Du willst, daß ich so weit wegfahre?"

„Natürlich gefällt mir persönlich der Gedanke nicht, daß du durch das halbe Land reist, um an einer Konferenz teilzunehmen, aber es ist definitiv das Beste für dich." Er tappte mit einem schlanken Finger auf den Tisch. „Hör mal, Carrie, ich bin dein Freund, nicht wahr?"

„Everett, du bist der beste Freund, den ich je hatte."

„Gut, du hast mir erzählt, daß deine Zukunftspläne einen . . . sagen wir mal, einen kleinen Tiefschlag erlitten haben."

Carrie spitzte die Lippen. „Was ich gesagt habe, Everett, war lediglich, daß du mit der Einschätzung recht hattest, daß ich von einer Märchenwelt geträumt habe. Ich habe inzwischen akzeptiert, daß Wilder Adler nicht das tun wird, was ich angenommen hatte. Das ändert aber nichts an meinen Gefühlen für ihn. Im Gegenteil, das Wissen um seine Zukunftspläne hat meine Liebe reifen lassen und mir eine realistischere Sicht der Dinge gegeben."

Everett unterbrach sie. „Realistisch, daß ich nicht lache! Hör zu, Carrie, du hast doch nicht die leiseste Ahnung, wie es da draußen zugeht!" Carrie holte tief Luft, um zu widersprechen, doch er redete schnell weiter. „Warte! Santee war bereits eine recht weit entwickelte Station, als du und deine Mutter dort gelebt haben. Ich weiß nicht viel über die Pioniermission, aber es liegt doch auf der Hand, daß es zwei Paar Schuhe sind, in einer bereits existierenden Missionsstation zu arbeiten oder in ein völlig unberührtes Gebiet aufzubrechen und dort eine ganz neue Arbeit anzufangen! Wie kannst du wissen, was auf dich zukommt, wenn du nicht zu dieser Konferenz fährst? Da kannst du mit Leuten sprechen, die so etwas schon mitgemacht haben. Also fahr mit Charity dorthin und lerne alles, was du lernen kannst." Er machte eine Pause. „Und Carrie, da ist noch etwas."

„Nur zu, Everett. Sprich dich aus."

„Ich bin kein sehr flammender Christ – aber sollten Missionare nicht so etwas wie eine Berufung erlebt haben? Ich meine, du redest über diese Sache, als wäre es einfach ein Job wie jeder andere, den man sich aussucht."

Carrie rutschte unbehaglich auf ihrem Stuhl hin und her. „Everett, mache ich auf dich den Eindruck, eine so schlechte Christin zu sein, daß ich nicht in die Mission gehen sollte?"

Everett räusperte sich. „Carrie, du weißt, daß ich dich für ein wunderbares Mädchen halte. Warum bin ich dir wohl sonst bis nach Nebraska hinterhergelaufen und habe die letzten Jahre mit dem vergeblichen Versuch verbracht, dein Herz zu erobern? Du machst alles richtig. Du bist freundlich und ehrlich und all die Dinge, die ein Christ sein sollte. Aber . . ." Er zögerte.

„Aber was, Everett?"

„Letzte Woche war ich mit Mary bei einer Evangelisationsveranstaltung der Methodisten, und ich muß gestehen, es war umwerfend! Der Prediger hatte eine Überzeugung und Ausstrahlung, die ich mit Worten gar nicht beschreiben kann. Von dem, was du erzählt hast, hat Charity Bond dasselbe für die Arbeit mit den Kindern in Santee. Und Wilder Adler muß es auch haben, sonst würde er nicht luxuriösen Hotels und gutem Essen den Rücken kehren, um mit ungewisser Zukunft in einer Blockhütte irgendwo in der Wildnis zu hausen. Aber bei dir ist das anders, Carrie. Du gehst viel zu pragmatisch an diese Sache heran – eher so, als ob du über eine Investitionsstrategie nachdenken würdest: Land kaufen, ein Haus bauen, diesen Mann heiraten. Aber was dann, Carrie? Wenn du ihn tatsächlich heiraten würdest, dann müßtest du als Missionarin leben. Und es scheint mir, daß man dazu mehr braucht als romantische Gefühle. Ein Missionar braucht eine Berufung – eine echte Leidenschaft für dieses Leben!" Er lehnte sich in seinem Stuhl zurück. „Tut mir leid, Carrie, aber die hast du nicht. Du weißt, daß mir wirklich viel an dir liegt. Ich will nicht erleben, daß dein Traum in Erfüllung geht und du merken mußt, daß er nicht das war, was du dir erhofft hast!"

Carrie schwieg eine Weile nachdenklich. Dann sagte sie: „Everett, ich weiß noch nicht mal, ob es überhaupt je passieren wird. Wilder Adler hat sich in der Zwischenzeit sehr verändert, und ich bezweifle, daß er in mir je etwas anderes als die ‚süße kleine Carrie' sehen wird."

Everett wurde plötzlich ernst. „Jetzt hör mir mal zu, Carrie. Ich mag zwar nur ein mittelmäßiger Student sein, aber eins weiß ich ganz sicher: Wenn ein Mädchen wie du einem Mann seine Aufmerksamkeit schenkt, dann wird er es mit Sicherheit bemerken. Und wenn Wilder Adler eine Chance bei dir bekommt und sie nicht wahrnimmt, dann ist er ein Idiot."

Carrie lachte und deutete eine Verbeugung an. „Vielen Dank, Mr. Higgenbottom!"

„Ja, lach du ruhig, Carrie, aber ich wette, daß Wilder Adler weiß, wie du fühlst. In St. Louis hast du ihn ja schon mit deinen Blicken praktisch angefleht!"

„Aber warum hat er ..."

„Carrie, kein auch nur einigermaßen ehrenhafter Mann würde einem Mädchen wie dir irgendwelche Versprechungen machen, ohne sich vorher zu überlegen, wie seine Zukunft aussehen wird. Und Wilder Adler ist ja nicht gerade ein ganz normaler Bankangestellter. Gib dem Mann ein bißchen Zeit, Carrie. Gib dir selbst Zeit! Fahr mit Charity zu diesem Treffen und schau, was passiert. Entweder kommst du entschlossener denn je zurück, oder ...", er grinste schelmisch, „... oder du kommst endlich zur Besinnung und stellst fest, daß dir ein Leben mit mir doch plötzlich sehr erstrebenswert vorkommt."

„Du bist ja sehr erpicht darauf, mich loszuwerden!" sagte Carrie mit gespielter Enttäuschung.

Everett antwortete ganz ernst: „Carrie, ich will, daß du glücklich bist. Das ist alles. Ich kann mir vorstellen, daß wir zusammen glücklich sein könnten. Aber nicht, wenn du nicht ganz sicher bist, daß du nicht eigentlich etwas anderes lieber wolltest. Ich will keine Frau, die ihr ganzes Leben lang davon träumt, anderswo zu sein. Ich weiß, daß ich nicht viel hermache, Carrie, aber ich bin kein Dummkopf. Eines Tages werde ich ein guter Anwalt sein, und du könntest es weit schlechter treffen als mit mir. Ich kann warten. Ich habe noch drei Jahre an der Universität vor mir. Und du wirst im Herbst zurückkommen." Er strich sich das Haar zurück und sagte nebenbei: „Ich habe Mary zugesagt, daß ich sie heute abend zu der Lesung mit Oscar Wilde begleiten werde. Willst du mitkommen?"

Carrie schüttelte den Kopf. „Danke, Everett, aber ich schreibe wohl besser meinen Großeltern einen Brief und spreche mit Tante Augusta über diese ganze Sache."

*

Lucy und Walter Jennings hatten natürlich Bedenken, Carrie auf eine so weite Reise zu schicken, und Augusta mochte sie deshalb auch nicht ermutigen zu fahren. Doch als James und Elisabeth mit dem kleinen James in die Stadt kamen, bekam Carrie Rückendeckung.

Elisabeth ließ James und den Kleinen in Joseph Freemans Mietstall zurück und ging auf dem neuerrichteten Holzbürgersteig zum Hathaway-Hotel hinüber. In der Küche fand sie Sarah vor, die ihre zierlichen Hände in einem enormen Teigklumpen vergraben hatte."

„Wo ist denn der Kleine?" fragte sie sofort.

„Im Mietstall, wo er seine erste Lektion in Pferdekunde bekommt", grinste Elisabeth. „Joseph meint, damit kann man nicht früh genug anfangen. Wie sieht's aus, Sarah, nimmst du Dr. Gilberts Vorschlag an und besuchst die Schwesternschule?"

Sarah schüttelte den Kopf. „Nein, ich muß erstmal sehen, daß ich Tom durch die Schule bringe. Danach denke ich dann darüber nach. Aber in der Zwischenzeit helfe ich Dr. Gilbert, wenn er einen Fall hat, bei dem häusliche Pflege nötig ist. Ich bin gerade von einem einwöchigen Aufenthalt bei einer jungen Mutter zurückgekommen. Sie hatte Zwillinge bekommen!"

„Es tut gut, dich wieder lächeln zu sehen, Sarah." Elisabeth nahm ihre Haube ab und strich sich das Haar zurück. „Trinkst du mit mir und Tante Augusta einen Tee?"

„Sobald dieses Brot im Ofen ist. Geh nur schon vor und sag Tante Augusta, daß ich gleich komme. Sie ist ziemlich aufgedreht, Elisabeth. Vielleicht kannst du sie etwas beruhigen."

„Was ist denn los?"

Das soll sie dir am besten selbst erzählen. Ich bin gespannt, was du dazu sagst!"

Elisabeth machte sich mit gerunzelter Stirn auf den Weg zu Augustas Räumen. Sie hatten sich kaum begrüßt, als Augusta auch schon herausplatzte: „Elisabeth, Charity Bond hat Carrie gefragt, ob sie mit ihr zu der jährlichen Konferenz der Missionsstationen nach Yankton fahren will. Alle Pastoren, Missionare, Lehrer und Helfer der Dakota-Mission werden da sein, und danach will Charity zum Cheyenne hinausreisen und dort oben beim Aufbau der neuen Missionsstation helfen. Und Carrie soll auch dahin mitkommen. Sie würden wochenlang fort sein."

Elisabeth sagte ohne Zögern: „Das klingt nach einer wunderbaren Gelegenheit für Carrie!"

Augusta nickte. „Ja, vielleicht. Es gibt da nur ein Problem: Carrie hat ihren Großeltern davon geschrieben, und die sind strikt dagegen."

„Und du sitzt zwischen allen Stühlen."

„Und ich auch", fiel Sarah ein, die hereingekommen war, während Augusta sprach. „Die Jennings' erwarten von mir, daß ich Carrie einrede, ich könnte ohne sie hier im Hotel nicht überleben. Sie wollen, daß sie ihre Ausbildung beendet, und . . ."

„... und den Missionsdienst vergißt?" vollendete Elisabeth den Satz für sie. „Tante Augusta, erinnerst du dich noch, als wir Charity ausreden sollten, daß sie nach Santee geht?"

Augusta nickte.

„Nun, das ist genau dieselbe Situation." Elisabeth goß sich eine Tasse Tee ein. „Du sollst wieder jemandem etwas ausreden, was er unbedingt tun will. Carrie ist auf diese Arbeit aus, seit sie ein kleines Mädchen war. Sie ist im selben Alter wie Charity, als sie nach Santee ging, und wie ich, als ich Ken heiratete und mit ihm in den Westen ging. Ich denke, wir sollten endlich aufhören, alle die ‚kleine Carrie' beschützen zu wollen und sie ihren eigenen Weg finden lassen! Sie fährt ja nicht allein; Charity wird dabeisein, und es ist letzten Endes nur eine Kirchenkonferenz, nicht Sodom und Gomorrha. Carrie wird genau da sein, wo sie immer hinwollte. Und Wilder Adler wird auch da sein. Er würde niemals zulassen, daß Carrie etwas passiert." Bei Augustas Blick verstummte Elisabeth. „Ach, *das* ist es also!"

Augusta sagte vorsichtig: „Ich habe die Verantwortung für Carrie übernommen. Die Jennings' verlassen sich darauf, daß ich auf sie achtgebe."

„Das tust du doch auch, Tante Augusta! Carrie ist doch hier regelrecht aufgeblüht; sie ist reifer und verantwortungsbewußter geworden, und zweifellos hat sie auch noch Spaß daran gehabt. Es ist Zeit, daß sie ihre Flügel ausprobiert, und dies ist die ideale Gelegenheit dafür. Laß sie sehen, wie es ist, im Missionsdienst zu stehen. Die Jennings' müssen sich mit der Tatsache abfinden, daß ihre kleine Carrie eine beinahe erwachsene junge Frau ist, die einen sehr ausgeprägten eigenen Willen hat!" Elisabeth grinste. „Wenn du dir unbedingt um jemanden Sorgen machen mußt, dann sorge dich um Wilder Adler! Ich habe keine Ahnung, wie er sich gegen Carrie zur Wehr setzen will, wenn sie auf seinem heimischen Terrain ist. Es war schon in St. Louis schwierig genug für ihn!" Augusta sah schockiert aus, und Elisabeth beruhigte sie: „Entspann dich, Tantchen. Das hätte ich nicht sagen sollen. Was ich meine ist, daß wir endlich aufhören sollten, uns in alles einzumischen. Der Herr hat seinen Plan mit Carrie und auch mit Wilder Adler. Mama wäre entsetzt, daß wir auch nur daran denken, die Dinge zu manipulieren. Wir sollten Carrie unterstützen und beten, daß der Herr sie führt."

Elisabeth wandte sich Sarah zu. „Was ist mit dir, Sarah? Was denkst du?"

Sarah dachte lange nach, bevor sie antwortete: „Ich denke, daß wir alle hier wissen, daß Gott uns manchmal an sehr unerwartete Orte führt. Aber er tut es zu unserem eigenen Besten. Und ich stimme Elisabeth zu. Carrie träumt schon immer davon, mit den Indianern zu arbeiten. Dieser Traum schließt nun zufällig jemanden ein, den wir kennen . . .", ihre Wangen röteten sich zart, „. . . und sie beide haben unser vollstes Vertrauen. Wir haben kein Recht, entscheiden zu wollen, was für diese beiden Menschen das Beste ist, oder zu beeinflussen, was geschehen wird. Wir müssen beten, daß Gottes Wille geschieht."

Augusta seufzte erleichtert auf und fügte hinzu: „Und wir müssen Carrie beim Packen helfen! Dem Himmel sei Dank! Genau das hatte ich gehofft. Jetzt gibt es nur noch ein Problem: Hätte eine von euch beiden vielleicht Lust, den Jennings' zu schreiben?"

Kapitel 20

Willkommen in Santee, meine Damen und Herren!" Alfred und Mary Riggs kamen ihren Besuchern aus Boston entgegen. „Meine Frau hat einige Erfrischungen für Sie vorbereitet; bitte kommen Sie herein und setzen Sie sich!"

Die Besucher folgten dem Paar auf die Veranda und nahmen dankbar die Gläser mit dem kühlen Wasser entgegen, die Mrs. Riggs ihnen brachte. Als sich alle gesetzt hatten, begann der Journalist R. J. Painter mit seinen Fragen. Dr. Riggs erklärte: „Meine Frau und ich sind '69 hier angekommen. Mit James und Martha Roter Flügel haben wir zuerst eine Blockhütte und eine Schule aufgebaut. Gott hat uns gesegnet."

Dr. Johnson vom Komitee nickte zustimmend. „Sie haben ein ganzes Dorf errichtet, Dr. Riggs!"

„Das große Gebäude ist die Schule. Das Haus für die älteren Mädchen ist dieses dort, und dort hinten ist das ‚Vogelnest', das Haus der kleineren Mädchen", erläuterte Dr. Riggs mit ausladenden Gesten. „Der Rohbau dort hinten wird ein Haus für die kleineren Jungen. Wir haben an die Schule schon zweimal angebaut, außerdem ist da noch die Kapelle und eine Werkstatt. Die kleineren Gebäude dort drüben beherbergen eine Schmiede, eine Druckwerkstatt und eine Flickschusterei. Wir legen Wert darauf, daß unsere Schüler ein nützliches Handwerk erlernen."

Dr. Johnson nickte wieder, während Painter wie wild Notizen auf seine Zettel kritzelte. Dr. Riggs fuhr fort: „Das Wachstum ist in den letzten Jahren stetig vorangegangen. Vor nicht einmal fünf Jahren hatten wir vielleicht achtzig Schüler; jetzt sind es über hundert. Wir mußten sogar einige abweisen; wir hatten einfach nicht genug Platz für sie alle."

„Vielleicht kann das Komitee da Abhilfe schaffen", meinte

George Woodward. „Welches sind denn die dringendsten Bedürfnisse?"

„Drei Schüler mit herausragender Leistung sind von uns auf weiterführende Schulen geschickt worden. Den besten haben Sie ja bereits kennengelernt – Jeremiah King. Für ihn sowie für die beiden anderen haben wir die nötigen Mittel gerade so zusammenbekommen, aber ich träume von einem richtigen Weiterbildungsfonds. Vielleicht können Sie ja auf der Konferenz noch einmal mit Jeremiah darüber sprechen. Er kennt sicherlich die Bedürfnisse der Schüler am besten."

Mrs. Riggs lächelte ihren Ehemann an. „Und jetzt, mit Ihrer Erlaubnis, Gentlemen, werden sich die Damen in ihre Unterkünfte zurückziehen wollen, um sich fürs Abendessen frisch zu machen." In dem Augenblick kamen Carrie und Charity vom Vogelnest herüber, und Mrs. Riggs rief sie zu sich. „Das hier sind Miss Bond und ihre fleißige Helferin, Miss Brown. Sie werden Sie zu Ihren Unterkünften bringen."

Als Julia und Mrs. Johnson ihre Sachen ausgepackt hatten, gesellten sie sich zu Carrie und Charity in den Aufenthaltsraum des Vogelnests. Julia sagte: „Bitte erzählen Sie uns doch ein wenig von sich, meine Damen. Wie sind Sie zu dieser Arbeit hier gekommen?"

Charity hatte sich eine Flickarbeit zur Hand genommen und nähte Knöpfe an, während sie ihre Geschichte erzählte. „. . . und dann war da diese Anzeige in dem Missionsblättchen. Ein einziger Hilferuf, und Gott hat mich dadurch angesprochen. Ich bin ängstlich und unsicher hergekommen – und habe das erfüllendste und erfüllteste Leben gefunden, das eine Frau sich nur vorstellen kann!" schloß sie.

Julia sah Carrie an. „Und Sie, Miss . . .?"

„Brown, Carrie Brown", stellte Carrie sich vor und nahm sich ebenfalls eine Näharbeit vom Haufen. „Ich bin hier in Santee aufgewachsen. Meine Mutter hat hier als Hausmutter gearbeitet, doch dann wurde sie krank, und wir mußten Santee verlassen."

Julia setzte ihr Limonadenglas ab und beugte sich vor. „Ach,

Miss Brown, ich habe fast das Gefühl, Sie schon zu kennen. Jeremiah King hat eines Abends in Boston von der ‚kleinen Carrie' gesprochen, die ganz bestimmt Sie sein müssen. Er mag Sie offensichtlich sehr gern. Wie schön, das Mädchen kennenzulernen, von dem er gesprochen hat!"

Charity erzählte von ihren Plänen am Cheyennefluß, wo sie und Carrie eine Schule und einen Nähzirkel einrichten wollten. Durch die Handarbeiten der Frauen und Mädchen in Santee kam einiges an Geld zusammen; Wilder Adlers Missionsarbeit wurde nur von diesen Einnahmen finanziert.

Mrs. Johnson meinte schließlich, daß sie wohl nun zu den Riggs hinübergehen sollten, wo sie zum Abendessen eingeladen waren.

„Ich komme gleich nach", sagte Julia. „Ich würde nur gern noch schnell ein paar Schritte mit Miss Brown gehen. Wenn sie so freundlich wären, Miss Brown?"

*

„Die Konferenz wird Ihnen bestimmt gefallen", sagte Carrie enthusiastisch zu Julia Woodward. „Ich weiß, es ist ganz anders als Boston, und wir haben hier nicht den Komfort, den Sie gewohnt sind, aber es werden Indianer aus dem ganzen Umkreis dort sein, es wird gesungen und gebetet, und vielleicht gibt es sogar eine Taufe oder eine Hochzeit. Charity hat mir erzählt, daß sie letztes Jahr vollkommen erschöpft und entmutigt war, als sie zur Konferenz gefahren ist, und daß sie dann dort unendlich erfrischt wurde."

„Ist die Arbeit weiter draußen im Westen sehr schwierig, Miss Brown?"

„Da habe ich leider auch noch keine Erfahrungen, Miss Woodward."

„Sie müssen sehr aufgeregt sein."

„Ich habe mein ganzes Leben lang auf diese Gelegenheit gewartet! Zur Zeit studiere ich noch, aber als Charity mich bat mitzukommen, schien es mir eine wunderbare Chance, um zu erproben, ob ich mich wirklich für das Leben als Missionarin eigne. Obowohl ich mir nie vorstellen konnte, irgend etwas anderes zu tun . . ."

Julia lehnte sich gegen einen Zaun. „Ich bin wirklich erstaunt, daß junge Frauen wie Sie und Miss Bond alles aufgeben, um ein solches Leben zu führen. Ich kann mir nicht vorstellen, in einer solchen Einöde zu leben!"

„Oh, aber es ist keine Einöde, Miss Woodward! Nicht, wenn man das Land ein bißchen kennt. Es ist wunderschön hier, nur auf eine andere Art als Boston oder St. Louis. Im Frühling, wenn die Prärie zum Leben erwacht, explodiert sie geradezu vor Farben. Und der Himmel ist so nah! Manchmal kommt es einem so vor, als könnte man vom nächsten Hügel aus direkt dorthin hinaufsteigen. Man wird sich seiner Winzigkeit ganz neu bewußt."

Julia lachte. „Nun, Sie sind auf jeden Fall eine ausgezeichnete Fürsprecherin, Miss Brown! Fast bekomme ich schon Lust, hier zu leben. Jeremiah hat immer genauso über das Land geredet wie Sie. Bei ihm wollte man auch am liebsten gleich losfahren, um es zu sehen."

Carrie sank das Herz, als sie Julia Wilder Adlers „weißen" Namen so genüßlich aussprechen hörte. Hatte sie ihn absichtlich in das Gespräch eingebracht, oder war es für sie ganz natürlich, in einem so vertrauten Ton von ihm zu sprechen? Was genau hatte er Julia über die „kleine Carrie" erzählt?

„Ja, er hat so eine Art an sich, daß man all das, von dem er erzählt, mit seinen eigenen Augen sehen will, nicht wahr?" zwang sie sich zu sagen.

Julia lächelte strahlend. „Nun, jetzt haben wir ja beide die Gelegenheit dazu, Miss Brown. Und bedenken Sie nur, Jeremiah wird selbst da sein, um uns alles zu zeigen!"

Kapitel 21

Über hundert Menschen drängten sich zur Eröffnungsveranstaltung der Konferenz in die kleine Holzkirche in Yankton in Süd-Dakota.

Carrie verfolgte mit den Augen, wie Julia Woodward in einem wunderschönen Seidenkleid am Arm ihres Bruders hereinschritt und in der Bankreihe Platz nahm, die für die Mitglieder des Komitees reserviert worden war. Sie beobachtete, wie die Komitee-Mitglieder den Missionaren und Pastoren vorgestellt wurden, doch nur die Reaktion eines der Männer interessierte Carrie wirklich.

Als Wilder Adler Julia Woodward gegenüberstand, nahm er ihre Hand und verbeugte sich förmlich. Doch Carrie konnte das Leuchten in seinen Augen und das leichte Lächeln in seinen Mundwinkeln sehen. Sie sank in ihre Bank zurück. Plötzlich war ihr klar geworden, daß Julia bei jedem Treffen, jedem Essen und jeder anderen Gelegenheit anwesend sein würde, bei der Carrie Wilder Adler sehen oder sprechen konnte.

Jetzt nickte Julia zu irgend etwas, das Dr. Riggs zu ihr gesagt hatte. Die Federn auf ihrem schicken Hut wackelten, und dann lehnte sie sich zu ihrem Bruder hinüber und lächelte Wilder Adler dabei strahlend an. Carrie sah an ihrem einfachen blauen Kleid hinunter und bemerkte, daß der Saum staubig war und sie außerdem schmutzige Fingernägel hatte. Seufzend strich sie sich eine widerspenstige rote Haarsträhne aus der Stirn und fühlte sich unbeholfen und schmuddelig.

Sie öffnete ihr Gesangbuch und tat so, als würde sie ein bestimmtes Lied suchen, doch aus dem Augenwinkel beobachtete sie Wilder Adler und seine Reaktionen auf Julia Woodward. Das Komitee nahm seine Plätze ein, und natürlich saßen Julia und Wilder Adler nebeneinander, und er erwiderte ihr Lächeln auf eine Art, die Carrie die Tränen in die Augen trieb. *Mich hat er noch nie so angelächelt.*

Das Treffen begann mit einigen gemeinsamen Liedern, und Julia und Wilder Adler teilten sich ein Liederbuch. Dann stand Wilder Adler auf, begrüßte die Anwesenden, vor allem das Komitee, und dankte bei dieser Gelegenheit den Johnsons und den Woodwards für ihr Kommen und ihre Gastfreundschaft in Boston. Dann erläuterte John Sturmwolke das Programm der Konferenz und erzählte kurz von Wilder Adlers Plänen am Cheyenne-Fluß.

„... werden Miss Charity Bond und Miss Carrie Brown ..." Charity stieß Carrie an, und diese schrak hoch. Pastor Sturmwolke hatte sie als Assistentinnen der Pioniermissionare am Cheyenne vorgestellt. „Miss Bond tut einen wunderbaren Dienst als Hausmutter in Santee, und Miss Brown wird uns für einige Wochen behilflich sein, bevor sie nach Lincoln zurückkehrt, wo sie ihr Lehramtsstudium abschließen wird."

Während Pastor Sturmwolke sprach, warf Carrie einen verstohlenen Seitenblick auf Wilder Adler. Er flüsterte Julia etwas zu, und als er endlich zu Carrie hinübersah, nickte er nur kurz herüber und sagte dann wieder etwas zu Julia. Carrie fühlte sich nun noch schlechter.

Die bewegende Predigt von Pastor Sturmwolke schallte ungehört an ihr vorbei, während sie in ihrer Bank saß und verzweifelt gegen die Tränen ankämpfte.

*

Hunderte von Indianern aus einem Umkreis von fast 300 Meilen schlossen sich im Laufe der Woche der Konferenz an. Gemeinsames Beten und Singen, Predigten auf Englisch und Dakota, Frauentreffen und andere Gemeinschaftserlebnisse zogen alle Teilnehmer in ihren Bann. Nur für Carrie Brown war es keine Zeit der Erfrischung und Ermutigung. Sie fühlte sich jeden Tag einsamer, fremder und deprimierter. Nachdem Wilder Adler sie am ersten Tag nur kurz begrüßt hatte, war sie ihm aus dem Weg gegangen, zumal er ohnehin ständig in Begleitung der Komitee-Mitglieder aus Boston war.

Charity nahm an, daß Carrie so unüblich still war, weil sie von all den Eindrücken und den Sprachschwierigkeiten überwältigt war. „Du hast seit Jahren kein Dakota mehr gesprochen", versuchte sie Carrie gut zuzureden. „Gib dir einfach ein bißchen mehr Zeit, dann kommt es schon wieder. Es ist doch seit dem ersten Tag schon viel besser geworden!"

Carrie zuckte nur die Achseln und seufzte. „*Jesus wastemada weksuya ye*. Das ist so ziemlich das einzige, was ich noch ganz sicher kann. Der Rest ist schrecklich tief irgendwo in meinem Kopf verschüttet, und ich bin nicht sicher, ob ich ihn noch einmal zutage fördern kann!"

Sie saßen nach dem abendlichen Treffen in ihrem Zelt. Charity bürstete sich das Haar und sang leise das Lied weiter, dessen erste Zeile Carrie eben aufgesagt hatte. „*Jesus wastemada hee waste, Jesus waste, Piwecida ye.* Glaubst du das eigentlich, Carrie?"

Carrie zog sich ihre Schuhe aus und begann, ihre schmerzenden Füße zu massieren. „Ob ich was glaube, Charity?"

„Daß Jesus dich liebt. Daß er es gut mit dir meint."

„Was ist denn das für eine seltsame Frage, Charity? Das habe ich doch praktisch schon mit der Muttermilch aufgesogen. Natürlich weiß ich, daß Jesus mich liebt, und natürlich glaube ich es. Warum fragst du?"

Charity schickte ein rasches Stoßgebet gen Himmel, bevor sie antwortete: „Naja, Carrie, diese Woche hier bringt normalerweise große Ermutigung für die Mitarbeiter, besonders wenn sie die indianischen Pastoren und ihre Fortschritte erleben. Zum Beispiel Gelber Falke – ich kann mich noch sehr lebhaft an seine erste Predigt erinnern. Sie war einfach schrecklich; wir haben sie nicht gehört, sondern durchlitten! Er ist zwar immer noch kein begnadeter Prediger, aber es ist offensichtlich, daß er die tiefen Aussagen der Bibel in beeindruckender Weise versteht und vermitteln kann. Und was mich noch mehr beeindruckt hat, war etwas, das seine Frau Priscilla gestern erzählt hat: Daß sein Leben mit dem übereinstimmt, was er predigt. Ist es nicht wundervoll, wenn eine Frau das über ihren Ehemann sagen kann? Schließlich kennt sie ihn am besten. Es ist einfach schön zu erleben, wie Gott Leben verändert. Denk doch nur mal, Carrie: Fast 300 Indianer haben heute mit uns am Tisch des Herrn gesessen, und er ist auch ihr Herr." Charitys Stimme war weich vor Emotionen. „Gestern Abend, als wir gemeinsam das Vaterunser gebetet haben, da habe ich nicht nur gesagt: *Dein Reich komme*, sondern ich habe hinzugefügt: *Halleluja, dein Reich ist bereits gekommen! Es hat begonnen*! Und wenn ich daran denke, daß ich meine kleine, bescheidene Rolle darin habe . . ." Charity mußte sich unterbrechen. Nach einem Moment rückte sie zu Carrie hinüber und nahm ihre Hand.

„Aber was ist mit dir, Carrie? Du bist schon die ganze Woche so still und wirkst bedrückt. Ich dachte, vielleicht hat das geistliche Gründe." Charity holte tief Luft. „Carrie, ich weiß, daß du mit all diesen Dingen aufgewachsen bist, die du diese Woche gehört hast. Aber manchmal frage ich mich, ob du sie glaubst, weil du sie tief in deiner Seele als wahr erlebt hast, oder weil es dir eben so beigebracht worden ist. Kennst du Jesus als persönlichen Freund, Carrie? Ist er *wirklich* für dich? Sprichst du mit ihm und erwartest eine Antwort? Suchst du nach seinem Willen für dein Leben?"

Tränen liefen Carries Wangen hinunter und tropften auf Charitys Hand. Sie legte ihre Arme um Carrie und fragte leise: „Was ist denn nur, Carrie? Willst du es mir nicht erzählen? Ich weiß doch, daß etwas mit dir nicht in Ordnung ist!"

Und dann schluchzte Carrie ihre ganze Enttäuschung und ihren Herzschmerz hervor. „Ich dachte, ich tue das Richtige, Charity. Herkommen und sehen, wie das Leben als Missionar aussieht, mich auf die Zukunft vorbereiten . . ." Sie wandte sich ab und wischte sich die Tränen von den Wangen. „Oh, es ist ja jetzt auch egal. Es wird sowieso nicht dazu kommen, also finde ich mich wohl besser damit ab." Sie lehnte ihren Kopf an

Charitys Schulter und murmelte: „Everett hatte recht. Mal wieder!“ Sie lachte bitter. „Ich hasse es, wenn er recht hat. Aber wenigstens ergötzt er sich nicht daran. Wenn ich nach Hause zurückkomme, wird er lauter gute Dinge sagen, damit ich mich besser fühle.“

„Carrie, du hast meine Frage nicht beantwortet. Was ist mit Jesus und deiner persönlichen Beziehung mit ihm?“ erinnerte Charity sie sanft.

Carrie antwortete ohne Zögern: „Wenn du wissen willst, ob ich Christ bin, ist die Antwort ja. Ich glaube ehrlich an Gott. Aber ich muß zugeben, daß ich nicht sehr viel Zeit damit verbracht habe, nachzufragen, was Gott von mir wollen könnte.“ Sie seufzte. „Komisch, nicht wahr? Dabei wurde ich von einer Missionarin erzogen, und auch meinen Großeltern ist Evangelisation sehr wichtig. Ich habe mein ganzes Leben lang einfach angenommen, ich würde ebenfalls Missionarin werden. Ich schätze, ich muß der Tatsache ins Auge sehen, daß daraus nichts wird.“ Sie sah Charity mit glänzenden Augen an. „Wilder Adler war immer mein Held, die wichtigste Person in meinem Leben. Nun ja, welches Kind wäre nicht begeistert, wenn ein wilder Sioux sein Freund ist? Ziemlich romatisches Zeug, nicht wahr?“ Carrie dachte einen Moment nach, bevor sie weitersprach. „Ich habe einfach immer gedacht, daß er nur darauf warten würde, daß ich soweit bin. Die ganze Zeit habe ich mir eingebildet, daß ich ihn liebe. Und ich dachte, niemand anders könnte ihn so sehr lieben wie ich . . .“ Wieder wollten ihr die Tränen kommen, doch sie schluckte sie hinunter. „Ich habe nicht nach Gottes Willen gefragt. Ich habe einfach nie die Möglichkeit in Betracht gezogen, sein Wille könnte sich von meinem unterscheiden. Ich bin so dumm gewesen, Charity! Die ganze Zeit habe ich mich darüber aufgeregt, wenn mich die Leute ‚die kleine Carrie‘ genannt haben, aber genau so habe ich mich verhalten! Wie ein kleines Kind, das immer seinen Willen durchsetzt! Wilder Adler hat nie auch nur einen einzigen Hinweis gegeben, daß er mich als etwas anderes als eine Freundin sieht.“ Sie sah Charity an. „Da, jetzt habe ich es ausgesprochen. Ich habe es die ganze

Zeit gewußt, aber ich habe mir nie gestattet, auch nur daran zu denken." Wieder begann sie zu weinen. „Es tut weh, Charity. Es tut wirklich sehr, sehr weh!"

Charity ließ sie eine Weile weinen, dann nahm sie ihre Bibel und fragte leise: „Carrie, darf ich dir ein paar Verse vorlesen, die mir sehr viel bedeuten?"

Als Carrie nickte, schlug Charity das Buch Hiob auf und begann zu lesen: „*Siehe, selig ist der Mensch, den Gott zurechtweist; darum widersetze dich der Zucht des Allmächtigen nicht. Denn er verletzt und verbindet; er zerschlägt, und seine Hand heilt.*

Carrie, ich weiß nichts über Julia Woodward und Wilder Adler, außer daß sie sehr hübsch ist und Wilder Adler sie zu mögen scheint. Aber ich weiß, daß Gott ihre Anwesenheit hier benutzt, um zu dir durchzudringen. Vielleicht mußtest du erst eine andere Möglichkeit als deine eigenen Pläne vor Augen haben, damit du dich seinen Plänen zuwendest. Carrie, ich habe das auch schon einmal durchgemacht. Ich weiß, wie weh es tut!"

Als Carrie sie überrascht ansah, lächelte Charity. „Hast du gedacht, ich wäre nach Santee gegangen, weil es mir so gut gefallen hat? Nein, so war es nicht. Aber Gott hat mich nach Santee *gerufen*, Carrie. Und ich werde nirgendwo anders hingehen, als dorthin, wohin Gott mich beruft. Alles andere wäre nicht gut für mich gewesen. Und auch für dich wäre es kein Gewinn, wenn du anderswo hingingst als genau dorthin, wo er dich haben will. Er weiß, was das Beste für dich ist. Selbst wenn er dir etwas aus der Hand nimmt, was du liebst - am Ende ist es so am besten."

Sie blätterte weiter in ihrer Bibel und las: „*Hoffe auf den Herrn und tu Gutes, bleibe im Lande und nähre dich redlich. Habe deine Lust am Herrn; der wird dir geben, was dein Herz wünscht. Befiehl dem Herrn deine Wege und hoffe auf ihn; er wird's wohl machen und wird deine Gerechtigkeit heraufführen wie das Licht und dein Recht wie den Mittag.*

Carrie, ich habe gelernt, daß diese Verse nicht bedeuten,

daß Gott uns alles gibt, was wir wollen, wenn wir nur alles richtig machen. Sie bedeuten, daß unser Wille und seiner sich immer mehr annähern, wenn wir uns auf Gott konzentrieren, und daß sich darin alle unsere Herzenswünsche erfüllen. Er will uns *gerecht* machen, unsere Verletzungen heilen und uns ein erfülltes Leben schenken. Und das wollen wir doch auch, nicht wahr?"

Hoffe auf den Herrn; tu Gutes; bleib im Lande; hoffe auf ihn ... Während Carrie die Worte still wiederholte, brach ihr das Herz. *Herr, ich habe dir nie wirklich vertraut. Ich dachte, ich müßte die Dinge für mich selbst regeln, und ich wollte nur die Sorte Gutes tun, die mich näher zu Wilder Adler brachte. Ich habe mich nie an dir erfreut oder auf dich gehofft, und ich habe dir nie meine Zukunft in die Hände gelegt. Ich hatte meine eigenen Pläne. Herr, ich weiß nicht, ob ich dir vertrauen kann. Ich habe keine Übung darin. Hilf mir, Herr, meine selbstsüchtigen Pläne und Wünsche aufzugeben. Alle! Hilf mir, dir zu vertrauen. Zeig mir, wo du mich haben willst. Zeig mir, daß du treu bist, und laß mich dich lieben, nicht Wilder Adler. Ich weiß nicht, ob ich es kann, aber ich werde es versuchen.*

In dieser Nacht schlief Carrie den Schlaf einer emotional Erschöpften. Als sie sich am Morgen für den letzten Konferenztag fertigmachte, stellte sie überrascht fest, daß sich ihre deprimierte Stimmung wesentlich gebessert hatte. Sie half bei der Essensvorbereitung und spielte mit den Kindern. Die ganze Zeit zwang sie sich, nicht nach Wilder Adler Ausschau zu halten und nicht Julias Garderobe zu begutachten.

Als Wilder Adler sich bei der Abschlußveranstaltung erhob, um die Lesung zu halten, nahm Carrie Charitys Hand.

Wilder Adler hatte einen Text aus 1. Samuel ausgewählt, den er jetzt vorlas: *„Folgt nicht den nichtigen Götzen nach, denn sie nützen nicht und können nicht erretten, weil sie nichtig sind ... Nun fürchtet den Herrn und dient ihm treu von ganzem Herzen; denn seht doch, wie große Dinge er an euch getan hat!"*

Als Wilder Adler sich wieder setzte, stellte Carrie fest, daß Gott ein Wunder in ihr vollbracht hatte: Er hatte ihr Herz geöffnet und Wilder Adler herausgenommen. Die Lücke hatte er mit seiner eigenen Gegenwart gefüllt, und mit Freude - einer Freude, die Carrie in Tränen ausbrechen ließ, während sie das Abschlußlied mitsang: „*Jesus wastemada - hee waste* (Jesus liebt mich - das ist gut), *Jesus waste - piwecida ye* (Jesus ist gut - ich danke ihm). *Miye awektonja nuni waun* (Ich vergaß ihn, irrte umher), *Iye tehiya amakita ce* (er suchte mich mit großen Mühen), *heca nakaes owakida kta* (und ich will ihn auch suchen). *Jesus wastemada weksuya ya* (Jesus liebt mich, daran will ich mich erinnern)."

Kapitel 22

Eine frische Sommerbrise bewegte das Gras am Cheyennefluß in sanften Wellen. Carrie saß neben David Graue Wolke in einem vollgestopften Wagen und schob sich die Haube aus der Stirn. Dann schloß sie die Augen und atmete tief ein. Neben dem Wagen gingen Martha Roter Flügel und Charity Bond, Wilder Adler ritt auf einem Tigerschecken vorneweg.

„Ich glaube, unser Freund Wilder Adler hätte gern, daß die Wagen das Fliegen lernen", sagte David.

„Wie viele Tage dauert es denn noch, bis wir ankommen?" fragte Carrie.

„Ich schätze, daß wir morgen abend da sind."

Wilder Adler, der ein Stück vorausgeritten war, wendete sein Pony und kam zurückgaloppiert. Carrie kämpfte gegen den Drang an, ihm zuzuwinken, doch er lenkte sein Pony ohnehin zu ihrem Wagen. „Wir nennen den Fluß hier den ‚Guten Fluß', Roter Vogel", erklärte er. „Im Süden ist er der *Shicha Wakpa*, der ‚Böse Fluß', denn im Frühjahr verursacht er schwere Überschwemmungen, und im Sommer trocknet er völlig aus. Diese Flächen dort ...", er gestikulierte in Richtung Süden, „sind jetzt grün, doch bald werden sie dürr und braun werden. Und dann kommen die Präriefeuer. Und aus der Asche entsteht wieder neues Leben."

David Graue Wolke zog Wilder Adler grinsend auf: „Übst du schon mal für deine erste Predigt vor den Dakota? Neues Leben aus der Asche - das gefällt mir, mein Freund. Und ich denke, unsere Leute werden dir zuhören."

Wilder Adler lächelte ebenfalls. „Ich bete, daß du recht hast, David." Er ritt ein paar Minuten schweigend neben ihnen her, und Carrie betete: *Oh Herr, je näher wir dem Cheyenne kom-*

men, desto häufiger lächelt er, und desto jünger sieht er aus. Oh Herr, er ist so wunderbar ... aber er ist nicht mein. Bitte hilf mir, mich auf dich zu konzentrieren. Sie rückte ihre Haube zurecht, sodaß der Schirm ihr die Sicht auf Wilder Adler versperrte. *Vielleicht hätte ich nicht mitkommen sollen.*

Sie legten nur eine kurze Mittagspause ein, bevor sie sich wieder auf den Weg machten. Diesmal lenkte Wilder Adler Charitys Wagen, während David Graue Wolke auf dem Tigerschecken neben dem Wagen herritt und mit Charity plauderte und Carrie nebenher ging.

Als es dem Abend zuging, rief Wilder Adler ihr zu: „Roter Vogel, willst du mit mir den Hügel hinaufreiten und nach einem Lagerplatz für die Nacht Ausschau halten?“

Schon sprang David von dem Tigerschecken und reichte Carrie die Zügel. Er war bereits auf den Sitz neben Charity geklettert, noch ehe Wilder Adler richtig abgesprungen war. Wilder Adler hob Carrie auf das Pony und schwang sich hinter ihr hinauf, und dann stürmten sie gemeinsam den Hügel hinauf. Der Anblick des weiten Graslandes, das von sanften Wellen überzogen wurde, war atemberaubend.

Wilder Adler sagte: „Und da fragen sich die Weißen immer, wie wir in dieser windigen Prärie leben können, Roter Vogel.“

Carrie schloß die Augen und dachte: *Frieden. Das ist es. Ich höre einen ganz neuen, tiefen Frieden in seiner Stimme. Und Freude. Solche Freude!*

„Roter Vogel?“ Wilder Adlers fragende Stimme brachte sie wieder in die Wirklichkeit zurück. Sie lehnte sich ein bißchen nach vorn, damit sie seine Nähe nicht so sehr spürte. „Ich habe nur nachgedacht, Wilder Adler. Egal, was ich meinen Großeltern schreibe, sie werden niemals wissen, wie es sich anfühlt, hier zu sein. Das kann man sich nicht vorstellen, wenn man nicht selbst auf diesem Hügel gestanden und die unendliche Weite gesehen hat. Es ist so wunderschön!“

Wilder Adler sah den Glanz in Carries blauen Augen, und er wußte, daß sie es ernst meinte. Er sagte leise: „Das ist meine Heimat, Roter Vogel. Es ist ein rauhes Land, in dem man nur überleben kann, wenn man ganz und gar lebendig ist." Seine Stimme war angespannt, als er sie ansah. „Ich habe mich noch nie lebendiger gefühlt als in diesem Augenblick!"

*

Wie sie gehofft hatten, rumpelten die Wagen am frühen Abend des nächsten Tages auf eine kleine Blockhütte zu, die auf einer Anhöhe mit Blick auf den Cheyenne-Fluß stand.

James Roter Flügel warf nur einen kurzen Blick in die Hütte, die sich in einem sehr schlechten Zustand befand. „Wir werden ein Zelt für die Frauen aufstellen, und wir Männer werden am Lagerfeuer schlafen. Morgen machen wir uns als erstes daran, die Hütte wieder herzurichten." Er lächelte seine Frau an. „Sie sieht schlechter aus, als sie ist, Martha. Es gibt zwei Zimmer und einen Anbau für die Mädchen."

Nachdem sie die Hütte in Ordnung gebracht hatten, machten sie sich sofort an den Bau des Schulgebäudes. Als der erste Baum gefällt war, sammelte sich das kleine Grüppchen von Missionaren und betete um Gottes Segen für die „Station der Hoffnung", wie ihre neue Arbeit heißen sollte.

Kurz danach sahen sie in einiger Entfernung einen einsamen Reiter herankommen. Wilder Adler ging ihm entgegen, und der junge Krieger machte mit der Hand das Friedenszeichen. „Seit langer Zeit ist kein Fremder mehr hiergewesen."

Wilder Adler nickte. „Wir sind Lehrer der Religion von Jesus. John Sturmwolke war in dem Monat, in dem die Hirsche ihr Geweih abwerfen, bei deinem Volk. Er hat uns berichtet, daß ihr wünscht, daß jemand bei euch lebt und euch lehrt. Und wir sind gekommen."

„Ich bin Rollender Donner", sagte der junge Mann. „Ich kenne diesen John Sturmwolke. Mein Volk wird froh sein, daß ihr gekommen seid." Er ritt weg, doch am nächsten Tag kam er mit einigen anderen wieder. Sie saßen auf ihren Ponys und beobachteten, wie David, James und Wilder Adler Bäume fällten und an dem Schulhaus bauten.

„Dies wird eine Schule", erklärte James. „Ein Ort, an dem ihr etwas über Jesus lernen könnt."

Rollender Donner rief: „Wird Die mit dem flammenden Haar uns lehren? Dann werde ich kommen!"

Am Tag, als das Schulgebäude fertiggestellt wurde, ritten Wilder Adler und David Graue Wolke den Fluß hinauf, um die Indianerlager zu besuchen. Carrie seufzte erleichtert. Endlich konnte sie sich ganz auf die Arbeit konzentrieren. Doch obwohl sie Wilder Adler nicht sah, mußte sie ständig an ihn denken. Immer wieder zwang sie sich, ihre Gedanken statt auf ihn auf Gott und die Arbeit zu richten. Paulus' Anweisung, ohne Unterlaß zu beten, bekam hier eine ganz neue Bedeutung für sie.

David und Wilder Adler waren einige Tage fort und ermutigten alle, die sie finden konnten, die Schule zu besuchen. Sie verbrachten zahllose Stunden an Lagerfeuern, erzählten von ihrem Leben unter den Weißen und die Geschichte ihrer Hinwendung zu Gott. Sie schüttelten die Köpfe über die Ungerechtigkeiten, von denen die Dakota ihnen berichteten, blieben aber fest in ihrer Überzeugung, daß der Glaube, den sie bei den Weißen kennengelernt hatten, wahr und gut war.

James Roter Flügel war bei den Frauen geblieben, um letzte Hand an das Schulhaus zu legen und Carrie und Charity noch einmal intensiv in Lakota zu unterrichten. Immer häufiger kamen Indianer von flußaufwärts, um die Schule zu besichtigen, die Neuankömmlinge zu begrüßen und Fragen zu stellen. Als die erste Unterrichtseinheit begann, konnten die Pioniermissionare zu ihrer Freude ein Dutzend Schüler begrüßen.

Carrie und Charity brachten den Mädchen das Nähen bei. Eifrig machten sich die Mädchen an die Arbeit und brachen immer wieder in schallendes Gelächter aus, wenn Carrie oder Charity etwas auf Lakota zu sagen versuchten. Doch nach ein paar Wochen konnten sie sich bereits einigermaßen verständigen. Als nächstes stand Musik auf dem Lehrplan. Sie hatten bereits einige Lieder auf Lakota übersetzt, und den Mädchen schienen die Rhythmen zu gefallen. Obwohl sie den tieferen Sinn der Worte noch nicht begriffen, stimmten sie bald freudig in den Gesang ein.

An dem Tag, an dem Carrie den Englischunterricht anstelle von James Roter Flügel übernahm, saß auch Rollender Donner in einer der hinteren Reihen. Er hatte sich das Gesicht bemalt und kleine Glöckchen an seine Leggings genäht, und er saß in gespannter Aufmerksamkeit da, während Carrie sich vorstellte.

Dann sagte er: „Mein Freund Wilder Adler sagt, daß du Roter Vogel heißt."

Carrie spürte, wie sie errötete. „Ja, er nennt mich so. Und ihr könnt mich auch Roter Vogel nennen, wenn ihr wollt."

Und so kam es, daß „die kleine Carrie Brown" bei den Dakota am Cheyenne-Fluß Roter Vogel hieß.

*

„Ich hätte niemals herkommen dürfen." Carrie lag auf ihrer grasgefüllten Schlafmatte und sprach in die Dunkelheit hinein.

„Was um alles in der Welt soll denn das heißen?" fragte Charity.

„Genau das, was ich gesagt habe. Ich hätte niemals herkommen dürfen."

„Aber warum denn nicht?"

Carrie schluckte hart und flüsterte dann: „Weil ich versagt habe."

Charity setzte sich abrupt auf und starrte zu Carrie hinüber. „So ein Unsinn, Carrie! Du sprichst viel besser Lakota als ich. Die Kinder lieben dich. Und Martha sagt, daß sie gar nicht wüßte, was sie ohne dich anfangen sollte . . . ohne uns." Sie legte sich wieder hin und stützte sich auf einen Ellbogen. „Es hat sich zwar bis jetzt noch niemand bekehrt, aber es ist auch noch viel zu früh dazu, Carrie. Du hast überhaupt nicht versagt. Du bist im Gegenteil eine sehr große Hilfe bei einer sehr vielversprechenden Arbeit gewesen."

Carries Stimme war kaum noch hörbar. „Aber Charity, es nützt überhaupt nichts, wieviel ich auch bete und entschlossen bin, darüber hinwegzukommen."

„Wilder Adler", sagte Charity nur.

Carrie seufzte. „Ja, Wilder Adler. Ich weiß, daß wir aus seiner Sicht nur Freunde sind. Und ich weiß, daß er Pläne mit Miss Woodward hat. Aber . . ."

„. . . aber er ist so wunderbar?" vervollständigte Charity den Satz. Dann fragte sie: „Carrie was hältst du nun eigentlich von der Arbeit als Missionarin?"

Carrie zögerte keinen Augenblick. „Ich liebe sie. Ich liebe die Kinder und die Herausforderungen. Ich liebe die Prärie, das weite Land und den Wind. Ich liebe einfach alles hier. Ich kann ehrlich sagen, daß ich weiß, was Wilder Adler meinte, als er gesagt hat, daß er sich noch nie so lebendig gefühlt hat wie hier draußen."

„Er hat das gesagt, während er *dich* ansah, Carrie Brown!"

„Ach was. Er hat es einfach nur *zu* mir gesagt."

Charity ging nicht darauf ein, sondern fragte zusammenhangslos: „Und was wirst du jetzt tun?"

„Ich gehe zurück nach Lincoln, wo ich hingehöre . . . jedenfalls im Moment. Ich beende mein Studium und warte darauf, daß Wilder Adler Miss Woodward heiratet. Ich werde beten, daß Gott mich irgendwo bei den Dakota einsetzen kann, und . . ." sie sah unglücklich aus, „ich werde sicherstellen, daß ich nie das eheliche Glück von Julia Woodward King zu Gesicht bekomme." Plötzlich mußte sie weinen.

Charity streckte die Hand aus und streichelte Carries Schulter. „Carrie, du weißt doch: Verlaß dich auf den Herrn, und er wird dir geben, was dein Herz wünscht."

Carrie murmelte: „Ich dachte immer, das heißt, daß ich kriege, was ich will, wenn ich ein braves Mädchen bin. Aber jetzt weiß ich, daß es anders ist. Wenn ich Gott an die erste Stelle in meinem Leben setze, verändern sich meine Herzenswünsche, und sie beginnen sich mit seinen zu überschneiden." Sie schniefte und fügte leise hinzu: „Ich versuch' ihm ja zu vertrauen, Charity. Aber wann wird er denn meine Wünsche in bezug auf Wilder Adler verändern? *Wann*?"

Charity tätschelte ihre Schulter. „Wenn du wieder in Lincoln bist, wird es viel einfacher sein, du wirst sehen. Und die nächsten Tage werden die Männer fast nie hier sein. Halte dich möglichst beschäftigt, das ist das einzige, was mir jetzt im Moment einfällt."

Carrie nickte wortlos. Sie würde Wilder Adler meiden, arbeiten wie ein Pferd und noch inbrünstiger darum beten, daß Gott ihr ihre Gefühle für Wilder Adler nahm. Und sie würde so schnell wie möglich zurück nach Lincoln flüchten.

*

„Roter Vogel, habe ich dich verärgert?"

Carrie schrak zusammen, als Wilder Adlers Stimme von der Tür der kleinen Schulhütte aus erklang. Der Unterricht war beendet, und die Kinder sprangen in den sonnigen Nachmittag hinaus. Carrie sah von ihrem Schreibtisch auf und sagte: „Natürlich nicht, Wilder Adler. Warum fragst du?"

„Ich weiß, es gibt viel zu tun, und ich war selten da. Aber es scheint, als ob mein kleiner Roter Vogel immer fortfliegt, wenn ich im Camp bin."

„Es tut mir leid, Wilder Adler. Das ist mir gar nicht aufgefallen", log Carrie und sah zur Seite. „Du hast nichts Falsches getan. Es war nur wirklich sehr viel zu tun. Du hast deine Aufgaben, und ich habe meine."

Wilder Adler sah sich in der Hütte um. „Jetzt hast du keine Arbeit. Bitte komm mit mir nach draußen. Ich möchte mit dir reden."

Zusammen gingen sie nach draußen und setzten sich auf die grobe Holzbank vor der Feuerstelle.

„Du machst deine Arbeit sehr gut, Roter Vogel." Wilder Adler lachte leise. „Ich habe die Kinder im Lager belauscht. Sie lieben dich sehr."

Carrie lachte ebenfalls. „Am ersten Schultag, als ich feststellte, daß ich zu einigen der Jungen *hoch*schauen mußte, hatte ich ein wenig Angst. Aber sie wollen alle so gern lernen; es ist wirklich nicht schwer, sie liebzuhaben." Sie seufzte. „Ich werde sie vermissen, wenn ich wieder von hier fortgehe."

Wilder Adler runzelte die Stirn. „Wann wird das sein?"

„Nächste Woche. James muß Vorräte besorgen, und ich werde mit ihm fahren."

„Ich dachte . . .", Wilder Adler unterbrach sich, „du wirktest glücklich hier."

Carrie seufzte wieder. „Ich bin auch glücklich hier. Aber Charity und ich haben darüber gebetet, und ich denke, daß Gott möchte, daß ich nach Lincoln zurückgehe und mein Studium abschließe. Ich bin noch immer so unerfahren. Und dann . . ." Sie machte eine Pause. „Nun, dann muß ich wohl wieder erneut um Gottes Führung beten."

„Es gab eine Zeit, da hast du nur davon geredet, nach Santee zurückzukehren."

„Es gab eine Zeit, da war ich ein dickköpfiges und dummes kleines Mädchen, das sehr wenig auf Gottes Willen gegeben hat."

„Dieses kleine Mädchen gibt es nicht mehr."

Carrie sah ihn scharf an. „Ja. Und es ist kein Verlust!"

„Wann ist das geschehen, Roter Vogel."

„Während der Konferenz."

Wilder Adler nickte. „Das war eine gute Zeit. Gute Gemeinschaft, gute Begegnungen."

Carrie lachte. „Ehrlich gesagt habe ich den anderen Menschen dort nicht viel Beachtung geschenkt." Bei seinem überraschten Gesichtsausdruck erklärte sie: „Wilder Adler, ich weiß, daß du selbst schon erlebt hast, wie dir das Liebste genommen wurde, was du im Leben hattest. Und dann wurde dir etwas viel Größeres geschenkt. Genau das ist mir auf der Konferenz geschehen." Sie sah ihn nüchtern an. „Es war sehr, sehr schmerzhaft, aber notwendig."

„Und was auch immer das war – es bedeutet, daß sich zwischen uns etwas geändert hat."

Carrie lachte wieder. „Meinst du nicht, daß es an der Zeit war? Du mußt doch langsam sehr ermüdet davon gewesen sein, daß ein kleiner Rotschopf ständig um dich herumschwirrte." Sie errötete leicht.

„Du hast mich nie ermüdet", sagte er ruhig.

„Nun, dann zumindest Miss Woodward."

Bei der Erwähnung von Julia runzelte Wilder Adler die Stirn. „Miss Woodward?"

„Ich weiß nicht, ob ihr euch schon verlobt habt", sagte Carrie und räusperte sich. „Ich wünsche dir aber auf jeden Fall alles Gute, Wilder Adler. Und ich hoffe, daß du sehr glücklich wirst."

Wilder Adler war ehrlich verblüfft. „Wovon redest du denn?"

„Von dir und Miss Woodward. Bei der Konferenz war doch offensichtlich, daß ihr euch sehr nahe gekommen seid. Ich habe angenommen . . ."

„Also *das* ist es! Das hat sich zwischen uns geändert!" Wilder Adler schüttelte den Kopf und lehnte sich vor. Dann nahm er einen Stock und kratzte damit im Staub herum. Schließlich sagte er: „Miss Julia Woodward ist mit den anderen Mitgliedern des Komitees nach Boston zurückgefahren, wo sie sicher weiter für die Belange der Indianer eintreten wird. Aber Roter Vogel - stell sie dir doch nur mal in einer Blockhütte in der Prärie vor!" Er mußte lachen. „Nein, Roter Vogel, ich habe nicht vor, Julia Woodward zu heiraten." Er stand abrupt auf. „Diese Sache, die du auf der Konferenz aufgeben solltest . . ."

„Bitte, Wilder Adler, es ist mir peinlich, darüber zu sprechen."

„Warum sollte es dir peinlich sein, wenn du Zuneigung zu jemandem empfindest? Ich habe nur wegen deiner Zuneigung zu mir den Weg zu Gott gefunden, Roter Vogel!"

„Und jetzt benehme ich mich wie eine Idiotin."

„Dann glaubst du jetzt also, daß dein Traum, einen viel älteren Mann zu heiraten und bei den Dakota zu leben ein dummer Traum war?"

„Ich glaube jetzt, daß es keinen Sinn macht, mir meine eigene Zukunft zurechtzuträumen, ohne nach Gottes Willen zu fragen. Das hat nichts mit dem Alter oder der Rasse des Mannes zu tun."

Wilder Adler setzte sich wieder neben sie. „Roter Vogel", begann er und brach dann wieder ab. „Laß mich dir eine Geschichte erzählen. Eines Tages war ich im Lager, und Rollender Donner kam vorbeigeritten. Er hatte sich in sein bestes Gewand gehüllt und sein Gesicht ganz erstaunlich bemalt. Als ich ihn rief, sagte er, daß er auf dem Weg zur Schule sei. Ich fand, daß das ein reichlich seltsamer Aufzug für den Unterricht war, und deshalb fragte ich ihn, ob es ein Fest gebe. Er wollte mir aber nicht antworten. Doch dann hat sein Freund verraten, daß Rollender Donner die Lehrerin beeindrucken wollte. Rollender Donner war zuerst sehr wütend, doch dann gab er zu, daß es stimmte. Er sagte, der beste Weg, in der neuen Welt zurechtzukommen, sei es, eine weiße Frau zu nehmen, und er hatte beschlossen, daß du eine geeignete Kandidatin wärst."

Carrie sah ihn erstaunt an. „Ich habe ihn nie ermutigt! Was soll ich denn jetzt tun?"

„Gar nichts, Roter Vogel. Inzwischen hat er seine Aufmerksamkeit einem anderen Mädchen zugewendet."

„Warum erzählst du mir es dann?"

„Rollender Donner ist ein feiner junger Mann. Eines Tages wird er ein guter Ehemann sein. Er hat ein gutes Herz. Doch als er mir sagte, daß er dir den Hof machen wollte . . .", Wilder Adler hielt inne, bevor er weitersprach. „Das alles hat mir nicht gefallen."

Carrie sah ihn an und sagte ruhig: „Und was hat das zu bedeuten, Wilder Adler?"

„Das heißt, Roter Vogel, daß ich dich in diesem Moment mit den Augen eines jungen Mannes gesehen habe, der die ‚kleine Carrie' nicht kennt. Er hat dich als junge Frau betrachtet. Und als ich dich ebenfalls so sah, hat mir der Gedanke gar nicht gefallen, daß ein anderer Mann dir den Hof macht."

Carrie dachte einen Moment darüber nach. „Everett Higgenbottom hat dir nie Sorgen gemacht.“

Wilder Adler schnaubte: „Everett Higgenbottom ist nichts für dich, Roter Vogel.“

„Ja“, sagte Carrie nur, „ich weiß. Und ich werde es ihm ein für alle Mal klarmachen, wenn ich wieder in Lincoln bin.“ Carrie stand auf. „Falls wir uns vor meiner Abreise nicht mehr sehen, Wilder Adler, sollst du wissen, daß ich jeden Tag für dich und die Arbeit hier beten werde. Wirst du auch für mich beten? Daß ich die Kraft habe, Gottes Willen zu folgen, wohin er mich auch führt?“ Sie drehte sich um und ging los, doch er rief hinter ihr her.

„Roter Vogel!“

Als sie sich umdrehte, sah sie, wie er das Zeichen für „Freund“ machte. Sie erwiderte es und eilte davon.

Kapitel 23

Also, Everett, du hattest recht – in allem. Du hattest recht, als du gesagt hast, ich würde Wilder Adler überhaupt nicht wirklich kennen. Und ich hatte keine realistische Sicht vom Leben als Missionarin. Und all das war nur die Schicht über dem eigentlichen Problem. Ich hatte überhaupt keine richtige Beziehung zu Gott. Ich wußte all die richtigen Antworten auf alle Fragen, aber ich hatte nie mein Leben wirklich an Gott ausgeliefert."

Carrie hatte Everett am Abend ihrer Rückkehr aus Nebraska zum Essen eingeladen. Sie hatte den ganzen Abend leichte Konversation betrieben, bevor sie endlich den Mut aufgebracht hatte, über die wirklich wichtigen Dinge zu reden.

„Und all das hat sich jetzt geändert?" wollte Everett wissen.

Carrie rührte abwesend in ihrer Tasse. „Ja, hat es. Ich meine, das soll jetzt nicht heißen, daß ich alles verstanden habe, Everett. Aber eins weiß ich: Ich mußte meine eigenen Pläne aufgeben und mich dem öffnen, was Gott mir zu sagen hatte. Im Moment habe ich das Gefühl, daß ich das Studium beenden soll. Aber was danach kommt, weiß ich nicht. Es hat mir unglaublich gut gefallen, die indianischen Kinder zu unterrichten. Ich gebe zu, daß es mich nach wie vor sehr reizen würde, in der Indianermission zu arbeiten. Aber jetzt bin ich erstmal nur eine Studentin."

„Und was ist mit Wilder Adler?"

„Ich denke, er wird noch eine Weile am Cheyenne bleiben. Die Arbeit dort ist richtig für ihn. Er ist sehr begabt dafür, und der Herr bewirkt viel durch ihn." Sie sah Everett an. „Bevor ich abgereist bin, hatten wir ein sehr gutes Gespräch darüber, wie dumm ich war und daß er mir das verzeiht. Ich denke, wir können immer noch Freunde sein. Ich hätte noch immer gern, daß es mehr ist, aber wer weiß . . . Er denkt, daß er zu alt für mich ist. Außerdem, widerstrebt es ihm, einer Frau ein Leben an seiner Seite zuzumuten, weil es Armut und Entbehrung bedeutet. Ich kann das alles im Moment recht gut an Gott abgeben. Aber ich habe dich nicht eingeladen, um über Wilder Adler zu reden, Everett."

„Gut, denn wir müssen über dich und mich reden." Everett beugte sich über den Tisch. „Carrie, ich weiß, daß ich ein bißchen penetrant gewesen bin . . . dich durch das halbe Land zu verfolgen!"

„Du bist nicht penetrant gewesen, Everett. Eigentlich bist du vor allem ein fantastischer Freund für mich gewesen, obwohl ich dich ja denkbar schlecht behandelt habe. Aber Everett . . ."

„Ja, ich weiß, Carrie. Ich bin dein Freund, und das ist alles." Er räusperte sich. „Nun, Carrie, das ist jetzt eine gute Gelegenheit, dir etwas mitzuteilen." Everett grinste Carrie an. „Ich habe in deiner Abwesenheit Mary einen Heiratsantrag gemacht. Sie hat ja gesagt. Wir werden heiraten, sobald ich meinen Abschluß in der Tasche habe."

Carrie war perplex. „Mary?!"

Everett saß nur nickend und grinsend da und ließ ihr Zeit, die Ankündigung zu verarbeiten. „Sie ist ein wunderbares Mädchen, Carrie. Ich hoffe, du kannst dich für uns freuen. Ich weiß ja, daß du nie in dieser Art für mich empfunden hast, deshalb dachte ich, daß es kein allzu schlimmer Schock für dich wäre. Ich wollte es dir aber selbst sagen, bevor du es auf anderem Wege erfährst."

Carrie lehnte sich in ihrem Stuhl zurück und stellte sich Everett und Mary zusammen vor. Nachdem der erste Schreck abgeklungen war, reichte sie Everett die Hand. „Ich könnte mich nicht mehr für dich freuen, Everett! Mary ist wirklich ein wunderbares Mädchen, und sie verdient ein viel besseres Leben, als sie es bisher hatte. Ich hoffe, daß ihr sehr glücklich werdet!"

„Danke, Carrie. Ich hatte gehofft, daß du so reagieren würdest."

„Du wirst mir fehlen, Everett. Du hast mir immer sehr gute Ratschläge gegeben."

„. . . die du allerdings selten angenommen hast!"

„Nun, jetzt bin ich ja älter und weiser. Ich habe all deine Ratschläge der vergangenen Jahre in einer einzigen Dosis geschluckt, und ich glaube, ich bin kuriert. Selbstsüchtigkeit und Dickköpfigkeit, das waren doch die Symptome, nicht wahr, Herr Doktor? Und noch eine Menge anderer Dinge. Ich arbeite daran. Ist das ein Wort?"

Everett erhob sich. „Du hast jedenfalls einen guten Anfang gemacht, Carrie. Ich wünsche dir nur das Beste. Und jetzt entschuldige mich bitte – ich gehe heute abend mit Mary aus, um unsere Verlobung zu feiern. Sie wird sehr froh sein, zu hören, daß du dich für uns freust."

Carrie sagte schnell: „Das tue ich wirklich. Sag ihr das nochmal von mir. Ich habe nur eine Bitte, Everett. Wenn du ein berühmter Anwalt bist, dann erzähl bitte jedem, daß du deine Redekünste im Zweikampf mit mir erworben hast!"

*

Das ganze Wintersemester stürzte sich Carrie mit aller Kraft in ihr Studium und ihre Arbeit. Irgendwo fand sie auch noch die Energie, an einem Debattierclub teilzunehmen, was ihr besonders viel Spaß machte. Sie erarbeitete sich während dieser Veranstaltungen Diskussionsstandpunkte zu allen möglichen Themen, angefangen bei der moralischen Fragwürdigkeit von Studentenverbindungen bis hin zur rechtlichen Stellung der Suffragetten. Die Diskussionen halfen ihr, sich eine eigene Meinung zu bilden und diese auf etwas zu gründen, das über ihre bloßen Emotionen hinausreichte.

Die Verlobung von Everett und Mary hatte Carrie ihres Begleiters zu abendlichen Veranstaltungen beraubt. Doch es gab ein schmales Buch mit dem Namen „Die Liste", das sie rettete. In diesem Buch standen die Namen der weiblichen Studenten, und hinter jeden Namen konnten sich für die jeweilige Woche junge Herren eintragen, die das betreffende Mädchen abends begleiten würden.

An einem Januarabend wurde Carrie von Charles Field begleitet, der an diesem Abend auch ihr Diskussionsgegner sein sollte. Es ging um die „Indianerfrage", und Charles sprach sich gegen eine Evangelisierung und Christianisierung der Indianer aus. In seinem Schlußplädoyer führte er aus, daß der Indianer an sich in seinem natürlichen Zustand unzivilisiert und wild war und am besten in diesem gottlosen Zustand belassen werden sollte, weil dieser schließlich zum Aussterben des indianischen Volkes und damit zu einem unblutigen Ende der Indianerfrage führen würde.

Als Carrie an der Reihe war, war sie so wütend, daß sie kaum sprechen konnte. Sie lieferte eine feurige Verteidigungsrede und schloß mit den Worten: „Es scheint außerdem, daß mein Opponent Schwierigkeiten haben würde, einen Sioux von einer Schnappschildkröte zu unterscheiden!"

Das Publikum lachte nervös, und der Diskussionsleiter schob schnell ein Musikstück ein.

Als Charles Carrie nach dem Treffen nach Hause bringen wollte, war sie nirgends zu finden. Sie war in Rekordzeit allein zum Hotel zurückgeeilt und hatte Augusta mit dem lautstarken Zuknallen ihrer Zimmertür aus dem Schlaf gerissen.

Eines Abends waren Elisabeth und James zu Besuch, und nach dem Essen wandte sich das Gespräch den Schwierigkeiten der Farmer zu.

James schüttelte besorgt den Kopf. „Diese Deflation bringt uns noch um! Wenn wir die nicht endlich stoppen, kommen wir nie mehr von unserem Schuldenberg herunter. Ein Glück, daß Elisabeth und ich nichts mit der Bank zu tun haben! Aber die meisten unserer Nachbarn haben Kredite aufgenommen, und Ben Carter hat mir erzählt, daß er geliefert ist, wenn die Ernte nicht besser ausfällt als letztes Jahr."

Augusta sagte: „Ben Carter ist einer der wenigen, die es trotz der Heuschreckenplage durchgehalten haben. Wir brauchen Männer wie ihn!"

„Naja, er hat zehn Söhne, für die er aufkommen muß, und langsam beginnt es ihn zu erdrücken. Das Gebiet ist so arm, daß sie nicht mal mehr den Schullehrer bezahlen können. Als ich das letzte Mal mit Ben zur Viehauktion in die Stadt gefahren bin, hat er sich hemmungslos besoffen, bevor ich ihn nach Hause schleifen konnte."

Augusta schüttelte den Kopf. „Das ist wirklich ein Trauerspiel! Ich fahre gleich morgen raus zu den Carters und sehe, ob ich helfen kann. Was können wir denn für die Farmer tun, James? Euer Kleiner ist für mich wie ein Enkelkind, und ich möchte seine Zukunft sichern, wenn es irgendwie geht. Er wird doch auch ein Farmer, oder?"

James grinste. „Ich füttere ihm jeden Tag einen Löffel Erde, damit sie ihm in Fleisch und Blut übergeht!"

„Vielleicht sollten wir das Ganze mal an die Öffentlichkeit bringen", schlug Carrie vor. „An der Universität gäbe es für dieses Thema viel Interesse. In letzter Zeit wurde nämlich immer wieder über einen landwirtschaftlichen Studiengang diskutiert. Die meisten Studenten finden die Idee lächerlich; sie haben ihre Heimatfarmen verlassen, um etwas zu lernen, und können sich nicht vorstellen, wieder dorthin zurückzugehen. Aber eine öffentliche Diskussion könnte vielleicht eine Veränderung des Denkens über die Landwirtschaft bringen. Farmer zu sein ist doch eine sehr ehrenhafte Aufgabe, und es gibt Leute, die das tun, weil sie es möchten, und nicht, weil sie nichts Besseres gelernt haben!"

„Das ist eine gute Idee, Carrie. Ich werde das mal ansprechen." Augusta wandte sich an James und Elisabeth. „Würdet ihr denn kommen?"

James nickte sofort. „Natürlich, und ich finde die Idee, daß man in Lincoln Landwirschaft studieren kann, ganz hervorragend. Die meisten Farmer könnten ein bißchen mehr Wissen gut gebrauchen. Die landschaftlichen Gegebenheiten sind hier ganz anders als da, wo sie herkommen. Hier gibt es wenig Wasser, so gut wie kein Holz und dafür dieses Präriegras, das so zäh ist, daß man damit Häuser bauen könnte. Das Land ist fruchtbar, aber wir brauchen Hilfe, um es zu bestellen: Hilfe von den Banken, um die Deflation zu stoppen, von der Eisenbahngesellschaft, um unsere Produkte an den Mann zu bringen, und von der Universität, um uns das nötige Wissen zu vermitteln."

„Wenn du so vor den Leuten redest, James, dann werden wir etwas bewegen! Bring Ben Carter und noch ein paar von deinen Nachbarn mit, und stellt sicher, daß auch ihre Frauen kommen. Die einflußreichen Leute in unserer Stadt sollen die Frauen und Männer sehen, die sich abmühen, um unseren Bundesstaat weiterzubringen!"

„Ich sorge dafür, Tante Augusta!" sagte Elisabeth.

„Gut!" warf Carrie ein. „Die Hand an der Wiege regiert die Welt, habe ich neulich mal gehört. Wir Frauen mögen kein Wahlrecht haben, aber das heißt ja nicht, daß wir uns nicht in die Politik einmischen können!"

Augusta suchte Stift und Papier zusammen und begann sich Notizen zu machen, und James lachte leise: „Wenn Frauen auch noch das Wahlrecht bekommen, dann gnade uns Gott! Sie halten doch sowieso schon die Zügel in der Hand, warum sollte man sich die Mühe machen, das auch noch offiziell zu machen?"

Elisabeth lief vor Ärger rot an. „James Callaway! Schande über dich! Wie oft habe ich dich schon sagen hören, daß es eine Schande ist, daß Joseph Freeman nicht wählen darf? Und auch Frauen sollen kein Wahlrecht haben? Das ist doch einfach ungerecht!"

Carrie stimmte ein: „Hältst du Frauen für so minderwertig?"

„Hey, hey, jetzt regt euch doch nicht so auf! Das sollte ein Scherz sein!" verteidigte sich James mit erhobenen Händen.

Elisabeth schnaubte: „Aber da steckte mehr als nur ein Fünkchen Wahrheit drin!"

James wechselte schnell das Thema. „Carrie, fast hätte ich es vergessen: Hättest du Interesse daran, im nächsten Halbjahr in unserer Gegend zu unterrichten? Wie ich schon sagte, haben die Farmer sehr wenig Geld und können den jetzigen Lehrer nicht bezahlen."

Carrie sagte sofort. „Ach, das Geld ist nicht so wichtig. Das Unterrichten fehlt mir richtig, und ich könnte mal eine Luftveränderung gebrauchen. Ich werde darüber beten; aber für mich klingt es sehr verlockend."

„Du könntest bei uns wohnen", schlug Elisabeth vor. „Das würde mich sehr freuen."

Als James und Elisabeth später am Abend ins Bett gingen, war Elisabeth ungewöhnlich schweigsam.

„Carrie hat sich wirklich sehr zu ihrem Vorteil verändert". Sagte James, als er neben ihr im Bett lag. „Sie ist reifer geworden. Ich bin richtig stolz auf sie, so als ob ich ihr großer Bruder wäre."

Schweigen.

„Sie ist auch nicht mehr so impulsiv, und sie scheint eine weitsichtigere Einstellung zu ihrem Leben und ihrer Zukunft bekommen zu haben. Und sie ist ganz eindeutig in ihrer Beziehung zu Gott gewachsen."

Noch immer schwieg Elisabeth eisig.

„Es tut mir leid, Lizzie. Was ich da vorhin über das Wahlrecht der Frauen gesagt habe, es war dumm. Kannst du mir verzeihen?" Er rutschte ein wenig näher zu ihr heran. „Ich werde für die Zeitung ein Geständnis schreiben, mit der Schlagzeile: *Idiotischer Ehemann erkennt die Wahrheit: Frauen haben ein Gehirn. Er äußerte den Wunsch, selbst etwas davon zu erwerben!*"

Elisabeths unterdrücktes Gelächter ließ das Bett leicht erzittern. James streckte die Hand nach ihr aus und kam noch näher. Dann flüsterte er ihr ins Ohr: „Von mir aus kannst du dich als Gouverneur aufstellen lassen, wenn du das möchtest, Lizzie. Laß uns gleich eine Planungssitzung einberufen." Er küßte ihren Nacken. „Oder nein . . . laß uns das morgen tun . . ."

Kapitel 24

Carrie!" rief Silas Kellum. „Hier ist ein Brief für Mr. und Mrs. Callaway. Der Absender wußte wohl nicht, daß Roca jetzt ein eigenes Postamt hat. Fährst du nicht bald zu ihnen heraus?"

„Ja, morgen schon", antwortete Carrie und griff nach dem Brief. Als sie die Handschrift erkannte, stockte ihr der Atem. „Ich nehme ihn gern für sie mit."

Sie ging auf ihr Zimmer und setzte sich mit dem Brief in der Hand auf ihr Bett. Sie starrte ihn eine Weile an, dann legte sie ihn oben auf den Bücherstapel, den sie mitnehmen wollte.

Am nächsten Tag kam James mit der Kutsche in die Stadt, um Carrie abzuholen. Augusta und Sarah standen bereit, um Abschied zu nehmen.

„Wenn irgend etwas sein sollte", erinnerte Augusta sie, „schick mir einfach eine Nachricht, und wir holen dich sofort ab, ja?"

„Es wird schon nichts schiefgehen, Tante Augusta", beruhigte Carrie sie. „Wenn ich mit einer Horde halbwüchsiger Sioux fertiggeworden bin, werde ich den Herausforderungen dort schon gewachsen sein!"

James lachte leise. „Sie klingen ja schon richtig abgeklärt, Miss Brown!"

Carrie ging darauf ein. „Das sind alles Erfahrungswerte, Mr. Callaway!"

„Nächstes Wochenende kommen wir euch besuchen", sagte Sarah schüchtern. „Ich muß unbedingt den kleinen J. W. wiedersehen. Er wächst so schnell, und wir wollen doch alles mitbekommen, was er Neues lernt!"

„Oh, James, da fällt mir ein, daß ich einen Brief von Wilder Adler für euch habe, Silas hat ihn mir mitgegeben. Schreibt er euch oft?"

James schüttelte den Kopf. „Ich wüßte nicht, daß er uns schon mal geschrieben hätte. Hoffentlich hat das nichts Negatives zu bedeuten!“

Carrie wollte den Brief gleich herausholen, aber James hielt sie auf. „Nein, laß ihn uns zusammen mit Elisabeth lesen. Sie liebt Briefe.“

Nach einer Umarmungsrunde und vielen guten Wünschen stieg Carrie neben James auf den Kutschbock. Unterwegs hielt er bei Carries zukünftigem Arbeitsplatz an, dem kleinen Schulhaus, das am Fuße eines Hügels lag.

„Sie werden es noch vor dem Herbst auf den Hügel ziehen“, erklärte James.

Als Carrie nach dem Grund fragte, hob Jim die Schultern. „Ich habe ihnen gesagt, daß ich das für einen Fehler halte. Zu windig da oben. Aber sie wollen, daß man die Schulglocke auch noch in weiter Entfernung hört.“

Den Rest der Fahrt über erzählte James Carrie von ihren zukünftigen Schülern und warnte sie vor drei Jungen namens Ned, Matthew und Philip.

Sobald sie die Farm erreicht hatten, eilte James ins Haus, um gemeinsam mit Elisabeth den Brief von Wilder Adler zu lesen. Carrie schlich sich unsicher hinterher, und Elisabeth winkte sie herein. „Komm schon, Carrie. Du gehörst doch jetzt zur Familie; setz dich und hör zu, während ich den Brief vorlese.“ Sie begann zu lesen:

Liebe Elisabeth, lieber James,
jeden Tag wachsen mir die Menschen hier mehr ans Herz. Und sie scheinen auch froh zu sein, daß wir hier sind. Wir danken Gott für alles, was er bereits bewirkt hat.

Charity ist wieder nach Santee zurückgekehrt, so daß Martha Roter Flügel jetzt allein mit den Frauen arbeitet. Es ist ihr eine große Bürde, und wir beten, daß bald eine weitere Frau zu uns stoßen wird, die sie unterstützen kann. Sie arbeitet viel zu viel, und ich fürchte um ihre Gesundheit.

Wenn Carrie zu euch kommt, sagt ihr, daß sie die

schwarze Stute reiten soll. Sie ist sehr klug und wird den Weg zur Schule bald kennen, so daß sie ihn auch bei Schneestürmen und Unwettern ohne Schwierigkeiten findet. Roter Vogel kann ihr immer vertrauen, daß sie sie sicher heimbringen wird.

Ich würde James Windreiter gern sehen. Wenn Gott will, werde ich nächstes Frühjahr zu euch kommen, damit er seinen Onkel kennenlernt und die Geschichten seines Volkes hört.“

James sagte: „Die schwarze Stute – sie heißt übrigens Lakota – wird im April fohlen. Denk daran, ihm das zu schreiben, Lizzie, ja?“ Er sah Carrie an. „Dann mußt du wohl doch nicht zur Schule laufen.“

Carrie antwortete: „Es ist sehr nett von Wilder Adler, mir seine Stute anzuvertrauen. Hoffentlich komme ich mit ihr zurecht! Ich bin nicht gerade eine begnadete Reiterin. So, jetzt geh ich schnell meine Sachen auspacken, damit ich Elisabeth mit dem Abendessen helfen kann.“

Sie zog sich hastig in ihr Zimmer zurück und hoffte, daß Elisabeth ihre geröteten Wangen nicht bemerkt hatte. *Ich dachte, ich wäre über diese Dummheiten hinweg! Ich habe doch seit Monaten nicht mehr an ihn gedacht!* sagte sie zu sich selbst, doch dann korrigierte sie sich. *Das stimmt nicht. Ich habe seit Monaten nicht über ihn gesprochen, aber an ihn gedacht habe ich fast ununterbrochen ...*

Und weit im Norden am Cheyennefluß machte sich auch Wilder Adler eine Menge Gedanken um viele Dinge; und Carrie Brown war mit Sicherheit nicht sein letzter Gedanke ...

*

Am ersten Schultag mußte Carrie wieder einmal voller Schrecken feststellen, daß sie zu den meisten ihrer Schüler *aufsehen* mußte. Mit echter Panik beobachtete sie die älteren Jungen, die nicht viel jünger waren als sie selbst und offenbar von ihrer Anwesenheit nicht sehr angetan waren. Zwei der halbwüchsigen Mädchen flüsterten miteinander und tauschten neckische Blicke mit einem Farmerssohn zu ihrer Rechten aus.

Als Carrie sich räusperte, wurde es totenstill im Raum. Sie zog die Schublade ihres Tisches auf – und schreckte mit einem kleinen Aufschrei zurück. Die halbwüchsigen Jungs grinsten in Erwartung eines Panikanfalls, doch Carrie sagte nur trocken: „*Thamnophis sirtalis sirtalis* – eine gemeine Gürtelschlange. Typisch für diese Gegend." Carrie nahm die etwa vierzig Zentimeter lange Schlange aus der Schublade und ließ sie über ihre Hände gleiten. „Nicht giftig und ein besonders guter Insektenvertilger für den Garten." Sie machte eine Pause und lächelte die Jungs in der hinteren Reihe an. „Wessen Mutter hat den größten Garten?"

Tatsächlich ging eine Hand hoch. Die männliche Stimme dazu befand sich mitten im Stimmbruch, was einen Kicherchor bei den Mädchen hervorrief. „Meine, Madam. Wir sind zehn Brüder, und da braucht sie schon 'ne Menge Gemüse."

Carrie hob die Augenbrauen. „Zehn Jungs und kein einziges Mädchen?"

„Doch, meine Schwester Tess. Aber sie ist noch zu klein für die Schule."

„Dann mußt du wohl Ned Carter sein. Nimm doch am besten die Schlange mit nach Hause und setz sie in euren Garten. Vielleicht bauen wir ja mal einen Käfig für sie und betreiben Studien an Schlangen, dann könntest du nochmal eine fangen. Das nennt man Herpetologie, und es wird euch bestimmt gefallen. Am besten wäre eine *Pituophis melanoleucus sayi*, eine Bullenschlange. Aber eine große, bitte! Hier, Ned", sie reichte ihm die Schlange, „steck sie in deine Schreibtischschublade; da kann sie bis nach Schulschluß bleiben. Und jetzt", sie wandte sich wieder dem Pult zu, „würde ich gern anfangen. Mein Name ist Miss Brown. Ich bin bei den Indianern aufgewachsen, und ich mag Schlangen, Frösche und Mäuse. Eigentlich mag ich alles, womit man Lehrerinnen normalerweise so erschrecken kann."

Sie lächelte die Jungs in der hinteren Reihe strahlend an. „Wir werden sicher gut miteinander auskommen. Ich schlage meine Schüler nur sehr ungern, und ihr erschreckt sicher normalerweise auch keine Damen, nicht wahr? So, jetzt stellen wir uns am besten erstmal alle vor. Ich bin wie gesagt Miss Brown."

Bis zum Mittag hatte Carrie die Namen ihrer fünfzehn Schüler gelernt, hatte erfahren, wo sie wohnten, wie weit sie in der Schule waren und wieviele Geschwister sie hatten. Was sie nicht wußte, war, daß Ned, Matthew und Philip sich in der Pause trafen und schworen, die neue Lehrerin von nun an zu beschützen.

Ned schluckte einen riesigen Bissen von seinem Brot herunter und sagte kauend: „Sie ist nicht übel. Wir hatten noch nie 'ne hübsche Lehrerin. Am besten behalten wir sie."

Matt und Philip nickten, und damit war die Sache besiegelt.

*

In der vierten Woche brachte Ned ein flachsblondes kleines Mädchen mit und richtete von seinem Vater aus, Carrie solle sie „lehren und hart machen. Bestrafen ist auch in Ordnung, wenn's nötig ist. Hauptsache, sie lernen was."

Carrie entdeckte bald, daß die kleine Tess das liebenswerteste Kind war, das ihr je begegnet war. Sie war sechs Jahre alt und so klein, daß ihre Füße den Boden nicht berührten, wenn sie auf dem Stuhl saß. Carrie legte ihr ein Wörterbuch unter, damit sie sich darauf abstützen konnte.

„Danke, Madam", piepste sie ernsthaft.

Carrie flüsterte ihr zu, daß sie das früher auch so gemacht hätte, als sie noch nicht erwachsen war.

„Sehr weit gekommen sind Sie ja nicht mit dem erwachsen werden", sagte die Kleine daraufhin ehrlich.

Carrie lächelte sie an. „Da hast du recht, Tess."

Als sie die kleineren Kinder das Alphabet aufsagen ließ, stellte sie fest, daß Tess die Buchstaben alle mitsprach. Auf ihre

Frage sagte die Kleine: „Ned hat mir die Buchstaben beigebracht, Madam. Er hat sie auf den Boden gemalt, und dann hab ich sie nachgesprochen."

Im Verlauf der folgenden Wochen stellte Carrie fest, daß sie die geborene Lehrerin war. Sie liebte ihre Schüler und die Arbeit, und sie bereitete ihre Stunden mit großer Sorgfalt vor. Die wenigen Eltern, die sich über ihren fehlenden Abschluß beschwert hatten, sahen die Früchte ihrer Arbeit und begannen das Ende des Halbjahres zu fürchten, denn dann würde sie wieder fortgehen.

Zum Ende des Halbjahres hin luden die Schüler ihre Eltern zu einem Vortragsabend ein, um das Gelernte vorzuführen. Carrie und die Kinder arbeiteten gemeinsam den ganzen Tag, putzten und wischten und schmückten den kleinen Raum mit Papierketten und Laub.

Am Abend war jeder Winkel des Schulhauses vollgestopft mit Menschen, und jedes Kind hatte seinen kleinen Auftritt. Danach sangen sie noch gemeinsam einige Weihnachtslieder, und als die kleine Tess Carter aufstand und das gesamte erste Kapitel des Lukasevangeliums auswendig vortrug, brachen alle in begeisterten Applaus aus.

James lehnte sich zu Carrie hinüber und sagte: „Du hast gute Arbeit geleistet, Carrie."

Carrie platzte fast vor Stolz. Und sie wußte, sie wollte Lehrerin sein und nichts anderes.

Kapitel 25

Der 12. Januar dämmerte herauf. Große Schneeflocken sanken weich zu Boden, doch es war beinahe warm, und Carrie beschloß, auf der schwarzen Stute Lakota zur Schule zu reiten. Die kleine Stute schnaubte und schüttelte verspielt den Kopf, als Carrie ihr den Sattel auflegte.

„Wir machen einen schönen Ausritt, Lakota", erklärte sie ihr, „und dann hören wir der kleinen Tess bei ihrem Gedicht zu. Du solltest sie mal sehen, wie sie so ernsthaft da steht mit gefalteten Händchen. Sie ist einfach zu süß!"

Als Lakota den Hügel im Galopp erstürmte, auf den das Schulhaus erst vor kurzem umgesiedelt worden war, sah Carrie zu ihrem Erstaunen Rauch aus dem Schornstein quellen. Da kam auch schon Ned Carter aus dem Gebäude gelaufen. „Ich kümmere mich um das Pferd, Miss Brown", bot er an. „Ich bin extra früher gekommen, um schon mal zu heizen."

„Vielen Dank, Ned", sagte Carrie und ließ sich von Lakotas Rücken gleiten. „Willst du dir bessere Noten einheimsen? Dann ist Feuer machen eindeutig ein sehr guter Weg!"

An diesem Tag kamen nur ungefähr ein Dutzend Kinder.

„Mein Pa sagt, es wird einen Schneesturm geben", erklärte Matthew Glenn, „aber wir haben's ja nicht weit. Die Millers und die Dawsons sind aber sicher deshalb nicht da."

Carrie sagte nichts, aber innerlich dachte sie: *Meine Güte, wir sind hier in Nebraska! Was machen schon ein paar Zentimeter Schnee?*

Ned hatte seine kleine Schwester Tess auf einem Schlitten zur Schule gezogen, und in der Mittagspause fuhren alle Kinder darauf den Hügel hinunter. Dann riefen sie Carrie zu: „Kommen Sie, Miss Brown! Soo alt sind Sie doch noch nicht! Sie müssen auch mal fahren!"

„Naja“, sagte Carrie, „ehrlich gesagt liebe ich Schlittenfahren!“ Und schon rannte sie los und sprang auf den Schlitten. Atemlos und lachend kam sie am Fuß des Hügels an.

Als sie den Hügel wieder hinaufgekeucht kam, sagte Ned. „Miss Brown, sie sollten sich das besser mal ansehen!“

Er deutete nach Nordwesten. Der Himmel dort war schwarz.

„Was bedeutet das, Ned? Du bist hier aufgewachsen.“

Ned sah besorgt aus. „Ich denke, es ist ein guter, altmodischer Blizzard, Madam.“

„Na, dann fachen wir wohl besser das Feuer gut an. Wir haben ja noch jede Menge Kohle.“

„Das ist nicht das Problem, Madam. Wenn der Sturm hierher kommt, kann er leicht das ganze Schulhaus von diesem Hügel fegen, und dann hilft uns auch kein Ofen mehr.“

Carrie sah ihn zweifelnd an. „Meinst du wirklich, daß es so gefährlich werden könnte?“

Einige andere Jungs standen nun um sie herum. „Haben Sie's schon mal *waagerecht* schneien sehen, Miss Brown?“ fragte einer.

Carrie beendete den Unterricht für diesen Tag, und bald kamen die ersten Eltern, um ihre Kinder abzuholen.

„Ist besser so, Miss Brown“, sagte ein Vater. „Das könnte übel werden. Diese Wolken gefallen mir gar nicht. Machen Sie am besten, daß Sie schnell nach Hause kommen, hören Sie?“

Nach einer Stunde waren nur noch Ned und Tess übrig. Die schwarze Wolkenwand schien immer näher zu kommen, und Carrie machte sich langsam wirklich Sorgen.

„Pa wollte heute ein paar Ferkel nach Lincoln bringen“, erklärte Ned, „er wußte nicht, wann er zurückkommen wird. Aber wir schaffen's schon, Miss Brown. Ist ja nicht so weit. Reiten Sie nur nach Hause; wir machen uns auch auf den Weg.“

Carrie wußte über Ben Carters Besuche in Lincoln Bescheid. Meist endeten sie im Rausch in irgendeinem Saloon. „Ned, ich weiß, daß du ein starker junger Mann bist, und normalerweise würde ich dich einfach losziehen lassen, aber ich bin für euch verantwortlich, und ihr müßt genau in die Richtung gehen, aus der diese Wolken kommen. Warum kommt ihr nicht einfach mit mir nach Hause? Ihr könnt auf der Callaway-Farm übernachten, und ich werde eurem Pa auf der Tafel eine Nachricht hinterlassen, so daß er weiß, wo ihr seid. Außerdem hätte ich ehrlich gesagt gern deine Begleitung, falls ich in den ersten Blizzard meines Lebens gerate!"

Bei dem Gedanken, seine Lehrerin zu beschützen, willigte Ned schnell ein. Carrie bestand darauf, daß Tess und Ned auf Lakota ritten.

Sie machten sich auf dem Weg, und kaum hatten sie die Straße erreicht, als der Sturm einsetzte. Plötzlich blies ein heftiger Wind und trieb den Schnee in großen Wellen durch die Luft. Es war, als wäre plötzlich um sie herum ein weißer Vorhang heruntergefallen. Carrie drehte sich um, um den Kindern Mut zuzusprechen, doch der Wind riß ihr die Worte von den Lippen und blies sie fort. Sie stellte fest, daß sie die Kinder nicht einmal mehr sehen konnte; sie mußte sich an Lakotas Hals entlang zum Sattel vortasten. Dann schrie sie: „Ned, knöpf deinen Mantel auf und steck Tess mit hinein! Und haltet euch um Himmels Willen gut fest!"

Sie stolperte zurück zu Lakotas Kopf und ging weiter. Die weiße Wand blendete alles um sie herum völlig aus, und Carrie spürte, wie eine schreckliche Angst sie überfiel. Wie konnte es dunkel und gleichzeitig so weiß sein? Sie umklammerte Lakotas Zügel und hielt sich mit der anderen Hand ihren Schal vors Gesicht. Lakotas Nüstern waren mit einer Eisschicht bedeckt, und als Carrie sich in den Wind drehte, um sie zu entfernen, bedeckte der Schnee ihr eigenes Gesicht so schnell, daß sie befürchtete, ihre Augen würden ihr zufrieren.

Das einzige, was ihr ein Gefühl für die Richtung gab, war der Wind. Er war aus Nordwesten gekommen, und sie betete, daß er nicht gedreht hatte. Inzwischen kam sie durch den immer tiefer werdenden Schnee nur noch mit Mühe vorwärts.

Plötzlich begann Lakota an den Zügeln zu ziehen. Als Carrie

nicht nachgab, wieherte die Stute und blieb dann einfach stehen. *Vertrau dem Pferd, Roter Vogel. Es kennt den Weg nach Hause.* Wilder Adlers Worte fielen ihr ein. Sicher wußte er mehr über Nebraska als sie, und er hatte Lakota selbst zugeritten.

Ihre Handschuhe waren an den Zügeln festgefroren; sie riß sie los und legte der Stute dann die Zügel über den Hals. Vorsichtig tastete sie sich am Körper des Pferdes entlang zu den halb erfrorenen Kindern vor und schrie ihnen zu: „Ich weiß den Weg nicht, aber Lakota wird uns heimbringen! Ich halte mich an ihrem Schweif fest und lasse sie einfach laufen!"

Sobald Lakota den Kopf frei hatte, drehte sie sich in die entgegengesetzte Richtung und begann sich durch die immer höher werdenden Schneewehen zu kämpfen.

*

James Callaway hatte seine Einkäufe erledigt und war von Lincoln aufgebrochen, sobald er die dunklen Wolken im Norden gesehen hatte. Seinen Begleiter, Ben Carter, hatte er volltrunken in einem Saloon aufgefunden. Er hatte dem Bartender etwas Geld gegeben und ihn um ein Bett für Ben gebeten. „Sieht übel aus, der Sturm. Ich muß zu meiner Frau und dem Baby nach Hause. Sag Ben, daß ich an der Schule vorbeifahre und nach seinen Kindern sehe. Sie können bei mir bleiben, bis er nach Hause kommt."

Auch James wurde von der Schneewand überrollt, als er kaum zwei Kilometer von der Schule entfernt war. Er war sehr erleichtert, Carries Nachricht an der Tafel vorzufinden. *Gutes Mädchen. Und Elisabeth ist nicht allein!*

Noch ein Stück weiter südlich packte der Wind James Wagen und warf ihn wie ein Spielzeug auf die Seite. James konnte gerade noch abspringen und versuchte, seinen kräftigen Pferden dabei zu helfen, den Wagen wieder aufzurichten. Doch es war hoffnungslos, und so spannte er die Pferde eilig aus. Mit tauben Fingern knotete er die langen Fahrleinen um sich und stolperte dann hinter den Pferden her durch die weiße Nacht.

*

Kaum drei Kilometer vor James tat die kleine Stute Lakota, was sie konnte, um sich einen Weg durch die Schneewehen zu bahnen. Die beiden Kinder, die auf ihrem Rücken kauerten, waren inzwischen halb bewußtlos vor Kälte, Angst und Müdigkeit. Hinter dem Pferd taumelte Carrie auf gefühllosen Füßen her und hielt den Schweif mit einer ebenfalls immer tauber werdenden Hand umklammert. Der Schnee, der sich immer wieder in der Mantelfalte zwischen ihren Beinen festsetzte, machte das Gehen fast unmöglich, außer, sie hielt den Mantel mit einer Hand hoch. Ihre Kleidung war durch die Körperwärme zu einer eisenharten Rüstung gefroren. Schon lange hatte sie aufgehört zu zittern, zu beten und zu denken. Es forderte ihre ganze Konzentration, sich auf die unglaublich schwierige Aufgabe zu konzentrieren, einen Fuß vor den anderen zu setzen.

Plötzlich steckte sie in einer riesigen Schneewehe fest, und der schwarze Schweif entglitt ihren steifen Fingern. Sie griff schwach danach, doch er war fort. Die weiße Wand hatte Lakota verschlungen, und Carrie war allein. Sie schrie nach den Kindern, doch es gab keine Antwort. *Weiter, Carrie. Geh weiter!* Mit übermenschlicher Anstrengung richtete Carrie sich auf und quälte sich ein kleines Stück weiter. Sie hatte keine Ahnung, ob sie in die richtige Richtung ging oder nicht. Es schien ihr Stunden zu dauern, bis sie gegen etwas stieß. Zuerst dachte sie, sie hätte Lakota wiedergefunden und weinte vor Erleichterung, doch das Tier, das sie berührte, war eine Kuh, die sich in einen Heuschober gelegt hatte. Heu! Mit letzter Kraft kroch Carrie neben der Kuh ins Heu, so tief sie konnte. Dann begann sie zu schluchzen: „Lieber Gott, lieber Gott, die Kinder! Bitte führe Lakota nach Hause, Herr!“ Sie betete und weinte, bis das unterdrückte Heulen des Windes sie in einen unnatürlichen Schlaf lullte.

*

James Callaways Pferde fanden den Weg nach Hause, obwohl sie nichts sehen konnten. Blind rannten sie gegen die Westwand der Scheune, und James stolperte zwischen ihren Hinterteilen nach vorn und pries Gott laut, als er die Scheunenwand spürte. Er tastete sich zum Tor, das bereits offen stand, und führte die Pferde hinein. Der Schnee drang durch jede kleine Ritze in den Holzwänden und lag bereits in kleinen Schneewehen auf dem Boden der Scheune.

James schlug die Hände zusammen, damit sie wieder beweglich wurden und er die Pferde versorgen konnte. Plötzlich hörte er ein leises Wiehern und ein menschlich klingendes Wimmern, und als er sich herumdrehte, sah er Lakota, die in der letzten Box stand. Auf ihrem Rücken kauerten zwei halb erfrorene Kinder.

*

Als der Sturm begann, hatte Elisabeth alle Lampen angezündet, die sie finden konnte, und sie in jedes Fenster des Hauses gestellt. Besorgt ging sie hin und her und betete und hoffte, daß James in Lincoln geblieben war und Carrie im Schulhaus. Als der Wind einen Fensterladen zuknallte, öffnete Elisabeth die Tür, um ihn wieder zu befestigen. Die Wucht des Sturms warf sie beinahe um, und es gelang ihr nur unter Aufbietung aller Kräfte, die Tür wieder zu schließen. In diesen wenigen Augenblicken waren bereits Unmengen Schnee ins Haus geweht, und als die Tür wieder zu war, fegte Elisabeth den Schnee zusammen und stellte ihn in einem Topf zum Schmelzen auf den Herd. Wer wußte schon, wann man wieder vor die Tür gehen konnte? Dann kümmerte sie sich um den Kleinen, der zu weinen begonnen hatte.

Später setzte sie sich mit ihrer Bibel an den Tisch und versuchte zu lesen und zu beten. Plötzlich flog die Hintertür auf, und James stolperte mit zwei kleinen Gestalten im Arm hinein.

Elisabeths Erleichterung war nicht von langer Dauer. Sobald sie die beiden Kinder aus den gefrorenen Mänteln befreit hatten, stammelte Ned: „Miss Brown . . . sie . . . sie hat sich verirrt! Sie hatte Lakotas Schweif gepackt und gesagt, daß sie uns heimbringen würde!"

„Ich werde sie finden!" sagte James grimmig. „Laß die Lampen, an, Elisabeth!" Er eilte ins Nebenzimmer, warf die hartgefrorenen Sachen ab und kleidete sich sorgfältig in mehrere Schichten trockene Kleidung. Darüber kam ein alter Büffelfellmantel, eine Pelzmütze und dicke Handschuhe. Dann packte er sein Gewehr und stürzte sich wieder in die weiße Hölle.

Elisabeth tat ihr bestes, um die Kinder aufzuwärmen und ihnen die Angst zu nehmen. Der Wind flaute lange genug ab, um zwei große Töpfe Schnee von draußen zu holen. „Steckt eure Hände und Füße hier hinein, damit sie ganz langsam auftauen. Habt ihr Hunger?" fragte sie.

Die kleine Tess wimmerte, als ihre Finger und Zehen langsam wieder durchblutet wurden, doch ihre Augen leuchteten auf, als Elisabeth Brot, Butter und Hähnchenfleisch brachte. Die Kinder aßen mit gutem Appetit und tranken beide fast einen halben Liter warme Milch. Elisabeth hielt sie so lange wie möglich wach, doch bald schon drohten sie von den Stühlen zu fallen. Elisabeth steckte sie unter einem ganzen Berg Decken ins Bett, und sie fielen sofort in einen tiefen Schlaf. Ihre Wangen hatten einen rosigen Ton angenommen, der Elisabeth verriet, daß sie den Sturm irgendwie ohne Erfrierungen überstanden hatten.

Sie ging in die Küche zurück, erhitzte soviel Schneewasser, wie sie konnte, und setzte sich dann ans Fenster, um auf James zu warten. *Oh bitte, Gott, laß ihn Carrie finden. Du weißt, wo sie ist; bitte zeig sie ihm. Hilf James, sie zu retten!* Wieder und wieder betete sie diese Worte, bis erneut die Hintertür aufging. Eine völlig unkenntliche Gestalt taumelte herein, und erst, als Elisabeth die dicke Eisschicht aufgebrochen hatte, die den Mann von Kopf bis Fuß bedeckte, erkannte sie James.

Seine Stimme war verzweifelt. „Ich kann sie nicht finden, Elisabeth. Keine Spur von ihr! Man kann einfach nichts sehen."

Elisabeth schlang die Arme um ihn. „Du hast getan, was du konntest, James. Gott weiß, wo sie ist, und wir müssen ihm vertrauen." Ihre Tränen mischten sich mit James', und die beiden standen lange eng umschlungen in der Küche des alten Farmhauses.

*

Der Sturm hielt an bis zum nächsten Morgen. Sobald der Wind nachließ, weckte die plötzliche Stille alle im Haus. Ned und Tess rieben sich verschlafen die Augen und wußten gar nicht mehr, wo sie waren und was passiert war. Auch der kleine James Windreiter war erstaunt, die beiden Besucher zu sehen.

„Guten Morgen, ihr drei", begrüßte Elisabeth sie. „Der Sturm ist vorbei!" Sie hob das Baby auf und lächelte Ned und Tess an. „Ihr könnt hierbleiben, bis euer Pa euch abholen kommt."

„Wo ist Miss Brown?"

Elisabeth hielt in der Tür an und sah über ihre Schulter in zwei ernste junge Augenpaare. „Wo ist Miss Brown?" wiederholte Ned.

Elisabeth räusperte sich. „Nun, wißt ihr, sie . . .", ein Kloß formte sich in ihrem Hals. „Mein Mann hat sie nicht gefunden."

Die volle Bedeutung dieser Worte sank erst langsam in das Bewußtsein der Kinder. Tess blinzelte und begann zu weinen; auch Ned wischte sich die Tränen von den Wangen. „Komm schon, Tess, ihr ist bestimmt nichts passiert", sagte er tapfer. „Sie ist sicher bei irgend jemandem untergeschlüpft, du wirst sehen."

Elisabeth fügte an: „Mein Mann ist gleich heute früh wieder losgegangen, um sie zu suchen." Sie schluckte hart. „Ich bin sicher, daß er sie uns zurückbringen wird."

Sie saßen beim Frühstück, als James die Tür auftrat und mit etwas in den Armen in die Küche stürmte, das wie ein Bündel Lumpen aussah. Ohne etwas zu sagen eilte er an Elisabeth vorbei ins Schlafzimmer; Elisabeth griff sich eine Schere und rannte hinter ihm her. Im Weggehen rief sie den Kindern zu: „Ihr zwei bleibt hier im Warmen, ja? Ned, kannst du bitte ein Auge auf den Kleinen haben?“

Sie mußten Carrie die steifgefrorenen Kleider vom Leib schneiden. Während sie arbeiteten, sagte James mit zusammengepreßten Lippen: „Sie ist durch den Schnee gekrochen, Elisabeth. Sie konnte nicht mehr laufen.“

Carries Wangen und Nase waren schwarz vor Erfrierungen. Sie schien nicht sprechen zu können, und ihre Hände und Füße hatten eine beängstigende dunkle Farbe. Doch ihre blauen Augen verfolgten dankbar jede Bewegung ihrer Helfer. James schleppte einen Waschzuber herein, den sie mit Schnee füllten, um Carries Glieder langsam aufzutauen. Als die Blutzirkulation in ihrem Gesicht und ihren Händen langsam wieder einsetzte, begannen die Schmerzen. Carrie mußte sich auf die Lippen beißen, um nicht laut zu schreien.

Elisabeth arbeitete stundenlang, bis Carrie in einen erschöpften Schlaf fiel. Selbst dann noch badete Elisabeth ihre Füße in Kerosin und versuchte sich an andere Mittel gegen Erfrierungen zu erinnern.

Ned und Tess hielten sich sehr tapfer. Sie spielten mit dem kleinen James Windreiter und machten sich selbst etwas zum Mittagessen. Große Schneewehen hatten sich an der Nordseite des Hauses angehäuft, so daß die Fenster versperrt waren. James hatte sich einen Weg zur Scheune gegraben, um die Tiere zu versorgen und dann auf seinem Falben nach Lincoln zu reiten und den Arzt zu holen.

„Er holt den Doktor, und er sagt auch eurem Pa Bescheid, daß ihr bei uns seid. Euer Vater ist in Lincoln geblieben, wißt ihr“, erklärte Elisabeth den Kindern.

Die beiden sahen sie mit einem Blick an, der ihr klarmachte, daß keine weiteren Erklärungen nötig waren.

„Können wir Miss Brown sehen?“ wollte Ned wissen.

„Sie schläft, Ned.“

„Wird sie wieder gesund?“

Elisabeth antwortete ehrlich: „Ich weiß es nicht, Ned. Hoffentlich. Es war schrecklich kalt letzte Nacht, und ihre Hände und Füße sind erfroren. Wir werden einfach warten müssen, was der Doktor sagt.“

Kapitel 26

Nein! Das können Sie nicht tun! Ich werde es nicht zulassen!"

Carrie zog sich die Decke bis ans Kinn und sah flehend zu Sarah hinüber. „Sarah, du bist eine so gute Krankenschwester. Wenn du meine Hand versorgen würdest . . ."

Doch Carries Hand hatte so schwere Erfrierungen davongetragen, daß keine Medizin der Welt sie retten konnte. Deshalb mußten an dieser Hand zwei Finger amputiert werden. Dr. Gilbert hatte die Operation schnell und fachgerecht durchgeführt, und dann war er nach ein paar Instruktionen für Sarah wieder abgefahren; Ned und Tess hatte er mitgenommen, um sie unterwegs zu Hause abzuliefern.

Während Carrie noch die Narkose ausschlief, setzten sich Sarah und Elisabeth in die Küche, tranken einen Kaffee und unterhielten sich leise. „Weiß sie schon, daß . . . ich meine, hat Dr. Gilbert ihr gesagt . . .", Elisabeth konnte die schrecklichen Worte einfach nicht über die Lippen bringen.

Sarah schüttelte den Kopf. „Nein, er dachte, das wäre wohl zuviel für sie. Er sagt, es muß nicht sofort sein. Sie ist sowieso in einer viel zu schlechten Verfassung, um sie nach Lincoln zu bringen. Er hätte sie gern dort, wenn er . . . den zweiten Eingriff machen muß."

Elisabeth streichelte ihr über die Hand. „Ich bin so froh, daß du hier bist, Sarah! Das ist eine große Hilfe. Ich weiß, daß Gott mir die Kraft geben würde, aber ich bin sehr dankbar, daß ich das nicht allein durchstehen muß. Meinst du, sie hat mitbekommen, wie schlimm es um ihre Füße steht? Ob sie etwas ahnt?"

„Ich denke, sie glaubt, daß es nun vorbei ist und alles ganz normal wieder heilen wird."

„Wann wird Dr. Gilbert sicher wissen, was zu tun ist?"

„In ein paar Tagen. Er hat mir genau erklärt, auf was ich achten muß."

„Dann müssen wir Carrie auf das Schlimmste vorbereiten – und hoffen, daß es nicht eintritt!"

Doch das Schlimmste trat ein. Als Dr. Gilbert kam, betrachtete er ihre Füße und schüttelte traurig den Kopf. Dann setzte er sich auf Carries Bett und kämpfte mit den Worten.

„Sie wollen mir doch etwas sagen?" Carrie beobachtete, wie er sinnlos in seiner Tasche herumwühlte. Elisabeth brachte einen Teller Suppe, doch anstatt sofort wieder zu gehen, setzte sie sich still auf die andere Seite des Bettes.

Carrie sah von einem zum anderen und sagte dann mit mühsam beherrschter Stimme: „Sagt's mir schon!"

Dr. Gilbert seufzte. Dann fing er an: „Miss Brown, ich habe getan, was ich konnte, und Miss Biddle und Mrs. Callaway haben meine Anweisungen ganz genau befolgt. Und Sie selbst waren eine sehr gute Patientin. Aber wie es scheint, ist die Durchblutung Ihrer Füße nachhaltig zum Stillstand gekommen."

„Es wird also nicht besser werden?" wollte Carrie wissen. „Auch nicht mit der Zeit?"

„Ich fürchte nicht."

Carrie dachte eine Weile darüber nach, und während sie langsam begriff, was das bedeutete, wurden ihre Augen immer größer. Sie schaffte es kaum, die Frage hervorzuwürgen: „Dann wollen Sie also . . . amputieren?"

Als es einmal ausgesprochen war, überwältigte sie der ganze Schrecken dieses Wortes. Sie hielt den Atem an; ihr Kinn begann zu zittern. Sarah eilte zu ihr herüber und ergriff ihre Hand; Elisabeth senkte den Kopf, um ihre eigenen Tränen zu verbergen.

„Nicht vollständig, Miss Brown." Dr. Gilbert konzentrierte sich auf die Fakten. „Nur die Zehen und einen Teil des vorderen Fußes."

Carrie sah ihn aus weit aufgerissenen Augen an. „Sie werden bestimmt besser werden! Das Blut wird mit der Zeit wieder anfangen zu zirkulieren!"

Dr. Gilbert schüttelte wieder den Kopf. „Nein, Miss Brown, das wird es nicht."

„Wie können Sie da so sicher sein?" Carries Stimme zitterte von einer Mischung aus Zorn und drohender Panik.

Sarah fiel ein: „Hör auf Dr. Gilbert, Carrie. Er ist der beste Arzt, den wir haben. Und er würde nichts tun, wenn er sich nicht ganz sicher wäre."

Dr. Gilbert fuhr fort: „Wenn wir noch länger warten, riskieren wir einen Wundbrand. Im Moment ist das durchblutete Gewebe noch gesund, und das ist ein Segen." Sein Gesicht war voller Mitgefühl. „Sie sind eine sehr tapfere und sehr entschlossene junge Frau, Miss Brown, aber Sie müssen schreckliche Schmerzen haben. Ihre Blutgefäße waren so lange unversorgt, daß sie kein Blut mehr transportieren können. Und wo es nicht durchblutet wird, stirbt das Gewebe. Wir müssen das tote Gewebe entfernen, bevor sich eine Infektion auch auf das gesunde Gewebe ausbreitet." Er machte eine Pause. „Wir haben so lange gewartet, wie wir es verantworten konnten, Miss Brown. Ich habe auch gehofft, daß ich mich irre, aber jetzt müssen wir handeln."

„Nein . . . nein, oh nein!" weinte Carrie, und nun liefen ihr die Tränen die Wangen hinunter.

Sarah ergriff wieder ihre Hände. „Ich helfe dir, Carrie. Wir alle werden für dich da sein. Wir sind so dankbar, daß du überlebt hast. Wir hören von immer mehr Toten. Der Schneesturm hat viele Opfer gefordert."

Der Doktor fügte hinzu: „Sie sind jung, Miss Brown. Sie werden ganz schnell wieder laufen lernen und ein ganz normales Leben führen können."

Carrie stöhnte: „Ich werde auf Krücken herumstolpern wie eine alte Frau! Das meinen Sie doch!" Sie stöhnte wieder, diesmal vor Schmerz. „Geht weg! Laßt mich alle in Ruhe!"

Dr. Gilbert legte ihr eine Hand auf die Schulter. „Das Leben ist hart, Miss Brown. Es ist so seine Art, daß es uns Dinge in den Weg legt, die wir nicht wollen. Ich kann mir vorstellen, wie Sie sich jetzt fühlen. Aber ich werde Sie nicht sterben lassen. Sie haben soviel, wofür es sich zu leben lohnt. Und tief in sich wissen Sie das auch. Und ich weiß, daß Sie den Mut haben, dies hier durchzustehen." Er stand auf und ging zur Tür. Dann drehte er sich noch einmal um. „Sie müssen tapfer sein, Miss Brown. Viele Menschen sind nicht so glimpflich davongekommen wie Sie. Einige werden mehr als ein paar Finger und Zehen verlieren, und manche sind tot."

Carrie murmelte: „Ich wünschte, ich wäre eine von denen! Wieso hat Gott mich nicht einfach sterben lassen? Das wäre immer noch besser gewesen als das hier!"

Dr. Gilbert schüttelte den Kopf. „Und hier irren Sie sich, Miss Brown. Ich bin sicher, daß Gott einen großartigen Plan mit Ihnen hat. Er hat Sie zu diesem Heuschober geführt, und er hat Ihnen James über den Weg geschickt. Und er hat dafür gesorgt, daß Sie jetzt in den besten Händen sind. Gott hat sich ziemlich viel Mühe damit gegeben, Sie zu retten, Carrie. Ich bin gespannt, was er mit Ihnen vorhat, wenn Sie wieder auf dem Damm sind."

Carrie hatte sich abgewandt und ihr Gesicht mit den Händen bedeckt. Dr. Gilbert sah, wie das Bett unter ihrem Schluchzen erbebte. Er kam wieder zu ihr zurück und setzte sich auf die Bettkante. „Sie müssen mit Krücken gehen, das stimmt, aber nur anfangs! Sie werden lernen, auch ohne sie zurechtzukommen. Wir alle werden Ihnen dabei helfen. Denken Sie darüber nach. Ich möchte Sie zur Operation in Lincoln haben. Mrs. Hathaway ist außer sich vor Sorge und möchte Sie am liebsten heute schon bei sich im Hotel haben." Er stand auf. „Jetzt ruhen Sie sich aus, während wir den Transport nach Lincoln vorbereiten. Schlafen Sie, wenn Sie können. Später komme ich dann wieder zu Ihnen, und wir besprechen alles weitere."

James hatte regungslos in der Tür gestanden und versucht, sich unsichtbar zu machen. Jetzt wurde er aktiv. Er winkte Elisabeth zu, die aufstand und zu ihm kam. „Sag Dr. Gilbert, daß ich den Wagen anspanne. Am besten lege ich eine dicke Schicht Heu hinein und den alten Büffelfellumhang, um ihn abzupolstern."

Elisabeth nickte. „Und obendrauf legen wir Jamies Federbett. Außerdem werde ich ein paar Backsteine im Ofen erhitzen. Wir wollen es ihr so bequem wie möglich machen."

James ging hinaus, und die anderen versammelten sich in der Küche, um das weitere Vorgehen zu besprechen.

„Könnte Carrie nicht doch hierbleiben, Dr. Gilbert?" fragte Elisabeth.

„Sie würde hier sicher gut versorgt werden, Mrs. Callaway, aber Sie haben ja auch das Kind und die Farm. Mrs. Hathaway hat Carries Großeltern bereits telegraphiert, und sie werden kommen, sobald das Wetter aufklart. Es ist besser, sie jetzt zu transportieren. Sie ist bisher sehr tapfer gewesen, aber ich weiß nicht, wie lange sie das noch durchhält. Ich bin sicher, daß sie auch erleichtert sein wird, wenn die Operation abgeschlossen ist. Und wenn dann noch ihre Freunde und Familie um sie herum sind, wird sie schnell wieder auf den Damm kommen."

„Wird sie denn . . .", Elisabeth biß sich auf die Lippen.

„Wenn sie an ihrer Genesung mitarbeitet, wird sie alles tun können, was sie vorher auch getan hat."

„Außer einen Ehering zu tragen", fiel Sarah ein. „Das war das erste, was sie gesagt hat, als sie nach der letzten Operation aufgewacht ist."

Dr. Gilbert fuhr fort. „Nun, den kann man auch an einem anderen Finger tragen! Sie wird jedenfalls wieder laufen können, auch wenn sie anfangs Krücken brauchen wird. Wenn alles gut läuft, haben wir sie in zwei Wochen wieder auf den Beinen. Fälle wie dieser haben normalerweise eine sehr günstige Prognose. Sarah hat mir erzählt, daß sie Lehrerin werden will, und es gibt absolut keinen Grund, weshalb sie das nicht tun könnte. Wenn sie diese schwere Zeit annimmt, wird sie das zu einem stärkeren Menschen heranreifen lassen. Wir müssen beten, daß sie das zulassen kann. Sie darf sich nicht in Bitterkeit und Selbstmitleid verrennen. Es gibt wirklich keine andere Möglichkeit."

Als Carrie blaß und dick verpackt unter einem Berg Decken

im Wagen lag und Dr. Gilbert gerade losfahren wollte, kam Elisabeth mit dem Kleinen auf dem Arm aus dem Haus geeilt. Sie hatte ein Buch in der Hand.

„Als wir Mamas Sachen ausgepackt haben, ist mir das hier in die Hände gefallen, Carrie. Es ist die Bibel meiner Mutter, in der sie ihre Lieblingsverse unterstrichen hat. Wilder Adler hat sie uns zu J.W.'s Geburt geschickt. Er fand, sie sollte immer an den ältesten Sohn weitergegeben werden. Er selbst hat oft darin gelesen." Ihre Stimme schwankte, als sie Carrie die Bibel zusteckte. „Diese Decke hier oben, die so zerschlissen aussieht – die spiegelt das ganze Leben meiner Mutter wieder. Vielleicht kann Tante Augusta dir ja mal die Geschichte erzählen; sie bringt dir sicher Trost. „Sie drängte ihre Tränen zurück. „Oh Carrie, gib bloß nicht auf! Keine einzige Minute, ja? Ich weiß, daß Gott dich unendlich liebt und für dich sorgt, auch wenn es sich im Moment nicht danach anfühlt."

„Danke, Elisabeth", murmelte Carrie. „Ich kann jetzt nicht mehr dazu sagen, aber ich danke dir."

„Du mußt gar nichts sagen", sagte James sanft. „Heb dir deine Kräfte zum Gesundwerden auf, und denk immer daran, daß wir jeden Tag für dich beten. Und noch was – die Kinder da draußen wollen ihre Lehrerin so bald wie möglich zurück haben."

Dr. Gilbert trieb die Pferde leicht an, und der Wagen setzte sich langsam in Bewegung. Carrie kniff die Augen zusammen und trank die kalte, frische Luft in sich hinein. Irgendwo pfiff ein Kardinal, und Carrie mußte an ihre Mutter denken, die die kleinen Vögel so geliebt hatte. *Du hast deine Schönheit und deine Gesundheit verloren, aber trotzdem hast du Gott gedient.*

Sie sah auf die zerschlissene Decke herunter. *Elisabeths Mutter, Jessie King. Wilder Adler hat mir von dir erzählt. Du mußtest deinen kleinen Sohn begraben und dann deinen Mann, Der den Wind reitet. Und trotzdem hast du Gott geliebt. Und Elisabeth ... dein Ken ist gestorben, doch du bist heimgekommen und hast mit dem Leben weitergemacht.*

Und Augusta ist auch früh Witwe geworden. Ob Dr. Gilbert wohl auch schwere Enttäuschungen erlebt hat? Ich denke schon. Eigentlich hat jeder, den ich kenne, Schweres erlebt, bloß daß sich diese Leute nicht davon haben unterkriegen lassen. Sie blinzelte ihre Tränen weg. *Wie konnte ich erwarten, daß es in meinem Leben keine Schatten geben würde? Ich muß mich jetzt wohl entscheiden, ob ich über dieser Sache zu einer bitteren, haßerfüllten Person werde oder ob ich damit fertigwerden und mein Leben weiterleben will. Dr. Gilbert sagt, ich kann weiterhin Lehrerin sein. Das ist gut. Und er sagt, ich werde wieder laufen lernen. Aber was, wenn ich es nicht schaffe? Das wäre doch schrecklich ...!*

Carrie machte mit ihrem stillen Selbstgespräch weiter und berührte dabei unter den Decken ihre kranke Hand mit der gesunden. Immer noch machte es ihr zu schaffen, daß sie keinen Ringfinger mehr hatte. *Wahrscheinlich muß ich mich einfach damit abfinden, daß ich nie ...* Sie unterbrach sich. *Immer einen Schritt nach dem anderen, Carrie. Zuerst mal bringst du die Operation hinter dich und lernst wieder laufen. Jeder Tag hat seine eigene Plage, heißt es in der Bibel. Also packen wir es einen Tag nach dem anderen an.*

Carrie atmete tief durch und bat dann Dr. Gilbert, ihr noch einmal genau zu erklären, was er bei der Operation tun würde. Sie stellte viele Fragen und malte sich dann einen genauen Plan für ihre Rehabilitation aus. Sie dachte und überlegte, bis die Monotonie der schneebedeckten Landschaft und der knirschenden Räder sie in den Schlaf lullte.

*

Als James Callaways Wagen vor der Küchentür des Hathaway-Hotels vorfuhr, wartete Silas Kellum schon darauf, Carrie in Augustas Apartement zu tragen. Augusta flatterte nervös hin und her, schüttelte die Kissen zum zehnten Mal auf und versprach Carrie das beste Abendessen, das die Schlegelmilch-Schwestern zustandebringen konnten.

„Sarah“, rief Carrie, „bitte vergiß nicht die alte Decke aus dem Wagen und die Bibel, die Elisabeth mir gegeben hat.“ Sie wandte sich an Augusta. „Ich habe den halben Weg hierher geschlafen. Ich glaube, ich würde jetzt gern etwas lesen.“

Als Sarah mit den Sachen zurückkam, stieß Augusta einen erstaunten Laut aus. „Wie ist Elisabeth denn darauf gekommen?“

„Sie hat jede Decke in ihrem Haus zusammengesucht, um mich warmzuhalten“, erklärte Carrie. „Sie sagte, ich soll dich bitten, mir die Geschichte dieser Decke zu erzählen. Meinst du, das könntest du tun, bevor . . .“

Augusta ließ sich in den Schaukelstuhl neben Carries Bett fallen. „Aber natürlich kann ich das, Liebes! Alles fing im Jahr 1843 an, als Jessie King mit ihrem Mann Homer und ihrem kleinen Sohn Jakob mit einem Treck nach Westen zog. Homer King war ein unglaublich starrsinniger Mann . . .“ Die nächste halbe Stunde schilderte Augusta Carrie jedes Detail, an das sie sich aus Jessies Geschichte noch erinnern konnte. Als sie zum Ende kam, wischte sie sich die Tränen von den Wangen und sagte leise: „Siehst du, Carrie, diese Decke ist ein richtiges Erbstück. Natürlich ist sie jetzt nur noch ein alter Lumpen, aber sie verkörpert Schmerz und Heilung, Freude und Leid. Ich denke, daß Elisabeth dir das sagen wollte, Carrie. Das ist es auch, wofür wir alle beten: Daß dieser Schmerz in deinem Leben zur Heilung führt, und daß du anderen Menschen zu einem Segen wirst, so wie Jessie es gewesen ist.“

Carrie dachte lange nach, bevor sie sagte: „Ich würde sagen, da habe ich ja eine ganze Menge guter Beispiele, wenn es um den Umgang mit harten Zeiten geht. Ich werde mein Bestes versuchen.“

Augusta nickte zufrieden.

„Ich habe ein wenig Angst vor morgen“, gab Carrie zu, „aber mit Sorgen erreicht man nichts, richtig? Also hör ich jetzt damit auf.“ Sie versuchte ein halbes Lächeln. „Kann ich etwas zum Abendbrot haben?“

Augusta ging in die Küche, wo Dr. Gilbert gerade Sarah

letzte Anweisungen gab. „Das sind die Fälle, für die ich mir so dringend eine Klinik wünsche! Nächstes Jahr wird es soweit sein, aber Carrie wird hierbleiben müssen. Zum Glück ist mein Haus nicht weit weg, und die Patientin ist leicht zu transportieren. Und da Miss Biddle hier sich bereit erklärt hat, ihre Pflege zu übernehmen, können wir Carrie so bald wie möglich wieder herbringen. Ich bin sicher, daß es keine Komplikationen geben wird, und dann kann sie schon morgen nachmittag wieder in ihrem Bett liegen."

Sarah brachte Carrie ihr Abendbrot und setzte sich mit ihrem Teller in den Schaukelstuhl, so daß sie gemeinsam essen konnten. Plötzlich sagte Sarah. „Du scheinst recht gut mit alledem fertig zu werden, Carrie, aber ich werde dich trotzdem lieber nicht allein lassen, ja? Nicht heute nacht. Du mußt kein Wort zu mir sagen, wenn du nicht willst. Ich bringe mir eine Handarbeit mit und werde mucksmäuschenstill sein. Und wenn du reden möchtest, bin ich da. Ich möchte nicht behaupten, daß ich weiß, wie du dich jetzt fühlst; aber ich weiß, wie sich Schmerz und Trauer anfühlen."

Und so saß Sarah beim Schein der Gaslampe im Schaukelstuhl und stickte, während Carrie schlief.

Im Laufe der Nacht begann Carrie sich wild hin und her zu werfen. Ihre Träume wurden zu ihren Feinden, und sie wachte weinend und zitternd auf. Sarah nahm sie sanft in die Arme. „Es ist ja gut, Carrie. Weine ruhig. Du bist sehr tapfer, das wissen wir alle. Aber auch die Tapfersten haben manchmal Angst. Rede mit mir darüber, laß mich dir helfen!"

„Ich kann nicht", schluchzte Carrie. „Ich kann nicht. Ich versuche, Vertrauen zu haben, Sarah. Wirklich, das tue ich!"

„Du hast Vertrauen, Carrie. Das heißt ja nicht, daß du keine Angst haben darfst oder daß es deswegen nicht weh tut."

Carrie sah sie an. „Danke, daß du da bist. Würdest du mir etwas aus der Bibel vorlesen? Etwas, das meine Gedanken in die richtige Richtung lenkt."

„Und du willst mir nicht sagen, was dir so zu schaffen macht?"

Carrie schwieg eine Weile. Sarah nahm die Bibel und hatte ihre Lieblingsstelle schon aufgeschlagen, als Carrie murmelte: „Die Leute werden mich anstarren."

„Ja, das nehme ich auch an. Aber das tun sie doch sowieso schon, oder? Du bist schließlich eine sehr hübsche junge Frau."

„Es wird anders sein."

„Ja, das wird es."

„Es wird weh tun."

„Das nehme ich an."

Nach einer langen Stille fragte Carrie sehr leise: „Meinst du, daß ein Mann jemanden wie mich . . ." Sie brach ab. „Ach, vergiß es."

Sarah antwortete sofort: „Ich denke, daß ein Mann, der das Glück hat, von dir geliebt zu werden, ein Idiot wäre, wenn ihn so etwas davon abhalten würde."

„Wie ist es für dich, Sarah? Ich meine, ist es so schlimm, allein zu sein?"

„Nein. Es ist nicht schlimm, es ist anders. Es ist wunderbar, Dr. Gilbert zu helfen oder einen Menschen gesund zu pflegen. Das macht mir große Freude. Ich habe gelernt, daß es auch andere Dinge als eine Ehe gibt, die eine Frau erfüllen können. Aber Carrie, du solltest nie denken, daß dieser Unfall dich zu einem Leben ohne Liebe verurteilt. Du wirst ein völlig normales Leben führen können."

Carrie schüttelte langsam den Kopf. „Das hoffe ich, und ich denke, daß ich irgendwie mit allem fertig werden kann. Es hat keinen Sinn, sich jetzt den Kopf darüber zu zerbrechen. Bitte, lies mir etwas vor."

Sarah begann aus den Klageliedern Jeremias zu lesen: *„Dies nehme ich zu Herzen, darum hoffe ich noch: Die Güte des Herrn ist's, daß wir nicht gar aus sind, seine Barmherzigkeit hat noch kein Ende, sondern sie ist alle Morgen neu, und deine Treue ist groß. Der Herr ist mein Teil, spricht meine Seele; darum will ich auf ihn hoffen. Denn der Herr ist freundlich dem, der auf ihn harrt, und dem Menschen, der* *nach ihm fragt.... Denn der Herr verstößt nicht ewig; sondern er betrübt wohl und erbarmt sich wieder nach seiner großen Güte.“*

Bald war Carrie wieder eingeschlafen, doch Sarah las immer weiter, Textstelle nach Textstelle, überall dort, wo Jessie King Verse unterstrichen hatte. Und so drängte sie die bösen Träume aus dem Raum, die Carrie verfolgt hatten.

Kapitel 27

Der Schneesturm, der Carries Leben so verändert hatte, bedeckte das Cheyennetal mit einer so dicken Schneeschicht, daß beinahe keine Anzeichen von menschlicher Zivilisation mehr zu sehen waren. Wilder Adler und David Graue Wolke warteten den Sturm mit James und Martha Roter Flügel in ihrer Blockhütte ab und waren dankbar für das Feuer und den Holzvorrat. Die Indianer im Lager gruben Tunnel von einem Tipi zum nächsten, doch diese waren von außen unsichtbar. Nur die dünnen Rauchfahnen der Lagerfeuer ließen ihre Existenz erahnen.

Zwei Tage nach Abklingen des Sturms ritten Wilder Adler und David Graue Wolke nach Norden zum Lager. Dort stießen sie auf einen Feind, der viel schlimmere Opfer fordern würde als jeder Blizzard: Ein Neuankömmling aus Fort Randall hatte die Pocken mitgebracht und eine Epidemie ausgelöst.

Zuerst hatte sich Der laut ruft mit schmerzenden Gliedern ins Bett gelegt. Niemand hatte sich etwas dabei gedacht, denn Der laut ruft war schon immer etwas wehleidig gewesen. Seine Squaw kümmerte sich liebevoll um ihn. Und schon bald spürte auch sie die ersten Schmerzen in den Knochen, und dann bemerkte sie, daß das Gesicht ihres Mannes mit roten Punkten bedeckt war. Sie verbreiteten sich über seinen ganzen Körper und wurden größer, dann füllten sie sich mit Flüssigkeit und platzten auf. Der laut ruft starb, doch vorher steckte er seine gesamte Familie an, und von da an verbreitete sich die Krankheit blitzschnell im ganzen Lager. Diejenigen, die noch nicht erkrankt waren, flohen und ließen ihre kranken Angehörigen einfach zurück.

James Roter Flügel ritt sofort los, um einen Arzt zu holen, und Wilder Adler, David und Martha, die gegen Pocken geimpft waren, taten ihr Möglichstes, um den Sterbenden beizustehen und ihnen vor ihrem Tod noch die gute Nachricht von Jesus Christus weiterzusagen. Außerdem arbeiteten sie fieberhaft, um möglichst viele Menschen zu retten, obwohl sie wußten, daß es beinahe aussichtslos war.

Tage vergingen, ohne daß sie etwas von James Roter Flügel gehört oder gesehen hätten. Als eine alte Frau ihnen ihren Medizinbeutel überließ, stellte Wilder Adler erfreut fest, daß er *Peshuta natiazilia* enthielt. „Wenn wir das aufkochen, können wir damit die Schmerzen etwas lindern. Ich wünschte nur, wir hätten mehr davon! Das hier ist poipie, das senkt das Fieber, wenn man es als Tee trinkt. Hoffentlich kommt der Doktor bald; sicher hat er bessere Medizin. Aber bis dahin werden wir uns mit unserer Medizin behelfen müssen."

Doch die indianischen Heilmittel halfen nicht besonders gut gegen eine Krankheit, die die Indianer nie hatten bekämpfen müssen. Sie hatten keine Abwehrkräfte und keine Impfungen gegen den aggressiven Pockenvirus und waren so eine leichte Beute. Jeden Tag starben mehr Menschen. Und jeden Tag flohen mehr Überlebende. Wilder Adler und David Graue Wolke arbeiteten bis zur totalen Erschöpfung, wuschen nässende Wunden, beteten und probierten jedes alte Heilmittel aus, das Martha Roter Flügel einfallen wollte.

Rollender Donner folgte ihnen überall hin und versuchte zu helfen. „Ich habe keine Angst vor dem Tod", erklärte er. „Ich habe Jesus kennengelernt, und er wird mich zu sich holen, wenn die Zeit für mich gekommen ist. Ich würde gern in den Himmel kommen. Es ist sehr traurig, das hier zu sehen."

Wilder Adler konnte es plötzlich nicht mehr ertragen. Er erhob sich von dem Krankenbett, neben dem er gekniet hatte, und stolperte nach draußen. Halb bewußtlos vor Erschöpfung kämpfte er sich durch den Schnee, bis er das kleine Schulhaus erreichte. Er taumelte hinein und fiel mitten im Gang auf den Boden, wo er einfach liegenblieb und schluchzte: „Gott, mein Gott, mein Volk stirbt! Hilf mir, sie zu retten, mein Gott. Kannst du nicht in mein Herz sehen? Es zerbricht, Herr. Siehst du nicht, was hier geschieht? Oder kümmerst du dich nicht um eine Handvoll Sioux? Sie sind krank, sie sind halb verhungert. Wie kann ich ihnen erzählen, daß du sie liebst, wenn du sie einfach sterben läßt?"

Er setzte sich auf und lehnte sich an die roh behauene Wand. „Heiliger Geist, sprich du für mich, ich habe keine Worte mehr."

Stundenlang blieb er dort sitzen. Vielleicht hatte er geschlafen; auf jeden Fall hatte er jegliches Zeitgefühl verloren, als er plötzlich Hufgetrappel, Zaumzeugrasseln und Stimmen hörte. Er ging zur Tür und sah, daß James Roter Flügel schließlich doch zurückgekehrt war. Allem Anschein nach hatte er einen Arzt mitgebracht, denn er wurde von einem Mann begleitet, der ein mit Kisten und seltsam geformten Bündeln bepacktes Maultier mit sich führte.

Wilder Adler schleppte sich zu ihnen hinüber. „Zehn sind gestorben, seit du fort bist", sagte er betäubt. „Und mindestens dreißig sind krank."

Ein Blick auf Wilder Adler sagte James, daß sein Freund am Ende seiner Kraft war. „Du hast getan, was du konntest, Wilder Adler. Jetzt mußt du dich ausruhen. Dr. Harvey und ich übernehmen jetzt."

„Die Toten müssen noch beerdigt werden."

„Auch darum werden wir uns kümmern. Bleib einfach hier und schlaf dich aus."

Wilder Adler hatte keine Kraft mehr, um zu widersprechen. Während der Arzt und James zum Lager ritten, kochte Martha Wilder Adler und David Graue Wolke ein Abendessen. Sie aßen es mechanisch und kletterten dann die Leiter zum Heuboden hinauf. David brach mit einem Stöhnen zusammen, und Wilder Adler beugte sich vor, um seine Mokassins auszuziehen.

Er erwachte vom Duft frischen Kaffees und gebratenen Specks. Neben ihm streckte sich David und fragte: „Weißt du, welche Tageszeit es ist?"

Als Wilder Adler den Kopf schüttelte, rief David seine Frage hinunter zu Martha. „Ihr seid gestern Morgen die Leiter hochgestiegen. Jetzt ist es nachmittag des nächsten Tages", antwortete sie.

David und Wilder Adler sahen sich ungläubig an. Dann stiegen sie langsam die Leiter hinunter. Es war bitterkalt, doch die Sonne schien, und im Lager konnten sie Rauchfahnen aufsteigen sehen.

Wilder Adler setzte sich an den Tisch und fragte: „Was ist getan worden, um den Leuten zu helfen?"

„Der Doktor hat alle geimpft, die noch nicht erkrankt waren, und er hat Medizin mitgebracht, um die Schmerzen der Kranken zu lindern." Sie stellte ihnen zwei dampfende Kaffeetassen hin. „Zehn weitere Menschen sind in der Nacht gestorben, und viele andere sind fortgegangen. Die einzigen, die jetzt noch da sind, sind die Kranken und Sterbenden. In ein paar Tagen werden sie entweder tot sein, oder sie werden ihren Angehörigen folgen. James hat beschlossen, daß wir so lange hierbleiben und dann bis zum Frühling nach Santee zurückgehen. Er meint, daß die Sioux vielleicht im Frühling hierher zurückkehren werden. Es ist ein guter Platz zum Leben. Wenn die Krankheit fort ist, werden sie wiederkommen. Und wir alle brauchen Ruhe und Zeit, um zu planen, wie es weitergehen wird."

Die Aussicht, in seine Kammer in Santee zurückkehren zu können, erfüllte Wilder Adler mit tiefer Erleichterung. „Ich dachte schon, ich würde meinen Glauben an Gott verlieren", sagte er leise.

„Das war nur die Erschöpfung, mein Freund", erklang James Roter Flügels Stimme von der Tür her. „Auch Jesus hat Zeiten der Zurückgezogenheit und Ruhe mit seinem Vater gebraucht. Ihr habt dazu keine Sekunde Zeit gehabt, seit ihr hier seid. Der Glaube gerät ins Wanken, wenn der Körper nicht erfrischt wird. Keiner von uns ist unbesiegbar, Wilder Adler. Martha erinnert mich immer daran, daß uns Müdigkeit angreifbar für den brüllenden Löwen macht." James setzte sich neben Wilder Adler und klopfte ihm auf den Rücken. „Gott ist sich sehr bewußt, daß wir nur Staub sind. Er will nicht, daß wir uns selbst mit Arbeit zugrunde richten. Daran mußt du immer denken."

Martha sagte: „Oder such dir eine Frau, die dich daran erinnert!"

Zum Glück kam in diesem Moment Dr. Harvey herein. „Wir haben getan, was wir konnten", sagte er. „Ich muß wieder ins Fort zurück. Dort werde ich Bericht erstatten und anregen, daß sich ab dem kommenden Frühjahr hier ein Arzt niederläßt."

Die Einwohnerzahl des Lagers war von über hundert auf beinahe null gesunken, als Wilder Adler, David, Martha und James ihr erstes Jahr am Cheyennefluß abschlossen. Sie hüllten die Leichen der Verstorbenen in Tücher und suchten ihnen ihre letzten Ruhestätten hoch oben in den Bäumen, die das Flußtal überblickten.

„Das wird der Armee gar nicht gefallen", bemerkte David Graue Wolke, als er den letzten Leichnam in einer Astgabel abgelegt hatte.

Wilder Adler sah ihn an. „Preis und Ehre sei Gott, daß wir nicht für die Armee arbeiten!"

Sie arbeiteten eine Weile schweigend nebeneinander. Dann sagte Wilder Adler plötzlich. „Ich verstehe nichts von dem, was hier diesen Winter geschehen ist. Ich dachte, wir hätten eine Arbeit angefangen, die weitergehen würde. Doch dann kam ein unsichtbarer Feind und entriß uns die Seelen der Menschen. Ich verstehe das nicht. Das werde ich wohl nie verstehen."

„Von denen, die du mir anvertraut hast, habe ich meinen verloren", zitierte Graue Wolke. „Wir werden wieder hierher kommen, Wilder Adler. Und wir fangen wieder von vorne an."

Wilder Adler wandte sich ab. „Ich weiß nicht, ob ich die Kraft dazu habe", sagte er leise. „Im Moment wünsche ich mir nur eins: In meine Kammer in Santee zurückzukehren." Sie gingen zusammen zur Blockhütte zurück. „In Boston habe ich es gehaßt, von Gebäuden umzingelt zu sein und nie den Himmel und das Land sehen zu können. Ich habe mir so sehr gewünscht, hierher zu kommen. Ich hätte nie gedacht, daß ich das Land hier ansehen und mich einsam fühlen könnte.

Ich kenne diese Hügel, diese Bäume und diese Täler. Ich weiß, wo man gut überwintern und jagen kann.“ Er hielt inne. „Sag mir, David Graue Wolke: Warum fühle ich mich jetzt genauso gefangen wie in Boston? Ich bin nach Hause zurückgekehrt, und doch habe ich meine Heimat nicht gefunden.“

David brauchte lange, bis er antwortete. Sie hatten ihre Pferde bestiegen und waren auf dem Weg aus dem Tal hinaus, als er schließlich sagte: „Ich weiß, daß alles ganz anders gekommen ist, als du es geplant hattest, mein Freund. Wir beide sind tief enttäuscht. Aber die Arbeit wird weitergehen. Was mit uns nicht stimmt, ist nicht die Arbeit.“ Wilder Adler runzelte die Stirn und sagte nichts, und David sprach grinsend weiter: „Dr. Riggs hat es uns gesagt, und Martha hat es neulich bestätigt. Ich denke, wir müssen wohl beide zugeben, daß wir ganz dringend eine Frau an unserer Seite brauchen!“

Wilder Adler öffnete den Mund, doch David unterbrach ihn: „Du hast mir selbst gesagt, daß du dir viele Gedanken darüber machst. Denk nicht so viel, mein Freund – tu etwas! Oder meinst du, daß Gott dir eine Frau in den Weg stellt, die ein Schild mit der Aufschrift ‚Für Wilder Adler‘ auf der Stirn trägt?“

Wilder Adler grinste widerstrebend und zuckte die Achseln.

Sie ritten eine Weile schweigend nebeneinander her, bevor David sagte: „Es sollte nicht allzu schwierig für dich sein, Wilder Adler. Ich kann dir allein drei sehr willige Kandidatinnen nennen, falls du Hilfe brauchst. Und übrigens“, fügte er mit einem noch breiteren Grinsen hinzu, „als Carrie und Charity im Herbst hier waren, ist mir aufgefallen, daß Carrie zu einer höchst bemerkenswerten jungen Frau herangewachsen ist . . .“

Beim Anblick von Wilder Adlers überraschtem Gesicht brach David in ein herzliches, lautes Gelächter aus, das das Tal erfüllte und von den Hügeln widerhallte.

Kapitel 28

Als die Missionare vom Cheyennefluß in Santee ankamen, stiegen sie müde von ihren Pferden und gingen langsam in Alfred Riggs' Haus. Dr. Riggs lobte sie für ihren aufopferungsvollen Dienst und stimmte dem Plan zu, daß Wilder Adler und David Graue Wolke im nächsten Jahr zurückkehren würden, vielleicht mit etwas mehr Helfern.

„Und in der Zwischenzeit", sagte er, „geht ihr nach Hause und ruht euch aus. James und Martha, wir werden für ein anderes Ehepaar beten, das eure Arbeit fortsetzt. Jetzt im Frühjahr wird eure Farm eure ganze Aufmerksamkeit brauchen. Jeremiah hat gesagt, daß er gern seine Schwester und seinen kleinen Neffen besuchen möchte. Ich halte das für eine ausgezeichnete Idee. Wenn ich es einrichten könnte, wärst du dann bereit, ein oder zwei Vorträge in Lincoln zu halten?"

Wilder Adler nickte. „Natürlich. Haben Sie denn hier in Santee nichts für mich zu tun?"

„Ich denke, du solltest dir Zeit nehmen, um dich auszuruhen und Zeit mit Gott zu verbringen. Jeder Mensch braucht solche Zeiten der Erfrischung. Ich kann die physische Erschöpfung, die ihr erlebt habt, nur erahnen. Ihr müßt euch unbedingt gegen eine ähnliche geistliche Erschöpfung wappnen."

Sie beteten noch gemeinsam, und dann erhoben sich alle zum Gehen. David drehte sich noch einmal zu Dr. Riggs um. „Haben Sie einen Moment Zeit für mich? Ich würde Ihnen gern eine persönliche Frage stellen."

Wilder Adler, James und Martha bestiegen ihre Pferde und ritten nach Hause. Als sie am Vogelnest vorbeikamen, eilte Charity Bond heraus. „Wilder Adler! Ich habe euch eben vorbeireiten sehen. Ich habe hier einen Brief von Elisabeth für dich. Er ist schon vor einer ganzen Weile angekommen, aber ich wußte nicht, wie ich ihn zu dir hinausbefördern sollte." Sie reichte Wilder Adler den Brief. „Inzwischen hat Elisabeth auch mir geschrieben. Du sollst wissen, daß alles soweit in Ordnung ist. Du wirst einiges lesen, das besorgniserregend klingt, aber alles ist auf dem Wege der Besserung. Mehr möchte ich nicht sagen. Oh, ich bin so froh, daß ihr alle gesund zurück seid! Wir haben viel für euch gebetet. Martha, wenn ich irgend etwas tun kann, um euch zu helfen, sag mir bitte Bescheid, ja?"

Im Haus von James und Martha hatte sich ein Waschbär eingenistet und alles auf den Kopf gestellt. Sie brauchten den halben Tag, bis die Hütte wieder halbwegs so aussah wie das gepflegte Zuhause, das sie hinterlassen hatten. Es war längst dunkel, als Wilder Adler endlich in seiner kleinen Kammer saß, die Lampe entzündete und Eilsabeths Brief öffnete.

Er hatte erst ein paar Zeilen gelesen, als er sich abrupt aufsetzte und den Brief vor Aufregung fast zerknüllte.

*

Wir beten, daß Ihr den Schneesturm gut überstanden habt. Bitte schreib so bald wie möglich und laß uns wissen, ob es euch allen gut geht! James war auf halbem Weg von Lincoln nach Hause, als es losging, aber sein Gespann hat ihn heil und gesund nach Hause geführt.

Carrie hatte nicht soviel Glück. Sie hat (mit Hilfe Deiner klugen Stute) zweien ihrer Schüler das Leben gerettet. Lakota hat die beiden zu uns auf die Farm gebracht, doch Carrie selbst hat sich im Schneesturm verirrt. Sie hat die Nacht in einem Heuschober irgendwo am Weg verbringen müssen, zu dem Gott sie in seiner Gnade gerade noch rechtzeitig geführt hat, als ihre Kräfte am Ende waren.

Dr. Gilbert und Sarah Biddle haben alles getan, was in ihrer Macht stand, aber leider war es notwendig . . .

*

Wilder Adler mußte die Tränen wegblinzeln, bevor er weiterlesen konnte. *Mein kleiner Roter Vogel ... ganz allein, verloren im Schneesturm ... voller Angst und Schmerzen ... und nun wird sie nie mehr dieselbe sein ...* Hatte Charity nicht gesagt, daß alles in Ordnung sei? Wie konnte es in Ordnung sein?

Es war schon spät, und so mußte Wilder Adler eine schlaflose Nacht durchwachen, bevor er wieder nach Santee hinüber ritt. Er wartete in der Dämmerung, bis eine Lampe in der Küche des „Vogelnests" aufleuchtete.

Charity schrak zusammen, als jemand an die Tür klopfte. Ohne Begrüßung bestürmte Wilder Adler sie sofort: „Du sagtest, es sei alles in Ordnung. Was ist in Ordnung? Erzähl mir alles!" Sein Gesicht war von tiefen Linien gezeichnet, und in seiner Stimme lag etwas, das Charity noch nie bei ihm wahrgenommen hatte.

„Elisabeth hat mir geschrieben, daß Carrie in Lincoln ist. Die Operation ist erfolgreich verlaufen, und es geht ihr gut. Du mußt dir keine Sorgen machen. Elisabeth schreibt, daß sie ganz bemerkenswerte Fortschritte macht. Sie macht schon wieder Pläne, bald in die Schule zurückzukehren."

Charity hatte Wasser aufgesetzt und sagte jetzt: „Setz dich doch hin, Wilder Adler. Ich mache dir einen Kaffee."

Wilder Adler gehorchte mechanisch. Während Charity ihre Gedanken zu sammeln versuchte, sagte er: „Sie war es, die mich zum Glauben gebracht hat."

„Ja, ich weiß", sagte Charity sanft.

„Sie ist immer ...", er rang mit den Worten. „Sie ist all die Jahre hier drin gewesen." Dabei deutete er auf seine Herzgegend. Dann sah er Charity an. „Ich sollte nicht so reden. Eigentlich wollte ich nur wissen, ob es ihr gut geht."

Charity sah ihn an und wußte plötzlich, was sie sagen mußte. „Wilder Adler, ich denke, du solltest sie besuchen und dich selbst davon überzeugen, wie es ihr geht. Elisabeth hat mir geschrieben, daß du deinen Neffen sehen möchtest. Er kann inzwischen schon laufen. Es wird höchste Zeit, daß du ihn besuchst. Und Carrie."

„Ja, du hast wohl recht." Wilder Adler ging so abrupt, wie er gekommen war.

Er war kaum fort, da erschien David Graue Wolke in der Tür und lud sich selbst zu einer Tasse Kaffee ein.

„Da geht ein gequälter Mann", sagte er augenzwinkernd in Bezug auf Wilder Adler."

„Gequält?" fragte Charity.

„Ja – er braucht dringend eine Frau und scheint es nicht begreifen zu wollen. Ich dagegen wandle in der Weisheit meines Volkes." Er setzte seine Kaffeetasse ab und grinste Charity an. „Bitte, Miss Bond, würden Sie sich setzen?"

Charity ließ sich mit einem kritischen Gesichtsausdruck auf einen Stuhl sinken.

„Hat Ihnen die Arbeit am Cheyennefluß gefallen, Miss Bond?"

Charity lächelte. „O ja."

„Und hätten Sie Interesse daran, im Frühjahr wieder dorthin zurückzukehren?"

„Oh, hat Dr. Riggs das vorgeschlagen? Ich muß gleich Carrie schreiben, ob sie mitkommt. Wir haben so gut zusammengearbeitet!"

„Ich hatte eigentlich einen anderen Partner für Sie im Sinn."

„Ach ja? Welchen denn?"

„Mich."

Charity sah ihn verblüfft an. „Aber . . ."

„Ist die Idee abstoßend für dich?"

Charity lief dunkelrot an. „Gar nicht, aber . . ."

„Können wir eine Weile darüber beten und abwarten, was Gott tut?"

Charity zögerte. „Ich weiß nicht, was ich sagen soll, David . . ."

„Dann sag nichts, Charity. Bete einfach. Dr. Riggs hat mir vor einiger Zeit geraten, mir eine Frau zu suchen. Dies ist vermutlich nicht der romantischste Weg, so etwas anzufangen, aber es gibt viele gute Ehen, die noch viel seltsamer begonnen haben."

„Ja, das stimmt wohl." Als Hausmutter und Missionarin hatte

Charity sich schon vor langer Zeit angewöhnt, Männer ganz bewußt nicht als Männer wahrzunehmen, sondern nur als Mitchristen. Doch plötzlich sah sie David Graue Wolke mit anderen Augen. Und was sie sah, gefiel ihr sehr. Das war schon immer so gewesen, wenn sie David erblickt hatte, aber sie hatte es nie zugelassen. Jetzt hatte sie die Erlaubnis dazu, und sie stellte fest, daß sie ganz sicher eine Weile darüber beten würde. Doch sie hatte irgendwie die Ahnung, daß es nicht sehr lange dauern würde, bis sie sich vorstellen konnte, David Graue Wolke zu lieben.

Kapitel 29

Carrie erwachte früh aus einer beinahe schlaflosen Nacht und machte sich langsam auf den Weg in die Küche der Callaways, wo sie vergeblich versuchte, das Feuer anzufachen und Wasser aufzusetzen, ohne Elisabeth zu wecken.

Kaum hatte sie sich an den Tisch gesetzt, als Elisabeth auch schon in der Tür stand und fragte: „Alles in Ordnung, Carrie?"

Carrie sah von ihrer Bibel auf und seufzte: „Tut mir leid, Elisabeth, ich wollte dich nicht wecken."

„Mütter haben gute Ohren, Carrie. J. W. hatte mich sowieso schon geweckt. Jetzt schläft er wieder, der Glückliche." Sie sah lächelnd aus dem Fenster. „Es ist schon fast hell, also sowieso Zeit zum Aufstehen." Sie setzte sich Carrie gegenüber. „Bist du aufgeregt?"

„Ich fürchte mich zu Tode!" gab Carrie zu. „Es ist viel schlimmer als letzten Herbst." Sie nahm einen Schluck Kaffee. „Ich wünschte, ich könnte schon ohne die Krücken auskommen. Das würde es auch für die Kinder leichter machen - und für mich! Wir hätten einfach so tun können, als wäre nichts geschehen."

„Carrie", begann Elisabeth ernst, „wenn du dich nicht anders verhältst, dann werden die Kinder sich auch nicht anders verhalten. Mach kein großes Geheimnis aus der ganzen Sache. Sei einfach offen und ehrlich. Laß sie Fragen stellen. Du wirst sehen, alles wird ganz wunderbar laufen." Sie tätschelte Carries Schulter. „Und denk dran, du bist hier die Lokalheldin! Immerhin hast du Tess und Ned das Leben gerettet."

Carrie schüttelte den Kopf. „Die Ehre geht auf Lakotas Konto. Diese kleine Stute ist einfach unglaublich. Als ich in die falsche Richtung gelaufen bin, hat sie nicht locker gelassen, bis ich ihr gefolgt bin." Sie lächelte. „Ich konnte Wilder Adler förmlich sprechen hören: *Vertrau dem Pferd, Carrie. Folge ihr.* Ich wäre nie selbst darauf gekommen, dem Pferd die Führung zu überlassen. Wir wären im Kreis herumgelaufen und ums Leben gekommen. Ich muß ihm unbedingt schreiben und ihm für seinen Rat danken!"

„Du mußt nicht schreiben, Carrie. Du kannst es ihm persönlich sagen. Wilder Adler wird in den nächsten Tagen herkommen."

Carries Gesicht blieb ausdruckslos, doch sie rutschte unruhig auf ihrem Stuhl herum.

Elisabeth erklärte ihr: „Du bist gestern so spät nach Hause gekommen, daß ich vergessen habe, es dir zu erzählen. James hatte einen Brief von Charity dabei; sie schreibt, daß Wilder Adler und die anderen wieder in Santee sind." Sie stand auf und holte den Brief. „Gott sei Dank ist ihnen nichts passiert. Hier, das mußt du lesen."

Carrie las Charitys Bericht von der Tragödie am Cheyennefluß, und ihr blutete das Herz, als sie an Wilder Adler und die anderen dachte, wie sie sich abrackerten, um die Pocken zu besiegen, und die Schlacht trotzdem verloren. Doch dann stieß sie auf eine Passage, die ihr Herz schneller schlagen ließ:

*

... nachdem ich Wilder Adler Deinen Brief gegeben hatte, stand er am nächsten Morgen noch vor Sonnenaufgang vor der Tür. Ich habe ihn noch nie so aufgelöst gesehen. Ich glaube sogar, daß er Tränen in den Augen hatte wegen Carrie.

Ich hoffe, ich habe keinen Fehler gemacht, indem ich ihn ermutigt habe, zu Euch zu kommen und sich selbst von Carries Wohlergehen zu überzeugen. Irgendwie sieht er schlecht aus. Sein Gesicht zeigt die Spuren der Anstrengung, und ich glaube, er könnte ein paar Wochen mit Euch, dem Kleinen, Deinem guten Essen und ein bißchen Arbeit an der frischen Luft gut gebrauchen.

Das geistliche Wachstum, das sich in Carries Briefen widerspiegelt, hat mich sehr ermutigt. Es ist ein wahrer Segen, daß sie über ihrem Leid nicht bitter geworden ist und so gut damit umgeht! Bitte zeig ihr diesen Breif, damit sie weiß, wie sehr ich durch ihr Beispiel gestärkt werde. Ich bete, daß sie im Frühjahr mit uns an den Cheyennefluß zurückkehren wird.

Was heißt „mit uns"? fragst Du Dich jetzt sicher. Nun, das sind die anderen Neuigkeiten, die ich zu berichten habe: David Graue Wolke hat mich gebeten, im Frühjahr mit ihm an den Cheyennefluß zu gehen – als seine Ehefrau!

Wenn Du jetzt überrascht bist, dann geht es Dir wie mir! Ich hatte immer angenommen, daß ich mein Leben mit den Kindern hier in Santee verbringen würde; schon lange hatte ich aufgehört, von meinem Hochzeitstag zu träumen. Ist es nicht erstaunlich, daß Gott gerade dann seine überreiche Gnade über uns ausgießt, wenn wir unsere Wünsche voll und ganz aufgegeben und in seine Hände gelegt haben? Theologisch gesehen verstehe ich das nicht ganz, aber ich bin einmal mehr berührt von seinem Handeln.

Ich habe Davids Vorschlag zugestimmt, eine Weile im Gebet um Gottes Führung zu bitten. Es ist nicht sehr romantisch, aber viele Ehen entstehen aus Freundschaften, und David wird mehr und mehr zu einem sehr guten Freund! Wir haben ja alle Zeit der Welt. Ich muß allerdings zugeben, daß mein Alte-Jungfern-Herz schneller schlägt, wenn ich ihn sehe. Er bringt mich zum Lachen und sagt schöne Dinge zu mir.

Ich muß oft daran denken, wie meine Mutter damals versucht hat, Euch dazu zu bringen, mir die Idee mit Santee auszureden. Wenn sie damals geahnt hätte, daß ich einmal über eine Ehe mit einem Sioux-Indianer nachdenken würde, hätte sie mich wahrscheinlich an meinem Bett festgekettet! Aber Gott hat für alles seine Zeit. Als ich endlich den Mut aufgebracht hatte, ihr von David zu schreiben, hat sie nur gefragt, ob es eine Möglichkeit für sie gäbe, auch mit an den Cheyenne zu kommen.

Ist es zu fassen? Meine Mutter bietet sich an, ihrer Tochter und ihrem indianischen Fast-Ehemann in die Wildnis zu folgen! Anscheinend hat Gott wirklich ein Wunder vollbracht, nicht wahr?

Bitte bete, daß ich wirklich auf Gottes Führung in dieser Sache warte. Ich merke schon, daß ich in meinen Gebeten nicht mehr sehr objektiv bin. David ist nicht so gutaussehend wie Wilder Adler, aber er hat strahlende Augen und dieses ganz gewisse Lächeln ...

*

Carrie gab den Brief kommentarlos an Elisabeth zurück. Zum Glück kam gerade James in die Küche, und sie fragte: „James, wenn es geht, würde ich gern vor den Kindern in der Schule sein." Sie sah zu Elisabeth. „Ich möchte schon am Tisch sitzen, wenn sie hereinkommen, um es ihnen und mir am ersten Tag leichter zu machen."

James sagte mit fester Stimme: „Ach, Carrie, wegen der Kinder mußt du dir keine Gedanken machen. Für sie bist du eine Heldin!"

„Trotzdem, James. Ich würde mich besser fühlen, wenn ich schon sitze."

James nickte und ging zur Tür. „Ich spanne die Pferde an. Den Rest der Arbeit kann ich auch nachher machen."

„Ich danke dir." Carrie saß am Tisch und rieb sich geistesabwesend über den Stumpf ihrer zwei erfrorenen Finger. Sie wollte es sich nicht eingestehen, aber bei dem Gedanken, Wilder Adler wiederzusehen, formte sich in ihrem Magen ein nervöser Klumpen. *Warum muß er so bald kommen? Im Frühjahr könnte ich ohne die Krücken auskommen.* Sie unterbrach sich selbst: *Und warum sollte das eine Rolle spielen? Er ist nur ein guter Freund.*

Das Rattern des Wagens schreckte sie aus ihren Gedanken, und sie humpelte zur Garderobe, um ihren Mantel anzuziehen.

„Mach dir keine Sorgen, Carrie“, ermutigte sie Elisabeth. „Es wird alles wunderbar klappen, du wirst sehen.“

Carrie nickte wortlos und hoppelte auf ihren Krücken aus dem Haus. James half ihr auf den Bock. „Vielen Dank, James. Ich wünschte, mir würde eine Methode einfallen, wie ich ohne Hilfe auf einen Wagen steigen kann.“

„Ein Gentleman hilft einer Dame immer auf den Bock, Miss Brown!“ Er schnalzte, und die Pferde zogen an.

Drei Meilen Fahrt durch den Vorfrühling entspannten Carrie sichtlich. Trotzdem war sie erleichtert, als sie aus dem Schornstein des Schulhauses keinen Rauch aufsteigen sah. Offenbar war noch keiner ihrer Schüler da.

„Könntest du mir wohl etwas Brennholz hereinholen, James?“

„Gern. Kein Problem.“ Er fuhr so dicht vor die Schultür, damit Carrie selbst absteigen konnte und bereits auf der zweiten Stufe stand.

„Danke, James.“

*

Ein paar Sekunden bevor Carrie vom Bock stieg, hatte Ned seinen Klassenkameraden zugezischt: „Sie kommen!“

Dann war er auf seinen Platz nach vorn geeilt, wo die anderen bereits in zwei Reihen hinter dem Lehrerpult standen.

Carrie konzentrierte sich so sehr darauf, auf ihren Krücken zu balancieren und gleichzeitig die Tür zu schließen, daß sie gar nicht aufsah. Sie zog sich mühsam den Mantel aus und hängte ihn auf, bevor sie ein Geräusch herumfahren ließ. Zwei Reihen breit grinsender Gesichter schauten sie an.

Carrie lief dunkelrot an, und bevor sie sich noch wackelig herumgedreht hatte, begannen die Kinder zu singen. Ihre Stimmen waren unsicher, und die meisten von ihnen trafen die Töne nur ungefähr, aber Carrie hatte noch nie in ihrem Leben etwas schöneres gehört als dieses Lied. Sie mußte die Tränen zurückblinzeln und wollte den Kindern danken, doch diese stürmten bereits auf sie zu, umringten sie und wollten ihr am liebsten alle gleichzeitig helfen.

„Kinder!" rief Carrie schließlich. „Vielen, vielen Dank! Bitte setzt euch jetzt alle hin." Sie hatte den Satz noch nicht ganz beendet, als auch schon alle gehorsam auf ihren Plätzen saßen und Carrie erwartungsvoll ansahen.

Carrie ging mit kleinen Schritten zum Pult und hielt sich dabei sehr gerade. Als sie das Pult endlich erreicht hatte, saßen die Kinder noch immer in gespanntem Schweigen da. Carrie sah mißtrauisch auf die Schublade des Pults hinunter und fragte: „Ned, wenn ich diese Schublade öffne, erwartet mich dann eine Überraschung?"

Die Kinder kicherten, und Ned erhob sich errötend. „Nein, Madam, die Schlangen sind diesmal alle zu Hause geblieben."

Als das Gelächter abebbte, wurde Carrie ernst. „Ich bin unserem Gott unendlich dankbar, daß ihr alle hier seid! An dem Tag des Schneesturms habe ich gebetet, daß der Herr auf euch aufpaßt." Sie mußte hart schlucken. „Wie ihr alle wißt, mußte ich mich einer Operation unterziehen. Der Doktor sagt, wenn ich fleißig übe, kann ich die Krücken bald wegwerfen. Ich möchte, daß ihr alle dabei seid, wenn ich die Dinger in diesem Ofen hier verbrenne! Da fällt mir auf, daß noch niemand Feuer gemacht hat."

Gerade kam James mit einem Armvoll Holz herein, und er konnte sich vor Freiwilligen gar nicht retten, die sich anboten, den Ofen anzufachen. James konnte beruhigt wieder nach Hause fahren.

Carrie wandte sich ihren Schülern zu und sagte: „Habt ihr noch irgendwelche Fragen?"

Die kleine Tess hob die Hand.

„Ja, Tess?"

Die Kleine stand auf, ging zu Carrie nach vorn und sah sich ihre linke Hand eingehend an. Carrie widerstand dem Drang, die Hand zusammenzuballen und in ihrem Schoß zu verstecken. Sie räusperte sich und fragte: „Was wolltest du fragen, Tess? Frag ruhig, es ist schon in Ordnung."

Ganz sanft nahm Tess Carries entstellte Hand, und sie hatte Tränen in den Augen, als sie flüsterte: „Hat es sehr weh getan, Miss Brown?"

Carries Hals war wie zugeschnürt. „Jetzt nicht mehr, Tess."

Doch Tess gab sich nicht damit zufrieden. „Wenn Ned und ich an dem Tag nicht auf Lakota geritten wären, dann hätten Sie . . ." Sie begann zu schluchzen. „Es tut mir so leid, Miss Brown. Wir wollten doch nicht, daß Sie . . ."

Carrie fing beinahe auch an zu weinen. Sie ergriff Tess' winzige Hand und zog sie um das Pult und in ihre Arme. „Ach, liebe, kleine Tess! Du darfst keinen Moment denken, daß ich es bereut habe. Hat Lakota uns nicht alle sicher geführt? Ihr konntet doch nichts dafür, daß ich ihren Schweif losgelassen habe! Und dann hat Gott mir ja diesen Heuschober gezeigt, als ich ihn brauchte. Sieh mal, Tess, ich kann immer noch gehen und lachen und euch unterrichten, nicht wahr? Und schau", sie streckte die Hand aus und führte Tess' kleine Finger über die Stümpfe, „es tut überhaupt nicht weh. Ich kann mit der Hand noch fast alles tun, und was das Allerwichtigste ist: Ich kann noch immer meine lieben Schüler in den Arm nehmen!"

Sie sah die anderen Kinder an. „Der beste Weg, mit unserer Angst umzugehen, ist darüber zu reden! Wenn ihr also noch irgendeine Frage habt, stellt sie einfach."

Doch es hoben sich keine Hände mehr, und Carrie begann mit dem Unterricht.

„Ich denke, wir fangen mit einem Aufsatz an. Der Titel soll heißen: ‚Der Schneesturm', und ich möchte, daß ihr alle aufschreibt, wie ihr den Sturm erlebt habt: wie ihr euch gefühlt habt, was bei euch zu Hause passiert ist, einfach alles, an was ihr euch erinnert. Später legen wir alle eure Aufsätze in einen Ordner, und wenn jemand wissen will, wie der Schneesturm war, kann er alles darin nachlesen. Wir fangen gleich damit an."

Kapitel 30

James gabelte gerade einen Haufen Heu in Lakotas Box, als die kleine Stute plötzlich den Kopf hochriß und zu kauen aufhörte. Ihre spitzen Öhrchen richteten sich nach vorn, und sie lauschte angespannt. Auch James hielt inne und horchte. Hufgeklapper näherte sich der Scheune. James trat hinaus und sah Wilder Adler, der von seinem Pferd stieg und es zur Tränke führte.

Auch Elisabeth kam aus dem Haus geeilt. „Wilder Adler! Wie hast du uns denn gefunden?"

„Joseph Freeman hat mir den Weg erklärt."

„Und wie bist du nach Lincoln gekommen?"

Wilder Adler wischte sich den Schweiß von der Stirn. „Die Salzebene ist dem Volk der Dakota schon seit Urzeiten bekannt. Und danach bin ich den Schienen gefolgt. Von Joseph Freeman hattest du mir ja erzählt, und ich wußte, daß er mir helfen würde."

James streckte die Hand aus. „Ich kümmere mich um dein Pferd, Bruder. Geh du nur mit Eilisabeth hinein, du willst doch sicher deinen Neffen sehen."

Wilder Adler folgte seiner Schwester in die Kammer, in der das Kind schlief.

„Er wird bald aufwachen", flüsterte Elisabeth.

Wilder Adler sah das schlafende Kind an und murmelte: „Er hat das Kinn unseres Vaters."

Sie gingen in die Küche, und Elisabeth sagte: „Ja, das habe ich auch gedacht, nach dem, was du mir von ihm erzählt hast. Seine Augen sind übrigens graugrün wie die von James."

Wilder Adler wandte sich abrupt zur Tür. „Ich helfe James", erklärte er kurz und ließ Elisabeth einfach stehen.

James war gerade dabei, Wilder Adlers Pferd abzureiben.

Vor dem Stall lagen Wilder Adlers Sachen, und James nickte ihm zu. „Du scheinst länger bleiben zu wollen. Ich freue mich."

„Dr. Riggs meint, ich bräuchte eine Weile Ruhe."

„Nach dem, was Charity uns über eure Zeit am Cheyenne berichtet hat, stimmt das wohl auch", sagte James. Er ging hinten um das Pferd herum und konnte gerade noch einem Tritt ausweichen. Grinsend sagte er: „Wilder Adler, dieses Pferd hast doch wohl nicht du ausgebildet, oder? Wenn doch, hast du ziemlich nachgelassen!"

Wilder Adler mußte ebenfalls lächeln. „Nein, ich habe es noch nicht lange. Aber das werde ich ihm schnell abgewöhnen!" Er setzte sich auf einen Heuballen.

James putzte zum dritten Mal über das längst glänzende Fell des Tieres. Als er wirklich keinen Vorwand mehr finden konnte, das Pferd zu bürsten, hatte Wilder Adler sich noch immer nicht bewegt.

Schließlich sagte James: „Komm, Bruder, laß uns das Geschirr ölen." Die beiden Männer gingen zum anderen Ende der Scheune hinüber. James holte die Arbeitsgeschirre und Öllappen hervor, und die beiden begannen mit der Arbeit.

Nach einer Weile sagte James: „Du bist herzlich eingeladen, so lange zu bleiben, wie du willst, Wilder Adler. Ich kann deine Hilfe gut gebrauchen."

Wilder Adler sah überrascht auf.

James zuckte die Achseln und sagte: „Es ist schon eine Weile her, daß ich auf diesen Hof gestolpert bin. Aber ich erinnere mich noch gut, wie es war, einfach einen Ort zu haben, an dem man *sein* kann, um sich über alles klar zu werden."

„Ich werde in der Scheune schlafen."

„Wie du willst, Wilder Adler. Wenn du Lust hast, kannst du mir bei der Aussaat helfen. Und Lakota kann jeden Tag ihr Fohlen bekommen. Joseph bringt mir bald ein paar Jungpferde für den Mietstall, und ich habe ihm versprochen, mit ihnen zu arbeiten, damit sie im Sommer einsetzbar sind."

Wilder Adler sagte plötzlich: „Geht es Carrie gut?"

James legte das Geschirr zur Seite und beugte sich vor. „Es geht ihr prima, Wilder Adler. Wirklich. Sie hat uns alle mit ihrer Tapferkeit überrascht, und sie hat sich viel schneller erholt, als der Doktor für möglich gehalten hätte. Nach drei Wochen war sie schon wieder auf den Beinen."

„Aber hier drin?" Wilder Adler wies auf sein Herz. „Wie geht es ihr hier?"

James rieb sich mit der Hand über den Nacken. „Soweit man das beurteilen kann, geht es ihr auch innerlich sehr gut. Reite doch eben hinüber und sieh selbst. Sie hat heute ihren ersten Schultag." Bei Wilder Adlers überraschtem Gesichtsausdruck mußte James grinsen. „Ja, das stimmt. Wahrscheinlich bist du sogar vorhin an der Schule vorbeigeritten. Los, mach dich auf den Weg!"

„Wo ist sie?" wollte Wilder Adler wissen.

James deutete mit dem Arm nach Norden. „Ungefähr drei Meilen in die Richtung. Das Schulhaus steht auf einem Hügel, du kannst es nicht verfehlen."

Wilder Adler kramte in seinem Gepäck herum und ging dann zur Tür.

James sagte. „Du könntest Lakota reiten. Würde ihr guttun."

Wilder Adler schüttelte den Kopf. „Ich gehe lieber zu Fuß."

Elisabeth sah ihren Bruder die Straße entlang gehen und kam zu James in die Scheune. „Ist er in Ordnung?"

James schüttelte den Kopf. „Ich weiß es nicht, Liebes. Aber er wird wohl eine Weile bleiben."

Elisabeth lächelte erfreut. „Wie schön! Dann wird er den Kleinen ja richtig kennenlernen." Sie deutete auf eine Tür in der Scheune. „Was meinst du, sollen wir die Sattelkammer für ihn herrichten?"

James nickte. „Gute Idee. Ich mach gleich darin sauber, und dann stellen wir ein Feldbett auf."

Elisabeth war Feuer und Flamme. „Ich bringe Vorhänge an, und der alte Herd wäre genau richtig für die Ecke hier." Sie ging ins Haus, um einen Eimer, Seife und Bürsten zu holen. Gemeinsam bereiteten sie und James einen Raum für ihren Bruder vor, der im selben Moment mit einem kleinen Bündel unter dem Arm auf dem Weg zum Schulhaus war.

*

Während der Mittagspause sah Carrie zu ihrer Überraschung einen Wagen heranfahren, von dem Ben und Ellie Carter herabstiegen.

„Hallo, Miss Brown!“ sagte Ellie schüchtern und streckte Carrie einen Korb entgegen. „Ich hab das hier mitgebracht, um Ihnen Dankeschön zu sagen . . . wegen Ned und Tess.“ Schnell zog sie sich wieder zurück und versteckte sich halb hinter Ben.

Carrie hob das Tuch über dem Korb an und zog eine Girlande aus getrockneten Äpfeln und grünen Bohnen hervor. „Vielen Dank, Mrs. Carter!“ konnte sie gerade noch sagen, als auch schon der nächste Wagen heranrollte.

Ben Carter erklärte. „Wir Eltern haben uns gedacht, wir bereiten Ihnen einen ordentlichen Empfang, Miss Brown. Wenn Sie nichts dagegen haben, machen wir hier ein Picknick für Sie und die Kinder.“

Carrie nickte lächelnd, und bald stand eine ganze Reihe von Wagen vor dem Schulhaus. Die Eltern hatten Bretter und Sägeböcke mitgebracht und zu Tischen zusammengestellt, und bald war ein wahres Festmahl aufgebaut. Als Carrie langsam zu dem Ehrenplatz am Kopf der Tafel humpelte, klatschten alle laut Beifall. Sie errötete heftig und wußte nicht, was sie sagen sollte

Dann sagte Ben Carter: „Dies ist ein guter Tag! Wir haben unsere Lehrerin zurück, und alle Kinder haben den Sturm gut überstanden.“ Er räusperte sich. „Miss Brown, manche von uns haben etwas daran auszusetzen gehabt, daß Sie noch keinen College-Abschluß haben.“ Er blinzelte Philip Damrows Eltern bedeutungsvoll zu. „Aber Sie haben bewiesen, daß das keine Rolle spielt. Miss Brown, die Distriktverwaltung hat mich autorisiert, Ihr Gehalt zu erhöhen, wenn Sie noch ein Jahr bleiben.“

Vor Überraschung wußte Carrie nichts zu erwidern. Sie hatte mit Augusta hin und her beraten und einen Plan ausgearbeitet, wie sie ihr Studium trotz ihrer Behinderung abschließen konnte. Nun schien dieser Plan gar nicht mehr vonnöten zu sein.

„Danke, Mr. Carter, ich . . .", sie mußte innehalten, „ich werde darüber nachdenken." In ihrem Kopf überschlugen sich die Gedanken. Wie konnte sie das Studium zu Ende bringen und trotzdem weiter unterrichten?

Sie feierten noch eine Weile gemeinsam, und dann erhoben sich die Eltern plötzlich wie auf ein geheimes Signal hin, packten alles zusammen und fuhren wieder nach Hause. Carrie quälte sich die Stufen zum Schulhaus hoch und läutete die Glocke.

Sie lächelte, als sie sah, daß auf ihrem Schreibtisch schon wieder eine Überraschung lag. Doch dann begann ihr Herz laut zu klopfen. Das konnte doch nicht – . . . das kleine Bündel, verpackt in weiches Hirschleder, sah aus wie . . .

So schnell sie konnte eilte sie wieder zur Tür, durch die die Kinder hereinkamen, um ihre Plätze einzunehmen. Sie trat vor die Tür und suchte mit den Augen den Schulhof, die Bäume und den Horizont ab. Niemand war zu sehen, doch sie spürte, daß da jemand war, der sie beobachtete und wartete.

„Was is' denn, Miss Brown?" erklang Tess Carters Stimmchen von drinnen. „Geht's Ihnen nicht gut?"

Carrie drehte sich herum. „Doch, doch, Tess. Alles in Ordnung. Ich dachte nur . . ."Sie ließ den Satz unbeendet und ging wieder an ihr Pult. Dann, um den Fragen der Kinder zuvorzukommen, sagte sie: „Dies hier ist ein Stück meiner Kindheit." Mit zitternden Fingern packte sie die alte Puppe Ida Mae aus und hielt sie hoch. „Das hier war meine allererste Puppe. Ich habe sie jemandem gegeben . . ." Sie hielt inne. „Ich kann das jetzt nicht richtig erklären. Laßt uns weitermachen. Die erste Klasse kommt bitte nach vorn, um mit dem Rechnen zu beginnen . . ."

*

Als Wilder Adler zur Farm zurückkam und die Scheune betrat, hörte er Kinderlachen. Die Stimme kam aus einer kleinen Kammer am anderen Ende des Gangs, und gerade in diesem Moment kam ein kleiner Junge herausgesprungen, der eine Scheuerbürste in den Händchen hielt. Er erblickte Wilder Adler, hielt inne und musterte den großen Fremden aufmerksam aus dunklen Augen. Wilder Adler ging in die Hocke und sah den Kleinen ebenso aufmerksam an. Das Kind zögerte nur einen Augenblick lang, dann lächelte es strahlend und trippelte auf ihn zu. Dabei stolperte er über ein Heubündel und fiel hin, und sofort verwandelte sich das Lächeln in Tränen des Zorns.

Elisabeth kam herbeigeeilt, doch Wilder Adler hatte den Kleinen schon hochgenommen und flüsterte ihm etwas ins Ohr. Sofort hörte J. W. zu weinen auf und griff statt dessen in das glänzend schwarze Haar seines Onkels. Er zog kräftig daran, und Wilder Adler lachte herzlich.

Elisabeth lehnte sich mit gekreuzten Armen an die Wand. „Du hast ihn schon verzaubert."

„Er ist ein wunderbares Kind, meine Schwester."

„Genau wie sein Onkel, sein Vater und sein Großvater."

James kam zu ihnen. „Zeit, Carrie abzuholen. Kommst du mit, Wilder Adler?"

Der Angesprochene schüttelte den Kopf. James hob verblüfft die Augenbrauen und ging dann zu seinem Gespann hinaus.

Wilder Adler kam ihm mit dem Kleinen auf dem Arm nach. „Sie haben so eine Art Picknick veranstaltet."

James nickte. „Die Eltern haben mir davon erzählt, daß sie Carrie damit überraschen wollten."

Wilder Adler setzte J. W. auf den breiten Rücken eines der Pferde.

„Was ist es, Wilder Adler? Was macht dir so viel Kopfzerbrechen?"

„Geht es ihr wirklich gut?"

„Das habe ich dir doch gesagt. Hast du nicht mit ihr gesprochen?"

Wilder Adler schüttelte den Kopf, und James sah ihn erstaunt an. „Warum denn nicht?"

„Ich habe ihr etwas auf ihr Pult gelegt, aber sie hat mich nicht gesehen." James tat so, als müßte er den Sitz des Geschirrs prüfen, bis Wilder Adler fortfuhr: „Alles, was mir passiert ist, hatte einen Grund und einen Zweck. Ich kann es akzeptieren, und ich kann damit leben. Ich lese die Bibelverse und weiß, daß sie wahr sind: *Gerecht sind alle seine Wege; er verwundet und heilt; es ist gut, daß ich versucht wurde, damit ich deine Gebote lieben lerne ...*" Wilder Adler sah James mit einem schmerzlichen Gesichtsausdruck an. „Ich kann alles akzeptieren, was Gott mit mir anstellt. Ich habe Demut gelernt, bin gewachsen und kann besser gerüstet in die Zukunft gehen. Aber ich kann nicht ..." Er zögerte kurz, ließ die Worte dann aber fließen. „Ich kann es nicht ertragen, daran zu denken, wie mein kleiner Roter Vogel ..." Seine Stimme versagte ihm, und er zog das Kind abrupt vom Rücken des Pferdes und drehte sich weg. „Ich kann es nicht ertragen, mir vorzustellen, wie sie leidet, und ...", er sah James mit tränenschimmernden Augen an, „... und ich weiß nicht, ob ich es ertragen kann, sie jetzt zu sehen. Ich bin hergekommen, um mich davon zu überzeugen, daß ihr Herz und ihre Seele gesund sind. Und jetzt stelle ich fest, daß mein eigenes Herz und meine Seele schmerzen."

„Du mußt Carrie jetzt sofort sehen, mein Freund", drängte ihn James. „Denn wenn du mit ihr sprichst, mußt du dich nicht mehr mit der Frage quälen, warum Gott zugelassen hat, daß sie sich in diesem Schneesturm verirrte. Die Antwort steht ihr im Gesicht geschrieben, Wilder Adler. Elisabeth hat sich früher immer Sorgen gemacht über die Art, wie Carrie mit Schmollen und Tricks ihren Kopf durchgesetzt hat. Sie hat das nun nicht mehr nötig. Sie ist erwachsen geworden, sie ist glücklich und zufrieden, und sie ist Gott näher als je zuvor." James suchte nach den richtigen Worten. „Sie ist einfach eine starke junge Frau geworden, Wilder Adler." Er warf dem Indianer die Zügel zu. „Komm und sieh selbst."

Widerstrebend stieg Wilder Adler auf den Kutschbock, während James den Kleinen ins Haus brachte.

Kapitel 31

Sie sah, wer den Wagen fuhr, und am liebsten wäre sie weggelaufen. Sie hatte sich das kleine Bündel mit Ida Mae unter den Arm geschoben, um die Hände für die Krücken frei zu haben. Jetzt spürte sie, wie es ins Rutschen geriet, doch die wollte die Krücken nicht loslassen, damit er nicht sah, wie sie fiel.

Als der Wagen vor dem Schulhaus hielt, hob Wilder Adler eine Hand in einer halbherzigen Begrüßungsgeste. Dann stieg er langsam vom Wagen. Er ging zur Ladefläche und hob einen großen Holzklotz herunter, den er auf die Seite des Kutschbocks stellte, wo Carrie aufsteigen würde. Dann sah er sie an: „James hat mir gesagt, daß du es nicht magst, auf den Wagen gehoben zu werden. Ich kann nicht so gut fahren, um den Wagen direkt an die Stufen zu bringen. Aber so . . .“

Carries Herz klopfte laut. „Ja, das ist eine gute Idee. Vielen Dank.“ Sie begann die Stufen hinabzusteigen, und er kam ihr unschlüssig entgegen und nahm ihren Arm.

„Wenn du vielleicht Ida Mae nehmen könntest, schaffe ich es schon“, sagte Carrie.

Wilder Adler nahm ihr das Bündel ab und legte es unter den Bock. Er drehte sich herum, als Carrie gerade auf den Holzklotz stieg. Er wackelte ein wenig, und als Wilder Adler die Hand ausstreckte, um Carrie zu stützen, schlug er ihr versehentlich eine der Krücken weg. Sie mußte sich an seine Schulter klammern, um nicht zu stürzen. Als sie endlich auf dem Kutschbock saß, lächelte sie ihn an. „Danke, Wilder Adler. Du bist sehr geduldig.“

Wilder Adler warf die Krücken auf die Ladefläche und erklomm dann ebenfalls den Bock. Mit einem leisen Schnalzen trieb er die Pferde an.

„Danke, daß du mir Ida Mae vorbeigebracht hast. Das war eine wunderschöne Überraschung!“

„Ich wollte euch nicht bei dem Picknick stören."

„Wie hast du es nur geschafft, ins Schulhaus zu kommen, ohne daß dich jemand gesehen hat?"

„Durchs Fenster."

Carrie nickte. „Charity hat uns geschrieben, daß du kommen wolltest. Aber ich dachte, du kämst erst später im Jahr."

„Ich wollte . . .", er brach ab. „Dr. Riggs dachte, ich sollte schon jetzt herkommen."

„Es tut mir so leid, was am Cheyenne passiert ist."

Er hob hilflos die Schultern. „Ich habe es aufgegeben, Gottes Handeln verstehen zu wollen."

Carrie schwieg. Es war ein warmer Nachmittag, und sie merkte, wie ihre Handflächen feucht wurden. Also zog sie wohl oder übel die Handschuhe aus und versteckte ihre Hände schnell, indem sie die Seitenwand des Wagens umklammerte.

„Ist der kleine J.W. nicht einfach hinreißend?"

Wilder Adler nickte. „Er zieht mir gern an den Haaren."

Carrie lachte. „Mir auch! Elisabeth ist eine fantastische Mutter . . ." Sie brach ab, weil es ihr plötzlich unangenehm war, in seiner Gegenwart über Mutterschaft zu sprechen.

„Dir scheint es gut zu gehen."

„Ja, so ist es auch." Schnell versuchte sie, die drohende Gesprächslücke zu füllen. „Ich kann fast alles tun, was ich vorher getan habe. Nur mit dem Reiten klappt es nicht so richtig."

„Warum hast du Schwierigkeiten mit dem Reiten?"

Carrie bereute, das angesprochen zu haben. Nun würde sie es erklären müssen. Sie biß sich auf die Unterlippe. „Ich habe nicht genug Kraft, um mich hochzuziehen, ohne mich mit den Beinen abstoßen zu können. Und ohne meine Zehen . . .", sie hielt inne und fügte dann hinzu: „Naja, ich kann die Balance nicht richtig halten. Und wenn ich herunterfallen sollte, was leicht passieren kann, da ich keine sehr gute Reiterin bin, sitze ich fest. Wie du eben gesehen hast, bin ich einfach nicht in der Lage, einen längeren Fußmarsch zu machen."

Wilder Adler dachte einen Moment nach. „Ich könnte dir Reitunterricht geben, damit du sicherer wirst."

„Dann bleibst du also eine Weile bei den Callaways?"

„Ja. Ich helfe James bei der Aussaat, und ich möchte Lakotas Fohlen sehen."

Während sie weiterfuhren, waren sich beide der Tatsache sehr bewußt, daß die Stille zwischen ihnen mit unausgesprochenen Worten angefüllt war.

*

Wilder Adler begann gleich am nächsten Morgen mit Lakota zu arbeiten. Schon im Morgengrauen hatte er die kleine Stute gesattelt und überprüft, ob sie noch so gut auf seine Kommandos reagierte wie früher. Er ritt sie eine Weile, ließ sie angaloppieren, halten und wenden, bis alles wieder ganz flüssig klappte.

Am Samstagmorgen kam Carrie atemlos vor Aufregung zur Scheune. Als Wilder Adler sie in den Sattel gehoben hatte, suchte sie ungeschickt nach den Steigbügeln und versuchte vergeblich, ihre Füße in die richtige Position zu bringen. Schließlich legte Wilder Adler die Steigbügel über das Sattelhorn.

„Ich habe gelernt, daß man dieses Wort in Gegenwart von Damen nicht benutzt, aber es geht nicht anders", grinste er. „Vergiß die Steigbügel. Du mußt dich mit den *Knien* anklammern!"

Nach der ersten Unterrichtsstunde fühlte Carrie sich völlig erschöpft, aber glücklich. Mit der Zeit stellten sich ihre jungen Muskeln auf die neue Aufgabe ein, und bald ritt sie sicher ohne Steigbügel. Sie verlängerte die Riemen, so daß sie kaum noch Gewicht in die Steigbügel legte, und das Balanceproblem war gelöst.

„Aber ich brauche immer noch Hilfe, um aufzusteigen", sagte sie eines Abends zu Elisabeth. „Mir fällt nichts Rechtes ein, um dieses Problem zu beseitigen."

„James macht es nichts aus, dich zur Schule zu fahren, und bald kaufen wir einen Einspänner-Gig, dann kannst du selbst fahren."

Carrie schüttelte den Kopf. „Ja, ich weiß, aber ich würde trotzdem gern ein bißchen unabhängiger sein. Ich möchte nicht immer eine Last sein!"

„Du bist keine Last, Carrie!"

In diesem Moment kam James herein. „Kommen Sie mit hinaus, meine Damen. Wir haben Ihnen etwas vorzuführen!"

Wilder Adler stand mit der gesattelten Lakota im Hof, und James winkte Carrie, auf die linke Seite der Stute zu treten, von wo sie normalerweise aufstieg. Dann reichte er ihr eine kleine Gerte und sagte: „Hier, du mußt ihr an das linke Vorderbein tippen und sagen: „Runter, Lakota, runter!"

Carrie tat es, und zu ihrer Überraschung zog die Stute sofort das linke Vorderbein ein und kniete sich darauf nieder.

„Kannst du dich selbst in den Sattel ziehen, wenn sie das macht, Roter Vogel?" fragte Wilder Adler sanft.

Carrie nickte und stieg auf.

James erklärte: „Wenn du sicher sitzt, tippst du ihr an die Flanke und sagst: ‚Auf, Lakota!'"

Im selben Moment richtete die kleine Stute sich auf. Elisabeth klatschte begeistert in die Hände und schüttelte den Kopf. „Das ist ja kaum zu glauben! Wie hast du sie nur dazu gebracht, Wilder Adler? Carrie sagt immer, daß Lakota so dickköpfig wäre!"

Wilder Adler lächelte. „Ich bin noch dickköpfiger als sie. Es hat ihr nicht gefallen, aber schließlich hat sie es eingesehen. Und sie wird es jetzt immer und sofort tun, wenn es nötig ist." Er tätschelte der Stute den Hals und sah zu Carrie auf. „Jetzt kannst du zur Schule reiten. Du brauchst keine Hilfe mehr – außer von Lakota."

Carrie kämpfte mit den Tränen. „Ich weiß nicht, wie ich dir danken soll", flüsterte sie erstickt. Dann beugte sie sich einem Impuls folgend hinunter und küßte Wilder Adler auf die Wange. „Vielen, vielen Dank, Wilder Adler." Sie nahm die Zügel auf und sagte: „Reitest du ein Stück mit mir?"

Wilder Adler nickte und ging in die Scheune, um sein Pferd zu holen. Geschmeidig sprang er auf den blanken

Rücken des Tieres und ritt dann an Carries Seite in den Sonnenuntergang.

*

Als Carrie und Wilder Adler von ihrem Ausritt zurückkamen, waren James und Elisabeth bereits ins Bett gegangen.

Wilder Adler wollte Lakotas Zügel nehmen, doch Carrie schüttelte den Kopf. „Ich möchte sie selbst versorgen.“

Zusammen bürsteten sie die Pferde ab, kratzten ihnen die Hufe aus und versorgten sie mit Futter und Wasser, ohne viel zu reden. Als Wilder Adler seinem Pferd den Hinterhuf säubern wollte, schlug dieses wieder einmal aus und katapultierte Wilder Adler mit beeindruckender Leichtigkeit an die gegenüberliegende Wand, wo er mit einem dumpfen Knall und einem grenzenlos überraschten Gesichtsausdruck landete. Carrie brach in schallendes Gelächter aus.

„Ich würde sagen, du hast zuviel Zeit damit verbracht, Lakota das Hinknien beizubringen, statt Bär das Auskeilen abzugewöhnen!“

Wilder Adler rappelte sich lachend hoch und rieb sich den schmerzenden Rücken. Dann ging er ganz ruhig wieder zu seinem Pferd und nahm den Hinterhuf immer und immer wieder auf, bis das Tier aufhörte, jedesmal auszutreten. Carrie wartete auf einem Heuballen, bis die Erziehungsmaßnahme abgeschlossen war. Dann gingen sie zusammen zum Haus hinüber.

„Laß uns noch ein Weilchen hier draußen sitzen bleiben“, schlug Wilder Adler vor und deutete auf die Korbstühle auf der Veranda. Carrie setzte sich ihm gegenüber, und wieder herrschte dieses beredte Schweigen zwischen ihnen.

Schließlich sagte Wilder Adler. „Ich bin deinetwegen wütend auf Gott gewesen.“

„Meinetwegen?“

„Ja. Ich fand, es war nicht richtig von ihm, daß du das durchmachen mußtest.“

Carrie schwieg sehr lange, bevor sie antwortete: „Ich war auch eine Weile wütend. Ich dachte, es sei nicht fair."

„Aber jetzt bist du nicht mehr wütend?"

In der Dunkelheit schüttelte Carrie den Kopf. „Nein."

„Warum nicht?"

Sie sammelte ihre Gedanken und sagte dann langsam: „Es hat mit deiner Mutter angefangen."

Er fragte verblüfft: „Mit *meiner* Mutter?"

Carrie nickte und erzählte ihm von der alten Decke, von Jessies Geschichte und davon, wie ihr klargeworden war, daß jeder Mensch seinen Teil an Leid zu tragen hat. Und dann hatte sie in Jessies Bibel gelesen. „Möchtest du ein paar der Stellen hören, die mich am meisten angesprochen haben?"

Jetzt war es an Wilder Adler, zu nicken. Er sah Carrie neugierig an, und das ließ ihr Herz ein wenig schneller schlagen. Sie sah weg und zitierte: *„Ja, lieber Mensch, wer bist du denn, daß du mit Gott rechten willst? Spricht auch ein Werk zu seinem Meister: Warum machst du mich so? Hat nicht ein Töpfer die Macht, aus einem Klumpen zu machen ein Gefäß zu Ehren und das andre zu Unehren?"* Dieser Vers hat mir gar nicht gefallen. Aber er war da, und ich mußte mich damit auseinandersetzen. War Gott der Herr oder nicht? Hätte er mich vor dem Sturm bewahren können? Absolut. Aber er hat es nicht getan. Warum nicht? Ich weiß es nicht. Aber eins weiß ich. Er ist Gott, der Herr. Er hat einen Plan, und er ist nicht verpflichtet, ihn mir mitzuteilen. Wenn er Hiob, dem gerechtesten Mann der Welt, seine Gründe nicht erläutert hat, wer bin dann ich, die kleine Carrie Brown, daß ich eine Erklärung einzufordern hätte?" Sie lachte nervös. „Ich schätze, es gibt immer noch eine Menge Müll in mir, der hinausgeworfen werden muß. Es ist wirklich ein Kampf, Gott zu gefallen. Nach dem Schneesturm habe ich mich umgeschaut und all die Menschen gesehen, die ebenso schwere Prüfungen durchmachen mußten wie ich, wenn nicht noch viel schwerere. Sie sind siegreich daraus hervorgegangen. Sie haben die Scherben ihres Lebens eingesammelt, Gott gepriesen und weitergelebt. Ich habe beschlossen, daß ich ein solcher Mensch sein will. Und so versuche ich, mich unter die mächtige Hand Gottes zu stellen und ihm so gut zu dienen, wie ich kann."

Wilder Adler ergriff ihre Hand. Es war die linke, an der zwei Finger fehlten, und sie machte automatisch eine Faust und versuchte, die Hand wegzuziehen. Doch er ließ nicht los, und so gab sie schließlich auf. Ganz sanft öffnete er ihre geballte Faust und küßte langsam jeden Finger und die beiden Stümpfe. „Carrie Brown", sagte er weich, „James Callaway hat recht gehabt. Du bist eine wunderbare Frau geworden. Der Mann, der einmal dein Herz gewinnt, wird einen großen Schatz sein eigen nennen können."

Damit drehte er sich um und ging zur Scheune hinüber. Carrie ging langsam in ihr Zimmer und legte sich aufs Bett. *Warum passiert dies jetzt, Herr? Gerade als ich zufrieden damit war, Lehrerin zu sein. Gerade als ich sagen konnte, ich hätte meinen Traum losgelassen, küßt er meine Hand, und mein Herz schlägt schneller, und es gibt noch so viel zu sagen. Aber ich kann die Gedanken nicht fassen.*

In der Scheune nahm sich Wilder Adler eine Bürste und striegelte alle Pferde, obwohl sie schon glänzten. Dann ging er hinaus in die Nacht, sah auf zu den Sternen und betete.

Kapitel 32

Also, wirst du es tun?“ fragte James. Sie wollten gerade damit anfangen, ein neues Feld umzupflügen.

Wilder Adler sah auf. „Was tun?“

„Wirst du Carrie heiraten?“

Wilder Adler sah wieder auf seine Hände hinunter und lächelte. „Die Frage müßte wohl eher lauten: Wird Carrie mich heiraten?“

„Das ist kein Problem, mein Freund. Du fragst sie, und sie sagt ja.“

„Bist du da so sicher?“

„Weißt du, Wilder Adler, es gibt Momente, da frage ich mich, ob du ein edler Wilder bist, der in stoischer Ruhe und Geduld auf Gottes weisen Ratschluß wartet – oder ob du einfach nur ein bißchen schwer von Begriff bist! Du bist jetzt seit drei Wochen hier. Meinst du, ich bin blind? Du liebst sie, Wilder Adler. Also tu es jetzt endlich!“ James grinste breit. „Und jetzt raus aus meiner Scheune. Es sei denn, du willst warten, bis J. W. seinen Schulabschluß macht.“

Wilder Adler wurde plötzlich sehr ernst. „Ich bin sehr viel älter als Carrie.“

„Mein Vater war auch viel älter als meine Mutter. Und Der den Wind reitet war viel älter als Jessie. Das spielt keine Rolle, Wilder Adler. Sie liebt dich; das sieht selbst ein Blinder. Und wenn ich dumm genug gewesen wäre, es nicht zu erkennen, hätte Elisabeth es mir schon gesagt.“

„Naja“, begann Wilder Adler zögernd. „Ich habe gebetet . . .“

„Und was meinst du, wie Gott wohl deine Gebete beantworten wird, wenn du sie nicht endlich fragst, ob sie dich heiraten will? Jetzt hör mir mal zu, Bruder: Carrie liebt dich schon, seit sie ein kleines Mädchen war. Sie lebt für dich, sie atmet dich ein und träumt von dir. Sie ist zu einer schönen jungen Frau herangewachsen, die Gott liebt und ihm dienen möchte. Auf was genau wartest du eigentlich noch?"

Wilder Adler grinste. „Vielleicht auf den Mut, sie zu fragen."

James grunzte mißbilligend. „Warte mal, habe ich das richtig verstanden? Du bist von einer Klippe gesprungen, hast an der Seite von Sitting Bull gekämpft, in Boston studiert und vor pensionierten Armeeleuten gesprochen, die deinesgleichen getötet haben. Und jetzt traust du dich nicht, ein rothaariges Mädchen von kaum hundert Pfund zu fragen, ob sie deine Frau werden will?" James schüttelte den Kopf. „Ich geb's auf, mein Freund. Du wirst als einsamer alter Mann sterben!"

James verließ die Scheune und ging ins Haus, wo er J.W. und Elisabeth in je einen Arm nahm.

„Hast du mit ihm geredet?" wollte Elisabeth wissen.

James nickte. „Hat aber nicht viel gebracht. Für einen tapferen Krieger ist dein Bruder ein ganz schöner Feigling!"

Doch Wilder Adler war entschlossen, seine Angst zu überwinden. Den Rest des Morgens verbrachte er im Gebet, und am frühen Nachmittag sahen James und Elisabeth ihn auf Bärs Rücken davonreiten. Er hatte sein zeremonielles Festgewand und die bestickten Mokkassins an und ritt ohne Sattel.

Carrie trug an diesem Tag ein kornblumenblaues Kleid. Sie blieb noch im Schulhaus, nachdem die Kinder längst fort waren, und arbeitete an einem Vokabeltest für den nächsten Tag. Sie schrieb die Wörter an die Tafel und hatte der Tür den Rücken zugewandt. In seinen Mokkassins konnte Wilder Adler vollkommen geräuschlos hereinkommen und sich hinsetzen.

Als sie sich schließlich umdrehte, schrak sie erst zusammen und lächelte dann ein höfliches Lächeln, das sich langsam in etwas anderes verwandelte, als er sich erhob und sie das Festgewand sah.

Er strich nervös über die gestickten Perlen auf seiner Brust und sagte: „Ich habe dir eine Geschichte zu erzählen, Carrie, eine Lakota-Geschichte." Er räusperte sich und begann: „Es war einmal ein kleiner Lakota-Junge, der wütend und verängstigt war. Er hatte seinen Weg in der Welt verloren. Doch als er umherirrte, kam ein kleiner roter Vogel angeflogen. Er flüsterte dem Jungen zu, daß er keine Angst haben mußte, und er leitete ihn durch viele Gefahren hindurch. Als der rote Vogel schließlich seines Weges fliegen mußte, ließ er einen Teil von sich im Herzen des Jungen zurück. Und wann immer er Angst bekam, dachte er an seinen kleinen Freund.

Als der Junge ein Mann geworden war, sah er seinen kleinen Vogel wieder, und der Vogel war inzwischen zu einer jungen Frau geworden. Sie war so wunderschön, daß er sie in die Arme nehmen und nie mehr loslassen wollte. Doch er fühlte sich zu alt, zu arm und nicht wert, sie für sich zu behalten. Er konnte ein so schönes Wesen nicht bitten, zu ihm hinabzusteigen und mit ihm zu leben. Also ging er fort. Es gab andere Frauen, die ihn wollten, aber er konnte nur an seine kleine Freundin denken.

Und dann hörte er eines Tages, daß sein roter Vogel verletzt war. Er war weit weg von ihr und konnte ihr nicht helfen. Und als er sie wiedersah, war sie noch schöner als je zuvor. Und noch immer fürchtete er, zu alt und zu arm für sie und ihrer nicht wert zu sein."

Carrie flüsterte: „Und wie endet diese Geschichte, Wilder Adler?"

„Der Lakota tat viele Dinge, um der Frau zu zeigen, daß er sie liebte. Doch immer, wenn sie zusammen waren, hingen unausgesprochene Worte wie ein Nebel zwischen ihnen. Eines Tages sagte ein Freund zu ihm, daß er als einsamer alter Mann sterben würde, wenn er nicht sprach, und daß er nie wahres Glück erleben würde, weil er Angst gehabt hatte, verletzt zu werden."

Wilder Adler trat näher und sah Carrie an. Sie hatte noch nie einen solchen Ausdruck in seinem Gesicht gesehen, und ihr Herz begann zu hämmern, als er weitersprach: „Sag mir, Carrie Brown, wenn ein Adler einen roten Vogel fragen würde, ob er sein Nest teilen will, würde der rote Vogel ‚Ja' sagen? Würde er bleiben, wenn der Wind heftig weht und das Futter knapp ist und die Klippen hoch und steil? Würde er ein solches Leben teilen wollen, oder wäre das zuviel verlangt?"

Als er diesen Satz gesagt hatte, wurde er von dem glücklichen Aufschrei einer kleinen, rothaarigen Frau unterbrochen, die sich in die Arme des Mannes warf, den sie schon immer geliebt hatte.

*

Jesse Roter Adler war groß und athletisch und dabei nachdenklich und still. Er studierte Jura.

Alfred Roter Adler war drahtig gebaut und lebte als Farmer in Wyoming.

Walter Roter Adler, der klügste von allen, studierte an der Universität, als er sich mit Diphterie ansteckte und starb.

Die bekannte Hotelbesitzerin Augusta Hathaway sorgte dafür, daß Walter auf dem Friedhof neben seiner Großmutter Jessie King beerdigt wurde.

John Roter Adler ging nach Westen in die Heimat seines Vaters und wurde Pastor einer kleinen Kirche in Dakota.

Rachel Roter Adler, das erste Mädchen, lebte nur drei Tage.

Elisabeth Roter Adler begleitete ihren Ehemann als Missionarin nach China.

Und ihre Eltern lebten, liebten und arbeiteten in einem kleinen Dorf am Cheyennefluß, und von den Kämpfen und Siegen um die Herzen der Dorfbewohner dort wußten nur eine Handvoll Menschen.

Als Carrie neben ihrem geliebten Wilder Adler beigesetzt wurde, waren außer ihren längst erwachsenen Kindern nur ein paar Dakota anwesend. Ihre unsicheren Stimmen sangen eine Lobeshymne, denn das hatte sich Carrie so gewünscht.

„Trauert nicht um mich", hatte sie gesagt. „Singt Loblieder. Wilder Adler hat gesagt, daß er gleich an der Pforte auf mich warten wird. Und ich werde Walter und Rachel wiedersehen. Also kein Grund zum Trauern."

Die Trauergesellschaft beendete ihr Lied und füllte zusammen das Grab auf. Und als sie fertig waren, kam ein frischer Wind auf, der das Grasmeer am Rand des kleinen Friedhofs zum Wogen brachte. Ein Schatten schwebte über die blaugrüne Wellenfläche, und als sie ihre Augen beschatteten und nach oben schauten, sahen sie einen Adler, der hoch am Himmel seine Kreise zog.

Jesse murmelte: „Das hätte Mama und Papa gefallen. Sie haben den Adler immer so gern dabei beobachtet, wie er den Wind ritt . . ."

„Ich habe den guten Kampf gekämpft; ich habe den Lauf beendet; ich habe Glauben gehalten."
(2. Timotheus 4,7)